S. K. Barnett est le pseudonyme d'un auteur à succès, dont le dernier roman a été adapté au cinéma.

Ce livre est également disponible
au format numérique

www.editions-hauteville.fr

S.K. Barnett

Retrouve-moi si tu peux

Traduit de l'anglais (États-Unis) par Nathalie Guillaume

Hauteville

Hauteville est un label des éditions Bragelonne

Titre original : *Safe*
Le présent ouvrage a fait l'objet d'une première publication en langue anglaise chez Dutton, un label de Penguin Random House.

ISBN : 978-2-38122-541-8

Bragelonne – Hauteville
60-62, rue d'Hauteville – 75010 Paris

E-mail : info@editions-hauteville.fr
Site Internet : www.editions-hauteville.fr

À Laura, avec qui je suis monté jusqu'aux étoiles
dans une grande roue dont je ne suis jamais,
jamais redescendu.

Prologue

La première affiche fut placardée le lendemain de la disparition. Il finirait par y en avoir plus de mille cinq cents, tapissant intégralement les murs du quartier. Toutes produites en série par le propriétaire d'une imprimerie locale qui connaissait à peine les parents, fous d'inquiétude, mais estimait que c'était le moins qu'il puisse faire.

Elle fut clouée au pistolet sur un poteau téléphonique devant *La Fameuse Pizzeria de Fredo*, un exemple de publicité doublement mensongère, puisque ses pizzas n'étaient en rien fameuses ni même connues, et l'endroit n'était pas tenu par le moindre Fredo. Le patron était un Serbe prénommé Milche qui pensait qu'un nom italien serait plus rentable. Aficionado du *Parrain*, il avait préféré Fredo à Michael, qui lui paraissait trop anglicisé. Comme nombre de pizzerias à Long Island, celle-ci était devenue un repaire pour la catégorie des trop-jeunes-pour-boire, et lorsque Milche chassait de son établissement les adolescents du coin à l'heure de fermeture, le petit malin en titre de quatorze ans se tournait pour prononcer cette citation célèbre, bien que déformée : « Tu m'as brisé le cœur, Fredo, tu m'as brisé le cœur. »

Ce qui brisait réellement le cœur, à ce moment-là, c'était l'affiche placée sur le poteau devant *Chez Fredo's* le 10 juillet 2007. DISPARUE, pouvait-on lire en caractères noirs et gras, avec en dessous le portrait de Jennifer Kristal, six ans. C'était sa photo de classe de CP, une petite fille souriante, toute pomponnée.

Cela créait une dichotomie saisissante pour tout parent qui passait devant : que faisait l'innocence placardée sur un poteau téléphonique ? Ces poteaux étaient pour les avis de vide-greniers, les affiches de campagne des politiciens locaux, et les annonces d'hommes à tout faire avec des languettes de numéros de téléphone pendouillant comme des pompons de stripteaseuse. Ils n'étaient pas faits pour une fillette de six ans avec un sourire de nature à ralentir la circulation, qui était un jour allée à pied chez sa meilleure amie. Oui, elle n'avait que six ans, mais ce n'était que deux maisons plus loin, et c'était l'été, et ce n'était pas comme si elles vivaient dans un quartier malfamé. Il s'agissait d'une banlieue cossue, pour l'amour du ciel, et sa mère, Laurie, l'avait accompagnée jusqu'à leur porte-moustiquaire et était même restée pour la regarder un peu pendant que Jenny descendait les marches du perron en sautillant. Après quoi, celle-ci avait disparu. Elle ne s'était jamais présentée chez sa meilleure amie Toni et n'était jamais rentrée chez elle.

Pfuitt.

Les habitants eurent du mal à se faire à l'idée. Une enfant disparaissant juste comme ça, comme ces assistantes à paillettes dans les spectacles de prestidigitation. Ça conférait à l'existence une apparence trop éphémère, incitant les gens à remettre en question leurs hypothèses sur la vie de tous les jours. Si des petites filles pouvaient se volatiliser ainsi, alors on pouvait craindre le pire.

On ne savait pas vraiment quoi dire non plus à Laurie et Jake ; c'était Jake qui avait collé la première affiche. En général, les gens évitaient les parents éplorés s'ils les apercevaient au loin. Les voisins plongeaient tête baissée dans un magasin ou faisaient mine d'avoir oublié quelque chose dans leur voiture, afin d'avoir une excuse pour faire demi-tour. C'était comme si le chagrin était contagieux. Mais, en vérité, que peut-on dire à des parents dont l'enfant a été kidnappé ? Leur petite fille avait été emmenée Dieu sait où, peut-être quatre États plus loin à présent, ou dans quelque cave froide et humide, ou le genre d'endroit auquel vous ne voulez même pas penser.

Au début, on assista à d'impressionnants et enthousiastes efforts collectifs pour donner un coup de main. Pas seulement de la part du propriétaire de l'imprimerie locale, mais de tout l'entourage de Laurie et Jake : les Kelly, dont la fille, Toni, était l'amie que Jennifer allait voir le matin de sa disparition, les Shapiro, les Klein, et les Mooney, qui ne manquaient jamais un barbecue du 4 Juillet chez Laurie et Jake. Ces gueuletons s'achevaient toujours sur un spectacle de feux d'artifice qui vous laissait sur le cul, grâce au demi-frère de Jake, Brent, qui arrivait de Caroline du Nord avec une cargaison de pétards et de fusées à eau qu'il revendait sous le manteau aux ados du voisinage, disait-on.

En fait, même les gens qui n'avaient jamais rencontré les Kristal prirent part aux recherches. Des gens du quartier dont la fille ou le fils était dans la même classe que Jennifer, ou dans la même équipe de foot. Des gens qui ne connaissaient pas du tout Jennifer, mais qui avaient des enfants du même âge et se répétaient avec angoisse que ça aurait pu leur arriver. Sans compter ceux qui aidaient parce qu'ils étaient simplement attirés par le drame.

Il y eut les fouilles à Hunter Park, où des volontaires groggy se rassemblaient à 6 heures du matin. Ils formaient une ligne droite qui traversait le parc et n'était pas sans rappeler la première vague d'un onside kick au football, ratissant les buissons enchevêtrés pour aller jusqu'au lac. Il y eut une hotline en service vingt-quatre heures sur vingt-quatre durant ces premières semaines, alimentée par de prodigieuses quantités de café que fournissait gratuitement le Dunkin' Donuts de la ville. Un groupe de soutien se relayait chez les Kristal, sur Maple Street, apportant des gratins de pâtes, ragoûts, bagels et autres aliments afin que Laurie, Jake et Ben, leur fils, puissent avoir de quoi manger. Mais, après la disparition de leur fille, Laurie et Jake avaient perdu l'appétit. Du haut de ses huit ans, Ben accueillait ces offrandes avec enthousiasme, et sa lèvre supérieure fut ornée d'une trace de glaçage de donut pendant une semaine.

Il y eut même un grand rassemblement à l'auditorium de l'école, où les parents larmoyants s'adressèrent à la foule débordante, implorant quiconque ayant vu quelque chose, quoi que ce soit – une voiture inhabituelle, un individu d'aspect curieux –, ou entendu même un commentaire vaguement suspect, de le signaler « par pitié » à la hotline dédiée à Jennifer. L'inspecteur en charge de l'enquête, Looper, un vétéran qui avait vingt ans de maison, intervint en expliquant sombrement que les premiers jours étaient cruciaux pour un dénouement heureux. Or, les premiers jours étaient déjà passés.

Looper se retrouvant dans une impasse, d'autres allaient lui succéder, par ordre d'autorité : Lundowski, un détective privé engagé par les Kristal qui prenait cinq cents dollars par jour pour « battre la campagne » ; Madame Laurette, une voyante, qui déclarait avoir aidé la police à résoudre de nombreux cas de disparition ; et, plus tard – beaucoup plus tard –, un inspecteur en affaires classées du nom de Joe Pennebaker, qui allait scrupuleusement réétudier chacune des preuves. Une tâche qui semblait plus fastidieuse qu'elle ne l'était, puisqu'il n'y avait aucune preuve, du moins aucune preuve physique.

Il y eut, bien entendu, les fausses alertes habituelles : un délinquant sexuel fiché qui résidait assez près de chez les Kristal, la confession spontanée d'un vieil homme appelé Tom Doak, qui gardait une cachette porno dans sa cave, où l'on voyait à l'œuvre des jeunes filles d'âge indéterminé. Mais on découvrit que le délinquant sexuel avait un alibi en béton, et Doak un long passé de faux aveux à la police, ayant notamment confessé les assassinats de Medgar Evers, John Lennon, et même du président Kennedy, alors que Doak aurait pourtant été en classe de CE1 à l'époque.

Au bout d'un moment, l'encre de l'affiche, comme l'intérêt de la communauté pour la disparition de Jenny, commença lentement à s'estomper. Aussi difficile que cela puisse paraître pour ses parents terrassés de chagrin, il en va souvent ainsi. Le quotidien s'immisce ; il y a les soubresauts de la vie familiale avec lesquels on doit composer : remises de diplômes et divorces, anniversaires et funérailles. D'ailleurs, ce trouble déficitaire de l'attention collective gagne du terrain dans tout le pays, le résultat d'Internet, probablement, où le prochain bébé fumeur de cigarettes ou la sortie de route d'une célébrité n'est qu'à un clic. Les gens zappent à la vitesse de la lumière.

Et il y avait d'autres tragédies dans lesquelles se complaire pour ceux qui aimaient ce genre de choses. Pour les républicains engagés du quartier – et Long Island était l'un de leurs derniers bastions dans le sud de l'État –, l'une de ces tragédies fut la défaite du héros de guerre John McCain à l'élection présidentielle au profit d'un libéral de Chicago, qui était sénateur américain depuis environ dix secondes. Une affiche MCCAIN/PALIN fut placée juste en dessous de celle de Jenny qui, malgré presque un an et demi de temps peu clément, gardait son sourire radieux, même si ses yeux s'étaient réduits à deux pièces de monnaie mates et défraîchies. Quelqu'un avait rayé MCCAIN/PALIN avec une bombe de peinture bleue pour y écrire ESPOIR ET CHANGEMENT, CHÉRI.

L'espoir était tout sauf mort dans la maison de Maple Street, où demeuraient Jake et Laurie. Ils avaient refusé de déserter la scène du crime, parce que c'était aussi, finalement, l'endroit où ils avaient tous leurs souvenirs avec Jennifer : ses premiers anniversaires, ses premiers mots, ses premiers pas. Et également, parce que c'est ce que font les parents d'enfants disparus – ne pas bouger –, car comment leurs enfants pourraient-ils les retrouver autrement ?

En 2012, il ne restait plus que la moitié de l'affiche, enfouie sous celles de Mitt Romney et Chuck Schumer. Sur la partie supérieure, on distinguait les yeux de Jennifer Kristal, qui, comme ceux de Mona Lisa, semblaient braqués sur vous, quel que soit le côté de la rue d'où vous arriviez. Il y avait des gens qui passaient devant en ignorant qui était concerné par cette affiche, des nouveaux venus dans le voisinage, voire certains des plus anciens résidents, qui avaient fini par oublier qu'une fillette avait un jour disparu.

Ses parents ne pouvaient s'offrir ce luxe. Cinq ans après la disparition de Jenny, Jake lança un nouvel appel sur une chaîne de télé locale de Long Island ; comme les messages que la NASA place sur des satellites interstellaires propulsés dans le vide, avec l'incertitude que quiconque les lise, mais la bonne conscience d'avoir tenté le coup : « Jenny, si tu es là, quelque part, je veux que tu saches que nous ne cesserons jamais de te chercher. Et si son ravisseur voit ceci, je veux qu'il sache que nous voulons juste la récupérer. S'il vous plaît, c'est tout ce que nous voulons. La police restera en dehors de ça. Nous voulons juste retrouver notre fille. »

Le journaliste local fit suivre cette intervention de déprimantes statistiques concernant les chances qu'avait Jennifer d'être encore en vie après un laps de temps aussi important. À peu près autant que de gagner à la loterie de New York (1/3 838 380, d'après les statistiques). Cependant, veillant à maintenir une lueur d'espoir, de rares cas furent cités : Elizabeth Smart, la fille retrouvée dans l'Utah, par exemple, et quelques autres cas où un enfant disparu était reconnu par quelqu'un qui donnait l'alerte, ou entrait simplement dans un commissariat un beau jour en déclinant son identité. Cette même photo qui avait été clouée au poteau fut affichée bien en évidence à l'écran, à côté du portrait-robot élaboré par un dessinateur de la police, qui permettait de se faire une idée du visage que Jennifer pourrait désormais avoir. Celui d'une adolescente qui ne ressemblait plus beaucoup à Jenny, dépouillé de son sourire lumineux et de ses yeux rieurs, comme si l'artiste avait tenté de l'imprégner des innombrables horreurs qu'elle avait subies durant tout ce temps de captivité.

Ce fut sept ans plus tard, alors que l'affiche d'origine avait pratiquement disparu, défraîchie jusqu'à être devenue presque blanche, et sur laquelle on ne distinguait plus que quelques traces résiduelles, lorsque la pluie, la neige, la boue et le temps m'avaient quasiment effacée, que je rentrai enfin chez moi.

Chapitre premier

Forest Avenue, le cœur battant du quartier, trois voies de chaque côté, avec le *Forest Avenue Diner* – proposant des formules spécial lève-tôt à partir de 17 heures, dessert et café compris – qui montait la garde sur l'angle nord-ouest ; ou était-ce l'angle nord-est ? Note personnelle : vérifier la direction de chacun. Aucune importance, je m'en souvenais.

J'avais mangé dans ce resto, une tradition dominicale de la famille Kristal, depuis que je pouvais tenir dans une de ces chaises bébé en plastique rouge.

Je me demandai s'ils mangeaient encore là-bas à présent – papa, maman et Ben – en maintenant la tradition envers et contre tout, ou bien s'ils y avaient renoncé depuis longtemps, et choisi un autre endroit pour y prendre leurs petits déjeuners du dimanche. Peut-être avaient-ils complètement arrêté de sortir.

À l'instant même où je passais devant, la porte s'ouvrit brusquement. Je sentis des effluves de pancakes, de sirop d'érable et d'œufs au plat. OK, j'avais faim. Mais bon, j'avais tout le temps faim, et c'était le cas depuis toujours.

J'avais ce qui me semblait être deux dollars froissés au fond de la poche de mon jean. Pas assez pour m'acheter un muffin, ni même un œuf. Du café, peut-être... Mais à quoi bon ?

Je continuai de flotter, du moins c'était l'impression que j'avais, comme si je survolais ce petit quartier, comme dans un rêve, lorsque vous êtes à la fois dedans et au-dessus, que vous ne vous rappelez qu'à moitié le fil des événements, et que le décor vous paraît à la fois familier et étrangement différent. Tout comme moi.

C'était la fin de l'automne, il faisait assez chaud pour songer à me débarrasser de ma veste zippée. Les feuilles mortes qui jonchaient le trottoir étaient si cassantes qu'elles craquaient pour se réduire en poussière sous mes pieds.

J'en faisais un jeu, en vérité, qui ne consistait pas tant à marcher dans la rue qu'à annoncer ma présence en broyant chaque feuille sur mon passage.

Salut, je suis de retour.

J'avançais selon une sorte de tracé en zigzag, car certains commerçants avaient balayé les feuilles pour former des tas, ce qui m'obligeait à adapter ma trajectoire, en me demandant si j'avais l'air défoncée, comme quelqu'un qui rentrerait en titubant après une nuit blanche.

C'est alors que je la vis, que je croisai le regard de celle que j'étais à six ans. Des yeux si vaguement là. Il fallait vraiment une bonne vue pour distinguer quelque chose sur ce qui restait de l'affiche. Elle était clouée sur un poteau téléphonique devant une pizzeria. Un chien inspectait le pied du poteau, se demandant s'il allait ou non l'honorer de sa pisse, tandis que sa maîtresse – une femme d'âge moyen – faisait défiler avec indolence l'écran de son téléphone, semblant oublier qu'elle avait un animal au bout de la laisse.

J'avais envie de marcher jusqu'à ce poteau pour regarder de plus près, mais j'avais peur des chiens. Alors j'attendis que la dame décolle enfin les yeux de son portable et se remette en route, tirant brutalement sur le cabot en train d'uriner.

C'était un peu comme de regarder dans un miroir, pensai-je, lorsque je m'approchai de l'affiche. Sauf que c'était plus comme un miroir magique permettant de visualiser le passage du temps, ce monde parallèle et fou qui se tapit juste de l'autre côté. Je revenais précisément de ce monde fou. Et j'allais réintégrer la chambre de mes six ans, où tous mes jouets étaient alignés tels que je les avais laissés.

Souviens-toi.

Les poupées Bratz. Elmo. Les deux Barbie. Un troupeau de chevaux en plastique, dont un palomino que j'avais appelé Goldy.

Souviens-toi…

— Yo.

Il me fallut un second « yo » nasal pour comprendre que quelqu'un était bien en train de me parler.

Un mec. Rien de surprenant. Mettez-moi sur un trottoir quelque part, et il y a de fortes chances qu'un type vienne me brancher. Il était sans doute plus vieux que moi, mais étrangement, il était habillé comme un ado, un bandana rouge dépassant de la poche arrière de son jean taille basse, qui tenait en équilibre précaire sur ses hanches et révélait au moins deux centimètres d'un affreux caleçon marron.

— Tu aurais une clope ? demanda-t-il.

— Non.

Il ne se démonta pas ; peut-être qu'il frimait pour impressionner ses amis, puisqu'il semblait y avoir un public de garçons. Ils avaient des allures de gamins, aussi, plus jeunes que lui, traînant près de la pizzeria.

— Tu n'es pas du coin, dit-il, à moitié comme une question.

— D'après qui ?

— Je ne t'ai jamais vue, c'est tout...

Il essayait de se faire pousser un bouc ; j'insiste sur « essayait », car ça ressemblait aux touffes clairsemées des cancéreux.

— OK, tu m'as coincée, dis-je.

— Donc tu n'es pas...

— Pas quoi ?

— Pas du coin.

— Bien sûr que si. Juste, pas ces derniers temps.

— Oh...

Ma réponse parut le déconcerter. Il observa le poteau une seconde, et je vis ses yeux croiser les miens. Mes anciens yeux. Avant qu'ils ne voient un paquet de choses qu'ils n'auraient jamais dû voir.

Il remua les pieds, ne sachant visiblement plus quoi dire à présent.

Je lui tournai le dos pour recommencer à étudier le poteau, comme un « Dégage ! » qui se passait de mots. Au bout d'un moment, il comprit le message et s'éclipsa, mission malgré tout accomplie, je suppose, puisque j'entendis des gloussements étouffés en provenance de la pizzeria.

Lorsque je lui jetai un coup d'œil par-dessus mon épaule, après cet étrange face-à-face avec mon visage – du moins ce qu'il en restait –, je vis qu'il m'observait avec insistance, mais cette fois sans le faux sourire suffisant. Autre chose. L'espace d'un instant, je crus savoir ce que c'était. Un regard de reconnaissance incertain, comme s'il n'était pas sûr de ce qu'il voyait.

Non. Pas possible.

Je poursuivis mon chemin, d'un pas plus rapide que je n'en avais eu l'intention, quoique toujours plus ou moins sans but, même si j'en avais vaguement un à l'esprit. Je n'avais plus l'impression de flotter. J'étais bel et bien rivée au sol. J'éprouvai soudain une panique à vous nouer les tripes, en croisant une foule de gens, mais on était samedi, pas vrai ? Tout le monde était en vadrouille, profitant de la douceur surprenante du temps.

Ces gens m'engloutissaient – cette foule déferlante qui paraissait pressée de se rendre quelque part et de m'emporter sur son passage –, j'avais déjà donné, merci bien. Je perdais le contrôle de la situation. Je ne répondais plus de rien.

Stop.

Respirer profondément. Inspirer, expirer. Respirer profondément...

Je me retrouvai appuyée contre une voiture grise au milieu du trottoir. Se découvrir dans une posture dont on n'avait même pas conscience, ça fait tout drôle. Un peu comme si j'avais eu une crise de somnambulisme et que quelqu'un venait de rallumer la lumière.

Je vis une femme me dévisager. Elle promenait un enfant dans une poussette. Son gamin avait une tétine bleue fourrée dans la bouche. Le bleu pour les garçons. Elle restait plantée là, essayant de comprendre ce qui m'arrivait.

— Est-ce que... hum, ça va ?

Soudain, je la vis à côté de moi. Elle avait abandonné la poussette à quelques mètres de là, pour s'occuper d'une fille en veste zippée beige et jean sale. J'avais envie de lui crier : « Non, ne laissez pas cette poussette sans surveillance. On ne sait jamais ce qui peut se passer. Vous vous dites que vous êtes seulement à deux pas, mais vous êtes à deux pas de l'inconcevable. De l'impardonnable. Repartez. »

Voilà les mots qui me brûlaient les lèvres.

Mais voici ce que je lui dis :

— J'ai besoin d'aide, s'il vous plaît. Je suis Jenny Kristal et j'ai besoin de parler à un policier.

Chapitre 2

L'inspecteur qui m'interrogea était une femme, sans doute le mode opératoire classique. On m'avait fait passer d'un flic qui ne cessa de me reluquer dans son rétroviseur, durant tout le trajet jusqu'au poste, à la personne de l'accueil, qui était en surpoids d'environ vingt kilos – les bons jours –, puis à cette inspectrice qui me dit s'appeler Mary.

Elle était assez courtoise, me demanda si j'avais faim (« Ouais, je suis affamée »), si j'avais besoin d'utiliser les toilettes (« Ouais, je me retiens depuis des heures »), si j'avais besoin d'un docteur (« Non, ça va aller »).

Puis elle me redemanda mon nom, pour mémoire.

— Jenny Kristal.

C'était la troisième personne à qui je donnais mon nom dans la dernière demi-heure. La quatrième, en comptant la dame à la poussette, qui avait appelé la police pour moi, après m'avoir déclaré que mon nom lui disait vaguement quelque chose.

Elle avait répété la même chose au flic qui arriva cinq minutes plus tard, après qu'il m'eut placée en lieu sûr à l'arrière de son véhicule.

« Une petite fille avait disparu quand j'étais au lycée, murmura la femme. Tout le quartier avait été secoué.

Je crois qu'elle s'appelait Jenny Kristal… Ça ne peut pas être elle, si ? »

Le flic répondit qu'il l'ignorait. Mais lorsqu'il s'assit à l'avant, il me posa la question.

Il m'avait déjà demandé si j'avais pris une drogue quelconque. La femme pensait que j'étais peut-être défoncée, vu qu'elle m'avait trouvée à moitié avachie sur une voiture. « Elle a eu comme une sorte de malaise », avait-elle raconté au flic, qui s'appelait Farley.

Je lui affirmai que je n'avais consommé aucune drogue et qu'il pouvait me contrôler s'il ne me croyait pas, que j'avais juste besoin de parler à quelqu'un au poste.

— Eh bien, qu'est-ce qui ne va pas ? La dame m'a dit que vous aviez tourné de l'œil, vous êtes sous oxy ou un truc du genre ?

— Je n'ai pas mangé depuis un bout de temps. S'il vous plaît, est-ce que vous pouvez me conduire au poste ?

— Je vais appeler une ambulance, mademoiselle…

— Je n'ai pas besoin d'ambulance. J'ai besoin d'un Big Mac.

— Donc vous refusez une ambulance ?

— Pouvez-vous juste m'amener au poste ?

— Il faut que vous disiez que vous refusez l'ambulance. C'est le protocole. Vous avez le droit de la refuser si vous le souhaitez, mais vous devez le dire. Êtes-vous majeure ?

— Oui.

— Et vous refusez une ambulance.

— Oui.

Alors, seulement, il daigna m'installer sur la banquette arrière.

Mais, avant de démarrer la voiture, il se retourna et m'observa par la cloison grillagée – plus ou moins à hauteur des nichons – puis me demanda si j'avais été victime d'un enlèvement.

— Votre bonne Samaritaine a l'air de croire que quelqu'un répondant à votre nom a été kidnappé ici il y a environ douze ans. Est-ce que c'est vous ?

Ma bonne Samaritaine avait d'abord cru signaler une droguée qu'il fallait dégager de la voie publique. Je voulus parler à quelqu'un au poste plutôt qu'à l'agent Farley, car lorsqu'il m'avait demandé si j'étais majeure, il l'avait fait comme pour s'assurer de ne commettre aucune infraction.

Je me tus.

Je me mis à compter les rues qui défilaient par la fenêtre, en tentant de ne pas prêter attention aux diverses personnes – une vieille dame qui utilisait un déambulateur, un livreur UPS qui portait six colis en équilibre, deux gamins à vélo – qui jetèrent un coup d'œil à l'arrière pour voir qui se faisait coffrer aujourd'hui.

Un, deux, trois, quatre, cinq…

Compter me donnait autre chose à faire que de parler à Farley, ou de penser à l'apparence qu'ils auraient maintenant, ce qu'ils allaient dire et ce que ça me ferait de les tenir de nouveau dans mes bras. Des rues à peu près toutes semblables, vides et tapissées de feuilles mortes, même si à l'angle d'Elm Street, j'avais repéré des lignes de marelle tracées à la craie, en essayant de me rappeler comment c'était de jouer à la marelle : jeter un caillou dans un carré de craie, puis sauter par-dessus pour le ramasser sans trébucher, cette partie-là étant la plus délicate.

Onze : un immeuble d'angle avec une profonde fissure qui s'étendait telle une toile d'araignée d'une extrémité à l'autre, et d'un seul coup, il me sembla tomber dedans et me retrouver prise au piège.

— Qu'est-ce qui se passe ? demanda Farley depuis le siège avant.

Avais-je crié ? Avais-je cogné à la vitre en implorant qu'on me laisse sortir ?

— Maple Street… Est-ce que c'est là que vous habitiez ?

L'inspectrice Mary avait les cheveux tirés en arrière dans un chignon sévère. En fait, son visage était assez sévère dans son ensemble. Je suppose que vous ressemblez à ça quand la délinquance est votre quotidien.

— OK, Jenny, commença-t-elle. L'agent Farley a dit que vous aviez déclaré avoir vécu à Maple Street. C'est là qu'une fillette du nom de Jenny Kristal vivait avant de disparaître. Êtes-vous en train de dire que cette petite fille, c'est vous ?

Note personnelle : l'inspectrice Mary n'avait pas précisé quand Jennifer Kristal avait disparu, la date exacte à laquelle le drame s'était produit. Elle comptait me le faire dire.

La fissure à l'angle de Maple Street occupait tout mon esprit. Était-elle assez large pour m'engloutir tout entière ?

— Ouais. Je suis… Jenny Kristal. Je me rendais à pied chez ma copine Toni Kelly, et on m'a enlevée.

L'inspectrice Mary avait envoyé quelqu'un me chercher ce Big Mac dont je mourais d'envie, et un souvenir me revint soudain à l'esprit.

— La veille de… de mon kidnapping, nous étions tous allés au MacDo. C'est le dernier soir où j'ai vu mon père, parce qu'il était parti au travail le lendemain matin…

Le visage de l'inspectrice Mary se radoucit un peu. Elle enregistrait l'entretien, après m'avoir demandé si ça me dérangeait (« Non, absolument pas »), parce qu'à mon avis elle souhaitait maintenir un contact visuel avec moi, au lieu de devoir tout gribouiller, et je le vis là, dans ses yeux, une espèce d'attendrissement.

— C'était quand exactement, Jenny ? Quand avez-vous été enlevée ?

OK, elle vérifie toujours.

— C'était l'été. Le 10 juillet 2007.

— Hmm, dit-elle, comme si j'avais prononcé une info vraiment intéressante. Juste pour savoir : vous aviez quel âge, à ce moment-là ?

— Six ans, dis-je de nouveau.

— Hm-hm. Vous aviez six ans, et vous vous rappelez la date exacte ? Ça m'étonne, parce que la plupart des enfants ne tiennent pas vraiment compte des dates à cet âge-là.

— Je me souviens de la date parce que c'est celle de mon anniversaire.

Elle releva les yeux comme si elle venait de me prendre en flagrant délit de mensonge, sa bouche soudain crispée.

— On vous a enlevée le jour de votre anniversaire ?

— C'est devenu mon anniversaire.

— Je ne comprends pas.

— Mon nouvel anniversaire. Il disait que c'était le commencement de ma nouvelle vie, alors ce serait mon nouvel anniversaire.

Je sentis une larme perler au coin de mes yeux.

— « Il ». De qui s'agit-il, Jenny ?

— Père.

— « Père » ?, répéta-t-elle, incrédule. Celui qui vous a enlevée ? Quel était son vrai nom ?

— C'était ça, son nom. Père. C'était comme ça que je devais l'appeler.

— Avant que nous abordions cet aspect, ce qui, je le sais, doit être très dur pour vous, Jenny, vous voulez bien que nous reparlions de ce qui a précédé votre enlèvement ?

— Pourquoi ?

Je savais pourquoi – évidemment –, mais je voulais le lui faire dire cette fois.

— C'est la procédure. On doit reconstituer les faits dans leur ordre chronologique. Est-ce que ça vous va ?

— Bien sûr, pas de problème.

— Super. Alors, pouvez-vous revenir un peu en arrière ? Comment s'est passé cet été-là ? Que vous rappelez-vous au sujet de vos parents, par exemple ? Et du reste de votre famille… Avez-vous des frères et sœurs ?

— Ben, dis-je, c'est mon frère.

Mais elle savait pertinemment si j'avais des frères et sœurs, tout comme elle savait que mon frère s'appelait Ben. Elle savait probablement aussi qu'il avait une cicatrice à l'intérieur du genou gauche, là où je l'avais poussé sur le tuteur métallique d'un plant de tomate dans le potager, quand il avait six ans. Et qu'il avait un faible pour les bonbons gélifiés – du moins à l'époque –, et qu'à Halloween je troquais les miens contre ses barres fourrées à la noix de coco. Et que son deuxième prénom était Horace parce que c'était le prénom de notre grand-père. Et que Ben aimait construire des châteaux de sable à la plage, et que son personnage de dessin animé préféré à la télé, c'était Thomas la Locomotive, et qu'il se servait de son petit train, qu'il avait également appelé Thomas, pour déplacer le sable d'un tas à l'autre.

Elle savait probablement déjà tout cela, mais elle allait quand même me le demander.

— Bien, Ben, dit-elle. Plus jeune ?

— Deux ans de plus que moi. Il avait huit ans quand… quand c'est arrivé.

— Bien. Et vos parents ?

— Oui, quoi ?

— Je ne sais pas. Parlez-moi d'eux, si ça ne vous dérange pas.

Je me demandai ce qui se passerait si je répliquais : « Ouais, en fait, ça me dérange. J'ai été kidnappée, donc est-ce qu'il serait possible de ne pas subir un interrogatoire, là ? Si vous n'y voyez pas d'inconvénient, bien sûr. Ça ne vous dérange pas que ça me dérange ? »

Je poursuivis.

— Ma mère, parfois, c'était difficile de m'en souvenir. J'avais cette nouvelle mère, mais je devais m'accrocher au souvenir de la vraie…

— Ce dénommé Père, avait donc une femme ?

— Hm-hm. Mère. Père et Mère et Jobeth. Mon nouveau prénom. Ils m'ont laissée le choisir, et ils m'ont même permis de garder la première lettre de mon ancien prénom. Très aimable de leur part, vous ne trouvez pas ? Des gens si gentils. D'une telle générosité.

Arrête de pleurer, me dis-je. *Arrête.*

— Je sais que c'est dur pour vous, Jenny. Nous allons parler de tout cela… promis. Pouvons-nous rester sur votre famille dans un premier temps ?

— C'est vous qui m'avez posé la question. À propos de Mère.

— Oui, je sais. Je me suis un peu emballée.

Elle sourit, du moins ce qui pouvait passer pour un sourire, vu sa ressemblance avec la vieille fille sur le célèbre tableau de Grant Wood, *American Gothic*. Bon, j'exagère un peu, elle n'était pas si sévère. Elle me tapait juste sur les nerfs, cette inspectrice Mary.

— Et si nous parlions un peu de votre mère pour l'instant ?

— OK. J'ai essayé de me souvenir d'elle. Tous les soirs. Ils voulaient que j'oublie. Ils m'ont dit que mes parents ne voulaient plus de moi. Qu'à partir de ce jour-là, c'étaient eux, mes parents. Ils ont même prétendu que mes parents leur avaient demandé de me kidnapper. Je savais qu'ils mentaient. Je le savais. Mais j'avais six ans, alors… Je ne pouvais pas être sûre. Même si, au fond de moi, je refusais de les croire, et c'est à ça que je me raccrochais tous les soirs, après… (*Si tu bouges, ça va faire encore plus mal…*) Enfin… quand j'étais de retour au lit. Quand j'étais toute seule. Je m'obligeais à me souvenir d'anecdotes – tout ce que je pouvais – sur papa, maman, Ben, grand-père, grand-mère, tout le monde. Disney World quand j'avais cinq ans. On avait attendu deux heures pour monter sur Dumbo, et ça n'avait duré qu'à peu près six secondes, mais j'avais demandé à mon père si on pouvait le refaire et on a refait la queue pendant deux heures. Et comment Ben s'est perdu sur l'île de Tom Sawyer, dans la grotte, et qu'on a dû aller le chercher. Quand on l'a retrouvé, il pleurait et on lui a acheté une énorme glace – plus grosse que la mienne –, juste parce que c'est lui qui s'était perdu, et j'avais trouvé ça injuste. Après avoir été kidnappée, quand j'étais au lit et que je repensais à ça, je me disais que s'ils me retrouvaient, si jamais papa et maman me retrouvaient un jour, alors on devrait m'acheter un magasin de glaces entier, tout un *Baskin-Robbins* rien qu'à moi.

Je t'ai dit d'arrêter de bouger, non ?

— Ça va, Jenny ? On peut faire une pause si vous voulez.

— Ça va.

— Et votre père ?

— Je vous l'ai dit. C'était un… papa. Je l'aimais. Il m'a amenée à Disney World. Il me laissait faire le tour de ma chambre à cheval sur son dos. Parce que, quand j'étais petite, j'adorais les chevaux. Il m'appelait Jenny Penny, parce qu'il faisait ce tour où il cachait un penny entre deux doigts et le sortait de derrière mon oreille. Je n'ai jamais réussi à comprendre comment il s'y prenait, et je lui demandais toujours de recommencer, alors il s'est mis à m'appeler Jenny Penny.

L'inspectrice Mary me demanda si j'avais besoin d'un mouchoir.

Je fis signe que non.

— Après un certain temps, ils sont devenus un peu comme des parents imaginaires. Du genre que vous inventez, parce que j'ai fini par oublier à quoi ils ressemblaient. Et le son de leurs voix, vous savez ? Alors que Père et Mère étaient réels, parce qu'ils étaient là. Et vous avez six, sept, huit, neuf ans, et désormais, c'est ça, votre famille. Et, OK, c'était une famille vraiment bizarro. Vous connaissez ces comics de Superman avec la planète Bizarro ? Père avait des piles entières de ces vieilles bandes dessinées. Bref, il existe cette planète Bizarro, où il y a d'autres Superman, Lois Lane et Jimmy Olsen, mais ils sont tous, eh bien… bizarres ; ils sont en quelque sorte le contraire de ceux qui vivent sur Terre. Enfin, ça me terrifiait, ces comics de Superman Bizarro, parce que c'était ce que je vivais au quotidien, vous voyez ? Voilà ce qu'était cette famille… Sur Terre, votre père ne… vous savez… il ne…

Je pris le mouchoir que me tendait l'inspectrice Mary. Il se produisit alors un phénomène étrange : en évoquant le fait d'avoir six, sept, huit et neuf ans, j'eus soudain six, sept, huit et neuf ans. Je régressai.

— Où vous ont-ils emmenée ? demanda l'inspectrice Mary. Après votre enlèvement… Où êtes-vous allée ?

— Dans le terrier du lapin blanc.

Chapitre 3

Voici ce que je découvris plus tard.

L'inspectrice Mary appela à la maison de Maple Street. Personne ne décrocha parce que mes deux parents travaillaient et Ben était en cours. Au lycée, alors qu'il aurait dû être à l'université vu son âge, j'en déduisais donc qu'il avait merdé. Un inspecteur fit son boulot d'inspecteur et apprit que maman travaillait à l'agence immobilière Mooney, et téléphona donc là-bas. Lorsqu'elle répondit, l'inspectrice Mary déclara : « Je ne veux pas vous donner de faux espoirs, mais nous avons ici au poste une personne qui affirme être votre fille. »

Maman s'évanouit, c'est en tout cas ce qu'elle me raconta plus tard. « La seconde d'après, j'ai vu le plafond. »

Une fois que Tom Mooney l'eut aidée à se relever – les Mooney venaient à nos grandes bouffes du 4 Juillet, et il était étrangement devenu son patron, tout aussi étrangement qu'elle était devenue agent immobilier –, maman appela papa, qui travaillait toujours pour la même société de production en ville, mais en était désormais le producteur exécutif, quoi que cela signifie. « Il emmène des gens déjeuner », m'expliqua maman.

Maman répéta à papa ce que l'inspectrice lui avait dit mot pour mot, parce qu'elle ne voulait pas se tromper.

« Je ne veux pas vous donner de faux espoirs, mais nous avons ici au poste une personne qui affirme être votre fille. » Apparemment, les espoirs de maman étaient déjà en train de flotter quelque part au-delà de Jupiter, mais papa ne tarda pas à lui rappeler que, l'année suivant ma disparition, la police leur avait annoncé à deux reprises avoir retrouvé une fille qui pourrait être la leur.

« L'une d'elles était noire », soupira-t-il.

Il se rendit quand même au poste.

Avant que l'inspectrice Mary ne s'éclipse pour joindre mes parents, elle me demanda, toujours avec courtoisie, si je voyais un inconvénient à ce qu'on me prenne en photo. Je lui demandai quel était l'intérêt, même si je le devinais plus ou moins.

— Est-ce que c'est mon mug shot ou un truc du genre ?

— Non, Jenny. Personne ne vous arrête. (Sourire en carton.) C'est juste la procédure.

« *Cheese* », avais-je dit devant l'objectif. Ou peut-être l'avais-je seulement pensé. Ou les deux.

Mary prit deux photos ; je souris sur l'une, pas sur l'autre. Puis elle dit qu'elle revenait dans quelques minutes.

— Pendant ce temps, je vais envoyer l'agent Farley ici pour vous tenir compagnie, OK ?

— Je suis bien, toute seule, avec moi-même.

— Encore la procédure, j'en suis navrée…

Je fus tentée de demander si c'était la procédure que les officiers de police vous bavent dessus, mais je commençais à être en hyperventilation.

— Mes parents ? m'enquis-je. Vous leur avez parlé ?

Mais Mary avait déjà passé la porte, et l'agent Farley était entré.

— Salut l'inconnue, lança-t-il.

Toujours l'aimable vicelard.

— Je n'ai pas besoin de baby-sitter. Je suis majeure.

— C'est noté. Vous voulez boire quelque chose ?

— Un Jack Daniel's. Sec.

— Pourquoi pas du café ?

— Non merci.

Il s'assit dans le fauteuil de l'inspectrice Mary, regarda autour de lui, un peu comme s'il n'était jamais venu dans la pièce. Peut-être était-ce le cas, puisqu'il devait s'agir de l'endroit où les inspecteurs procédaient à leurs interrogatoires, et il n'en était pas un. Il tambourina sur le bureau avec ses doigts – il avait les ongles rongés – et soupira. Puis il se racla la gorge avant de soupirer à nouveau.

Je voulais être seule. Je voulais me concentrer. D'ici peu, ils entreraient dans cette pièce.

« Et si je deviens un poisson et que je nage loin de toi ? » demanda Petit Lapin.

« Alors je deviendrai pêcheur pour te pêcher », répondit Maman Lapin.

« Et si je deviens un oiseau et que je m'envole loin de toi ? » demanda Petit Lapin.

« Alors je deviendrai un arbre sur lequel tu rentreras te nicher », répondit Maman Lapin.

Maman me lisait *Je vais me sauver !* chaque soir. C'est ainsi que je m'endormais. Quoi que fasse Petit Lapin, où qu'il coure, nage, vole ou saute, Maman Lapin partirait à sa recherche. Petit Lapin ne lui échapperait jamais.

— Vous vous sentez bien ? me demanda l'agent Farley.

— J'ai froid.

— Ah ouais ? Moi, j'ai l'impression d'être dans une fournaise.

— Ravie que ce soient les tropiques pour vous.

— Je peux aller vérifier la température, mais...

Il hésita.

— Mais quoi ?

Il parut confus, comme dans la voiture, quand il était censé vouloir mon bien, mais qu'il avait plutôt l'air de vouloir se faire du bien avec moi.

— Vous ne pouvez pas me laisser seule ici, c'est ça ? On veille à ce que je ne me suicide pas ou un truc du genre ?

— Suicide ? Bien sûr que non.

— C'est à s'y méprendre. Je suis congelée.

— Vous êtes sûre de ne pas vouloir ce café ?

— Certaine.

Ce que je voulais était sur le point de franchir la porte. « Tu veux que je soigne ce bobo ? » m'avait demandé maman quand j'étais passée en rollers sur cette fissure à l'angle de Maple Street, qui m'avait valu une belle égratignure au genou. « Oui, s'il te plaît. »

— Vous tremblez, dit-il.

— Sans déc ! Est-ce qu'ils sont là ?

— Vos… parents ?

— Ouais.

— Je ne sais pas. Peut-être.

— J'ai peur…

Les mots sortirent simplement. Je n'en avais pas eu l'intention, mais cela m'arrivait parfois, comme quand l'inspectrice Mary avait pris ma photo et que j'avais dit « *Cheese* », alors que je croyais le penser tout bas. « Tu parles encore toute seule, me réprimandait Père. La ferme ! »

— Ouais, compatit Farley. Ça doit être… Enfin, ça doit être vraiment bizarre pour vous. Je comprends que vous ayez peur, je veux dire, c'est normal.

Je ne lui répondis pas. D'une part, parce que je n'étais certaine qu'à quatre-vingt-dix-neuf pour cent d'avoir vraiment dit ça à voix haute, mais le fait qu'il y réagisse l'avait validé à cent pour cent. Et d'autre part, parce que je flippais à mort, et la peur me fermait le clapet.

Je ne dirai plus rien… Promis… S'il vous plaît… ne…

— Vous savez, reprit Farley, moi aussi j'avais peur en patrouille. J'ai fait deux missions en Irak, et croyez-moi, ceux qui ont la trouille, c'est aussi les plus sains d'esprit. J'ai vu des sales trucs là-bas. Ce que je faisais pour résister à la peur, c'était penser au moment où ça serait fini. Je m'imaginais de retour à la base – je la voyais en vrai avec le reste, comme ce que j'étais en train de manger, avec qui je bavardais – parce que ça rendait les choses, eh bien… réelles. Ça s'appelle la visualisation.

Farley faisait de son mieux, mais il parlait par-dessus la voix de quelqu'un d'autre.

Tu m'étonnes que tu ne vas rien dire…

— Donc, ce que je dis, c'est… Pensez au fait d'être chez vous avec eux. Et je sais que même ça, ça peut vous effrayer, mais au bout d'un moment, ça passera, pas vrai ? Tout le monde réapprendra à se connaître, et ce sera simplement comme… Eh bien, comme si ce n'était jamais arrivé, enfin pas exactement, mais ça s'en rapprochera peut-être. Alors visualisez-le. Vous allez voir, ça marche vraiment.

OK, monsieur l'officier. Je vous reçois cinq sur cinq. J'essaie.

— Vous voyez. Ça a déjà l'air d'aller mieux.

Je m'imaginais dans mon ancien salon, avec la grande télé sur laquelle je regardais *Arthur* et *Dora*, et sur le meuble TV trônaient le *Monopoly* et le *Jeu de la vie*, auxquels nous jouions en famille, et je choisissais toujours la voiture rose parce que j'étais une fille. On était assis là tous ensemble, papa, maman et Ben qui n'était plus un gamin, et on mangeait une pizza et maman disait : « Mange au-dessus du plat, Jenny », et papa racontait une de ses blagues ringardes pour détendre l'atmosphère, et on formait une grande et heureuse famille.

Seulement, d'autres pensées commençaient à se bousculer dans ma tête, comme la fois où cet agent de sécurité avait ouvert les portes du *Sioux City Mall* le lendemain de Thanksgiving pour me permettre d'aller à mon travail chez *Bed Bath & Beyond*, et que tous les clients qui attendaient dehors avaient déferlé derrière moi. Bon courage pour essayer de maintenir qui que ce soit à l'extérieur, même si c'était un quart d'heure avant l'horaire d'ouverture. L'agent de sécurité ne cessait de crier : « S'il vous plaît, ce n'est pas encore ouvert, s'il vous plaît… », mais il aurait aussi bien pu parler à sa main.

L'agent de sécurité de mon esprit était comme celui de ce centre commercial de Sioux City : Mr Scott, même si nous l'appelions Mr Scotch, parce que son haleine était déjà chargée d'alcool quand il vous ouvrait la porte le matin. Il n'était pas menaçant ni rien, ce qui constituait peut-être le problème, car comme agent de sécurité, il valait que dalle. Celui de mon esprit était tout aussi nul, car il avait beau répéter inlassablement « Restez dehors », ou essayer de tenir à l'écart certains indésirables, il n'arrivait à dissuader personne, et les gens se faufilaient.

C'était ce qu'ils faisaient en ce moment, ils s'incrustaient dans le salon où l'on se goinfrait de pizza et l'on rattrapait le temps perdu avec ma famille. Voilà que Père et Mère étaient soudain là, me disant qu'il était temps que j'aille dans ma chambre, et cette sensation aigre et nauséeuse me vrillait l'estomac.

— Hé…, dit Farley. Hé…

À présent, l'agent Farley se trouvait dans la maison avec nous, seulement le salon était devenu la pièce du poste de police, et il n'y avait plus que nous deux.

— Je veux ma maman. Tout de suite.

Chapitre 4

Je les avais imaginés tels qu'ils étaient à l'époque. Maman ressemblant toujours à Blanche-Neige, celle du Magic Kingdom qui avait posé pour des photos avec Ben et moi. Elle m'étreignait de la même manière que Maman Lapin avec Petit Lapin, lorsqu'il promettait de ne plus jamais se sauver de chez eux.

Papa avait l'air très grand à côté de moi qui étais si petite. Il ne me laisserait probablement plus monter sur son dos pour courir partout, mais il me soulèverait peut-être dans ses bras pour me porter jusque chez nous à Maple Street.

Lorsqu'ils entrèrent dans la pièce, maman ressemblait à la tante de Blanche-Neige du côté de sa cousine. Ses longs cheveux bruns étaient courts, dégradés, et striés de mèches blondes irisées. Sa peau blanche et pâle avait été sabotée par l'un des centres de bronzage qui bourgeonnaient sur Forest Avenue. Et elle avait fait quelques virées de trop chez *Dunkin' Donuts*.

Papa, non.

Il avait rétréci.

Ils se tenaient sur le seuil de la porte, et j'étais carrément à l'autre bout de la pièce, essayant de calculer la distance qui nous séparait.

Douze ans.

Je pense qu'ils faisaient la même chose que moi, ils retouchaient l'image qui était gravée dans leur mémoire, la même image encore placardée sur ce poteau.

Peut-être Mary leur avait-elle passé l'enregistrement – au sujet de Ben qui s'était perdu à Disney World, le tour sur Dumbo, Jenny Penny –, et peut-être leur avait-elle épargné certains détails sordides.

— Où Père vous a-t-il emmenée ?

— Au lit.

— Je voulais dire, où viviez-vous, Jenny ?

— Partout. Ohio. Iowa. Michigan. Arizona. On bougeait sans arrêt. On a beaucoup squatté. Des maisons abandonnées, entre autres. Le dernier endroit était une épave de caravane à l'extérieur de Sioux City. Elle avait un trou dans le toit.

Peut-être l'inspectrice leur montra-t-elle les photos qu'elle avait prises de moi en disant : « Est-ce bien votre fille ? Et si nous nous en assurions, avant que vous caliez la réunion de famille ? » Ou peut-être l'avait-elle fait dans le simple but de les préparer à l'œuvre du temps sur une enfant de six ans. Et ils avaient dévisagé ces photos comme ils le faisaient en ce moment même.

— Maman ?

Ne pleure pas, pensais-je, *ne pleure pas.*

Seulement, je le dis à voix haute. Comme si je m'adressais à eux plutôt qu'à moi :

— Ne pleure pas, maman. Ne pleure pas, papa, non...

Ce qui n'était pas grave, car soudain, c'est ce qu'ils firent. Maman, du moins. Elle pleurait.

Moi aussi.

On pleurait toutes les deux, les larmes se rejoignant d'une manière ou d'une autre, parce que – c'est vraiment bizarre – j'étais jusque-là d'un côté de la pièce, et à présent j'étais à l'opposé. J'avais parcouru douze ans en un clin d'œil. Maman avait noué ses bras autour de moi comme si j'étais de nouveau sur ces rollers, et qu'elle se proposait de soigner mon bobo, exactement comme elle l'avait promis, une éternité plus tôt.

Chapitre 5

Une fois qu'ils m'eurent accompagnée dans la maison et demandé si je m'en souvenais (Oui, de certaines choses), qu'ils m'eurent montré mon ancienne chambre où mes jouets n'étaient plus alignés comme je les avais laissés, mais où il y avait une télé, une Xbox et un canapé-lit – « Nous irons t'acheter un lit tout neuf demain, Jenny » –, une fois que nous nous fûmes réunis autour de la table de la cuisine, car cela donnait l'impression de se blottir autour d'un feu pour se tenir chaud, sauf que le feu, c'était moi ; bref, une fois que nous eûmes parlé de banalités, mais pas vraiment de *ça*, et qu'ils m'eurent demandé ce que je voulais pour le dîner – papa proposa de nous faire livrer de quoi manger, mais maman dit que j'aurais droit à un repas fait maison : « Poulet et purée de pommes de terre, c'était ton plat préféré » –, Ben rentra à la maison.

Papa dut aller le chercher. D'abord, il l'avait traqué par téléphone – « Est-ce que Ben est là ? », avait-il demandé à au moins trois personnes différentes –, parce que Ben ne répondait pas sur son portable. Lorsqu'il obtint enfin un oui, et eut ensuite Ben au bout du fil, il lui dit : « Ne bouge pas, je viens te chercher. »

Ben avait sans doute demandé pourquoi papa venait le chercher alors qu'il avait sa propre voiture et était parfaitement capable de rentrer tout seul.

— Laisse-la garée là-bas, insista papa. Je t'expliquerai.

Que dire dans une telle situation? « Ben, figure-toi que ta sœur est revenue! » Vous attendez qu'il mette un pied dans la maison, pour ensuite crier « Surpriiiise » ?

Certaines nouvelles ne peuvent être annoncées que de vive voix, en personne.

Papa me gratifia d'une brève étreinte gênée avant de passer la porte. Puis il ne resta que maman et moi, et soudain ce fut gênant aussi, plus comme au poste de police où l'on ne pouvait plus se lâcher, mais comme quand vous vous trouvez dans une maison avec un parent éloigné que vous avez rencontré une fois dans votre enfance. Maman sortit un album de photos.

— Je ne l'ai pas regardé depuis... Eh bien... depuis que nous t'avons perdue. Voudrais-tu le voir?

— Bien sûr, répondis-je.

« Jennifer Kristal », indiquait la couverture. Un album qui m'était consacré.

« Le premier jour de Jenny », pouvait-on lire en haut de la première page. Moi à l'hôpital, allongée, les yeux fermés, sur la poitrine de maman, qui reprenait son visage de Blanche-Neige, ou plutôt celui de la Belle au bois dormant émergeant d'une anesthésie générale. Puis moi dans les bras de papa. Puis moi, tenue par une personne plus âgée.

— Est-ce que tu te souviens de lui? demanda maman.

Nous étions assises sur le canapé du salon, nichées l'une contre l'autre, de nouveau dans notre cocon.

— Grand-père?

Maman acquiesça.

— Il t'adorait, tu sais. Quand tu as… disparu, il s'est complètement effondré. Grand-mère était déjà décédée, alors tu étais un peu tout pour lui. Sa Jenny.

— Je me rappelle qu'il m'apportait des Tootsie Rolls, mais je devais d'abord deviner dans quelle main ils étaient.

— Tu te souviens de ça ? s'étonna maman en souriant. Il faisait la même chose avec moi quand j'étais petite.

— Il devait en avoir dans chaque main, parce que je ne me trompais jamais. Jamais. J'avais toujours droit à un bonbon.

— Et lui ? s'enquit maman, en désignant une autre personne qui me tenait ce jour-là à l'hôpital, très délicatement, comme s'il craignait de me faire tomber.

— Pas sûre. Il me dit vaguement quelque chose, mais…

Je haussai les épaules.

— Ton oncle Brent. Le demi-frère de papa. Tu ne te souviens pas de lui ?

— Oh, mais si. Oncle Brent. Ça me revient. Tu l'avais engueulé une fois, parce qu'il avait laissé Ben allumer un pétard le 4 Juillet, et Ben s'était brûlé la main, et tu étais vraiment fâchée contre lui.

Maman me lança un regard où se lisait la surprise, comme si je méritais peut-être bien deux Tootsie Rolls pour m'être rappelé un détail qui remontait si loin.

Continue comme ça.

— C'est exact, confirma-t-elle lentement. Je me suis vraiment fâchée contre lui. Ben a toujours la cicatrice.

Elle retourna à l'album. À mon premier anniversaire. Moi devant un gâteau surmonté d'une bougie ; visiblement, c'était papa qui la soufflait, puisque j'étais plantée là, l'air ahuri. Moi avec du gâteau au chocolat étalé partout sur la figure. Moi assise sur les genoux de maman et entourée de cadeaux aux emballages éventrés. « Jenny a un an », pouvait-on lire sur cette page.

Puis moi en train de faire un tour de poney, du genre où quelqu'un reste à côté de vous, le temps de faire une petite balade. J'avais un chapeau de cowboy rose et j'étais visiblement morte de trouille.

— Tu adorais les chevaux, dit maman. Tu te souviens ?

Nous continuâmes ainsi, maman commentant chaque photo tandis que nous progressions au fil des deux ans terribles, des trois ans géniaux, des quatre ans fabuleux, sur la voie des six ans agressés sexuellement.

— Tu as pleuré quand tu as touché de la neige pour la première fois, m'informa-t-elle.

Je pouvais comprendre pourquoi, car il y avait une photo de moi assise sur une colline enneigée à environ quatre ans, plus ou moins engloutie dans une doudoune démesurée. Sous la photo figurait cette légende : « Notre Petit Lapin des neiges ».

— Vraiment ? dis-je. Je ne me souviens pas, maman.

J'aimais la façon dont ce mot sonnait dans ma bouche. *Maman. Maman. Maman. Maman. Maman. Maman.*

C'était mon nouveau mot préféré. Maman et moi qui feuilletions le passé, et bientôt, papa serait de retour avec mon grand frère. Peut-être qu'on sortirait le *Jeu de la vie* de sa boîte, et que je ferais tourner la roue et que je foncerais sur la route avec ma décapotable rose. Qui sait où cela me mènerait ? Le destin m'avait finalement ramenée ici, non ? Il y avait pourtant peu de chances pour que cela se produise. Ce serait exactement comme je l'avais imaginé lorsque ce policier m'avait conseillé de le faire, quand je lui avais avoué que j'avais peur. J'avais encore la frousse. J'avais eu la tremblote assise à la table de la cuisine un peu plus tôt, mais être aussi près de maman m'inondait de chaleur.

Lorsque nous tombâmes sur ma photo de CP – celle que j'avais vue clouée sur ce poteau –, maman s'empressa de tourner la page, comme si elle ne pouvait supporter de la regarder. L'album s'interrompait ici. C'était comme l'écran qui vire au noir dans un cinéma quand un projecteur se bloque. Vous êtes au beau milieu d'un film génial, et subitement, c'est le néant. Je voulais être remboursée : l'histoire avait été interrompue, or ceci était mon histoire.

La toute dernière photo de l'album avait été prise à la plage, sans doute juste avant ma disparition. Nous avions construit un château équipé de douves – maman et moi –, et quelqu'un avait gravé dans le sable « Château des Kristal ». On se tenait devant, comme de fières sentinelles. Comme si personne ne pouvait y entrer, personne. Il était, quel est le mot exact… imprenable. Seulement voilà, il n'était pas aussi imprenable qu'il en avait l'air ; quelqu'un avait ouvert une brèche dans les murailles du château et ravi la princesse.

Maman promena lentement son doigt sur la page suivante, vide. Ça me rappela une personne aveugle que j'avais vue lire en braille un jour dans le bus.

Et en guise d'explication, cette légende : « Jenny est partie ».

— Voilà, conclut maman. C'est tout. Nous n'avons jamais eu l'occasion de prendre d'autre photo…

Je lui saisis la main et la serrai.

— Nous pouvons en prendre d'autres maintenant, maman, et les mettre dans l'album, hein ?

Puis la porte s'ouvrit, et Ben entra.

Nous nous reconnûmes. Pas genre : « Waouh, tu es ma sœur » et « Tu es mon frère ».

Non.

Plutôt comme ça, à vrai dire :

Merde, tu es le mec qui me branchait devant cette pizzeria.

Putain, tu es la fille canon à qui j'ai essayé de taper une clope.

On s'est dévisagés un moment en se demandant si l'on devait parler de ce qui s'était passé. Du moins, c'était mon cas.

Il ne décrocha pas un mot et resta figé sur le seuil, même quand papa le poussa légèrement pour l'encourager.

— Je sais que ceci est vraiment étrange pour toi, Ben. C'est étrange pour nous tous, mais si tu disais bonjour à ta sœur ?

Il ne dit pas bonjour. Il ébaucha un hochement de tête presque imperceptible en restant là où il était, comme s'il doutait d'être entré dans la bonne maison, qu'elle était radicalement différente de celle qu'il avait quittée ce matin… et elle l'était. Clairement.

— Salut, Ben, dis-je. Ça fait un bail.

J'essayais d'être drôle, ou d'être quelque chose tout court, mais personne ne rit. Papa parvint à esquisser un vague sourire, entra dans le salon, et s'assit à côté de nous sur le canapé.

— Hmmm, Ben ? dit maman. Et si on s'asseyait pour discuter un peu ?

Apparemment, Ben n'avait pas envie de discuter.

— Ben ? répéta maman.

Il lui fallut quelques supplications de plus, adressées avec une contrariété croissante, avant de le convaincre de se joindre à nous. Enfin, façon de parler : il s'installa à l'autre bout de la pièce, sur une causeuse orange qui ne le rendit pas causant pour un sou.

J'avais remarqué ce qui devait être un vieux projet de sciences de Ben dans ce qui avait été ma chambre – un diorama du système solaire en papier mâché –, et si maman, papa et moi étions le Soleil, Mercure et Vénus, Ben était une planète extérieure. Pluton, peut-être, celle que l'on avait réduite à la taille d'un grain de poussière cosmique.

Deux camps se dessinaient.

— Alors, voudrais-tu dire quelques mots à ta sœur, Ben ? demanda maman.

Non, donc.

— OK. Tu dois avoir des milliers de questions, Ben, nous en avons tous, renchérit maman. Jenny a vécu des moments vraiment difficiles, et je pense que nous devrions juste réapprendre à nous connaître. Est-ce qu'on peut faire ça ? Personne n'attend de toi que tu te sentes comme un frère pour elle – pas encore –, c'est normal. Ça prendra du temps, beaucoup de temps. Mais peut-être que si nous parlons, simplement, si nous amorçons le dialogue…

Ben n'était pas d'humeur à amorcer le dialogue. Il préféra lever les yeux au ciel, et papa poussa un soupir las. Le genre de soupir qui disait : « Nous sommes déjà passés par là, non ? et j'en ai marre. » OK, donc la vie n'avait peut-être pas été si rose que ça chez les Kristal ces derniers temps.

— Jenny, je pense que c'est un véritable choc pour Ben. Je suis certain qu'il essaie de l'encaisser. De comprendre. Nous pensions tous que tu étais… tu sais…

— Morte, dis-je.

Ce mot jeta un froid sur le salon. En tout cas, il fit taire tout le monde.

— Je suis vraiment fatiguée, marmonnai-je. Est-ce que je peux aller me coucher ?

— Bien sûr, répondit papa. Tu dois être… Mon Dieu, nous aurions dû y penser plus tôt…

Maman déclara qu'elle allait me préparer le canapé-lit.

— Ça te convient ?

— Ça me paraît confortable.

Puis on se leva, comme si l'on s'apprêtait à sortir d'un restaurant. Tous sauf Ben, qui resta où il était, en me dévisageant de la manière dont les vigiles fixent les voleurs à l'étalage, les bons vigiles, pas les Mr Scotch.

J'attendis dans mon ancienne chambre pendant que maman apportait des draps et des oreillers, et que papa sortait en grognant le matelas du canapé convertible, s'efforçant tous les deux de me montrer combien ils étaient heureux que je sois rentrée à la maison.

— Ça te va si je te donne une de mes chemises de nuit ? demanda maman. On doit faire à peu près la même taille.

— Un tee-shirt suffira. C'est ce que j'ai l'habitude de porter.

— Vraiment, tu es sûre ? OK, j'en ai plein.

Elle m'en apporta un bleu sur lequel il était écrit COSTA RICA, et papa me demanda si je voulais qu'il augmente le chauffage.

— Non, ça va, papa.

C'était la première fois que je l'appelais ainsi, et je le vis physiquement flancher, puis rougir.

— OK… Eh bien, bonne nuit, bredouilla-t-il, planté d'un air gêné devant la porte, comme un mec qui vous raccompagne après une soirée et qui ne sait pas s'il doit vous rouler une pelle ou bien lâcher l'affaire.

— On se voit demain matin, ajouta-t-il.

Maman me prit dans ses bras, mais après être partie et avoir fermé la porte derrière elle, elle revint sur la pointe des pieds avec quelque chose à la main. J'avais déjà éteint les lumières et je m'étais glissée au lit, je ne vis donc pas tout de suite ce que c'était. Puis je le découvris.

— J'ignore pourquoi je l'ai conservé, dit-elle. Papa m'a fait tout jeter, après la troisième année. Parce que c'était trop douloureux, j'imagine. Il avait raison. Ça l'était.

Mais j'ai gardé une chose, juste une… au cas où. Bonne nuit, Jenny…

Goldy.

Je nichai le petit cheval sous mon cou, et sa douce crinière me chatouilla la gorge. Je trouvais que ça sentait l'enfance. Le meilleur de l'enfance.

Juste avant de m'assoupir, j'entendis quelqu'un monter l'escalier, puis s'arrêter juste devant ma porte.

— Ben voyons, lança Ben.

Chapitre 6

Laurie

Elle se réveilla au moins cinq fois durant la nuit, elle les compta, comme d'autres comptent les moutons. Elle rêvait de Jenny, la Jenny de six ans, qui hantait régulièrement ses songes avant, hurlant éternellement pour appeler à l'aide, en vain.

On avait prescrit à Laurie de puissants somnifères à l'époque, avec l'aimable autorisation de son psychiatre, le Dr Leslie, mais elle ne les avait jamais pris, même si elle prétendait le contraire afin que Jake cesse de la harceler à ce sujet. Elle le comprenait, après tout, c'était lui qui était brusquement réveillé par les sanglots de sa femme presque toutes les nuits.

— Pouvez-vous décrire votre état émotionnel ? lui avait demandé le Dr Leslie.

— Non, et vous ?

Le problème, c'est qu'elle n'avait pas souhaité arrêter de voir Jenny. Privée de sa fille dans le monde réel, elle devait se contenter de la retrouver dans des cauchemars. Ses terreurs nocturnes se confondaient avec les pires angoisses qui la submergeaient pendant le jour.

Elle avait alors plongé dans sa phase religieuse. Elle s'était précipitée dans les bras de Dieu comme vous courez vous réfugier dans ceux de votre mère, lorsque vous avez désespérément besoin de réconfort. Si la psychiatrie ne pouvait la sauver, peut-être l'église y parviendrait-elle, où vous étiez autorisé à appeler *esprits* les personnages de vos rêves, et *visions* vos cauchemars les plus éprouvants.

Au fil des années, la fréquence de ces visions commença à diminuer, et Jenny devint une invitée imprévisible. Laurie allait passer des mois sans la voir, des années même. De temps en temps, elle débarquait à l'improviste, comme un voisin qui avait déménagé depuis longtemps, mais ne pouvait passer dans le coin sans venir dire bonjour.

Cette nuit, c'était différent. Comme si quelqu'un avait soufflé sur la poussière de cet album de famille et lui avait redonné vie par magie. Jenny ne criait plus. Elle gambadait dans la maison en glapissant avec la joie de ses six ans sur son palomino préféré – grandeur nature et s'ébrouant dans des panaches de vapeur chaude –, puis faisait soudain des pirouettes dans la cave sur les talons vertigineux de Laurie. Il s'agissait sans doute des meilleurs rêves que Laurie eût jamais faits.

Après s'être réveillée pour la cinquième fois, elle se glissa hors de son lit. Il fallait qu'elle en ait le cœur net : y avait-il une fille de dix-huit ans, en chair et en os, qui dormait au bout du couloir ?

Était-ce possible ?

Lorsqu'elle arriva à la porte, elle hésita un instant, se demandant si tout ce qu'elle allait voir se résumerait à un canapé-lit replié, une Xbox inutilisée, et un diorama poussiéreux : la chambre de sa fille remodelée jusqu'à être méconnaissable, dans un effort d'effacement de la mémoire. Avec Jake, ils n'avaient pas lésiné, modifiant les lieux pour en faire disparaître toute empreinte de celle qui les avait occupés, comme si elle n'avait jamais existé.

Le plus dur avait été de vider les affaires de Jenny, parce qu'elles étaient tout ce qu'il lui restait de sa fille.

Chaque jouet, chaque poupée, chaque robe qu'ils jetèrent dans le carton béant lui donna l'impression de jeter des mottes de terre sur son cercueil. Son ultime enterrement. Laurie dut s'interrompre à plusieurs reprises pour reprendre son souffle au cours de cette opération douloureuse. Et il y avait toutes ces choses inattendues sur lesquelles ils tombèrent : une carte d'anniversaire que Jenny avait dessinée pour son frère, « Joyeuz aniversère Bne », trois dollars en argent et un sou à tête d'Indien que lui avait donnés son grand-père, une écurie qu'elle avait construite avec des bâtons de sucette et de la colle blanche. Chaque objet ravivait des souvenirs qu'ils essayaient soigneusement d'oblitérer, appuyant douloureusement sur ce qu'il restait de son cœur.

Une fois la chambre vide, ce fut plus facile. Ils purent alors faire comme si c'était juste une pièce : quatre murs, un sol et un plafond. Ils achetèrent le bureau sur lequel Ben allait faire ses devoirs et Laurie ses comptes, ils fixèrent ce grand écran plat au mur et le branchèrent à la Xbox de Ben. Un bureau, une salle de jeux, c'était tout, désormais, sauf la chambre de Jenny.

Évidemment, Laurie ne put s'empêcher de conserver un jouet appartenant à Jenny, un cheval doré qu'elle cacha au milieu d'une pile instable de boîtes à chaussures dans son dressing, celui où Jake ne s'aventurait jamais sans un mandat de perquisition.

Elle avait plus ou moins oublié ce jouet, jusqu'à ce qu'elle le voie aujourd'hui sur l'une des photos de l'album. Une photo prise à la dérobée de Jenny, à quatre ans, faisant danser Goldy par terre dans sa chambre. Au moment où sa mère avait pris ce cliché, elle n'avait pas la moindre idée de ce qui se produirait ensuite. Ce moment inimaginable, où la vie serait sectionnée en deux parties bien distinctes : un avant et un après.

Laurie poussa la porte.

Pendant un instant, le noir. Elle dut attendre quelques secondes que ses yeux s'accoutument à l'obscurité avant de distinguer le canapé convertible sur lequel dormait sa fille.

Laurie entendait sa respiration, saccadée et agitée comme une clim défectueuse. Elle se demanda de quoi Jenny rêvait. Une horreur, supposait-elle, se remémorant les paroles de l'inspectrice.

— Pourquoi a-t-elle attendu si longtemps pour s'enfuir ? lui avait demandé Laurie.

— Ils étaient ses parents depuis ses six ans. C'étaient des monstres, bien sûr, mais c'étaient *ses* monstres.

Et Laurie avait été horrifiée par l'idée que des individus pareils aient pu faire naître en elle une sorte d'attachement familial. C'était pourtant vrai. Il y avait toutes sortes de monstres en liberté dans ce monde, déclarait l'inspectrice, et certains d'entre eux étaient vos proches.

C'est Jenny, se dit-elle.

Leurs amis les Shapiro avaient adopté des jumelles en Colombie. Alors qu'ils entraient dans la pièce où on allait leur mettre dans les bras deux parfaites inconnues, Amy Shapiro s'était répété comme un mantra : *Ce sont mes filles, Meghan et Molly Shapiro, ce sont mes filles.*

Voilà ce que faisait à présent Laurie.

C'est ma fille, Jenny.

Elle ne ressemblait pas à Jenny – Jenny avait six ans et des genoux à fossettes –, elle ne se comportait pas comme Jenny, qui aimait gambader dans la maison en chantant des chansons de *Mulan*, elle ne parlait pas non plus comme Jenny, dont l'incisive manquante faisait siffler ses *t*.

Aucune importance.

C'est ma fille.

Jenny se mit subitement à remuer et à gémir, jetant un bras en l'air comme pour chasser un mauvais rêve, le poing serré. Ses cheveux étaient tout emmêlés, ainsi que la couverture, comme si elle s'était battue avec elle avant d'avoir finalement le dessus.

Laurie s'enfonça dans le matelas de la manière dont vous vous plongez lentement dans un bain chaud, puis écarta timidement quelques mèches dorées collées au front de Jenny. Elle lui caressa les cheveux en chuchotant :

— Chuuut. Chuuut.

Les yeux de Jenny papillotèrent avant de s'ouvrir.

Un jour, Jake avait installé un piège pour attraper un opossum qui saccageait les gardénias de leur jardin, mais c'est Laurie qui l'avait découvert la première, crachant et se débattant dans sa prison de fortune. C'étaient les yeux de l'opossum qui la hantaient encore : deux balises de détresse.

À présent, les yeux de Jenny ressemblaient à cela.

— Il était une fois un petit lapin qui voulait se sauver, murmura Laurie, en continuant de lui caresser les cheveux. Il dit alors à sa maman : « Je me sauve… » (Jenny cligna des yeux.) « Si tu te sauves, dit sa maman, je te pourchasserai… »

Elle cligna de nouveau des yeux, et Laurie aperçut une larme qui roulait doucement sur sa joue. La panique la quittait, pour retourner dans ce lieu souterrain où elle incitait les mains endormies à se serrer en poings rageurs.

— « Car tu es, dit sa maman (Jenny se lova sur les genoux de Laurie et ferma les yeux.)… mon petit lapin… »

Chapitre 7

Où suis-je ?

Ce n'était pas la première fois que je me posais cette question. Je devrais être habituée, depuis le temps.

Mais putain, où est-ce que je suis ?

Je m'étais réveillée dans trop d'endroits sans savoir où je me trouvais, et certains d'entre eux s'étaient révélés assez effroyables.

Je ne reconnaissais rien.

Les ondulations argentées d'une fenêtre.

Un cactus en pot auquel pendait une fleur fanée.

Un bureau avec un ordinateur éteint.

Un univers miniature.

Concentre-toi.

La fenêtre ondulait parce qu'une bouche à air chaud soufflait inlassablement dans les stores argentés de haut en bas.

L'univers n'était pas un univers, mais un diorama poussiéreux, qui finirait par devenir un objet reconnaissable.

Il appartenait à Ben. Le diorama de Ben. Il s'était arrêté devant ma porte hier soir et avait dit : « Ben voyons… »

Mais quelqu'un s'était introduit dans cette chambre la nuit dernière.

Je l'aurais juré.

J'étais passée d'un cauchemar à un autre – comme d'habitude –, et lorsque je parvins à m'échapper de l'un d'eux particulièrement terrifiant – j'étais enchaînée à un arbre au fond d'un lac en feu –, sans tout à fait me réveiller ni me rendormir, quelqu'un me caressait les cheveux et me parlait en chuchotant.

Quelqu'un comme maman.

Je restai là. Au lit, qui était en fait un canapé convertible, laissant le soleil s'infiltrer par les stores scintillants et remonter le long de mes jambes, comme quelqu'un qui étendait sur moi une couverture en laine chaude. Je percevais des bruits dans la maison. Ils me réconfortèrent, ces bruits : des pieds qui se traînaient en chaussons, des voix baissées pour ne réveiller personne, des sons métalliques étouffés provenant de la cuisine.

Quel jour était-on ?

Dimanche.

J'avais toujours nourri des sentiments ambigus pour les dimanches, car c'était le premier jour du reste de la semaine, et en général, le reste de la semaine s'annonçait à chier. C'était également le jour où l'on faisait travailler les petits nouveaux au *Sioux City Mall*. Vous deviez donc regarder tous les autres profiter de leur jour de repos, pendant que vous vous cassiez le cul à aller leur chercher des catalogues *BB & B* et des tringles de penderie en plastique.

Mais, avant de rejoindre les rangs de la vente au détail, certains de mes dimanches étaient consacrés à d'authentiques activités dominicales. Comme rester allongée dans l'herbe et repérer des formes de dingue dans les nuages, ou dessiner ma toute dernière BD. J'avais commencé par décalquer celles de Superman dans le stock de Père. L'héroïne de ma BD était une fille de treize ans avec des superpouvoirs, qui était capable de se rendre invisible. Superinvisible Girl.

Essayez seulement de me trouver!

Plus besoin de pouvoirs d'invisibilité maintenant.

Je suis à la maison, pensai-je.

Ou dis-je.

Ou pensai-je et dis-je à la fois.

— Je suis à la maison.

Le disant à voix haute cette fois, afin d'entendre comment ça sonnait. À la maison, enfin. À la maison pour de bon.

Je me redressai et cherchai mon jean, que j'aurais juré avoir balancé sur la chaise la veille, mais qui avait étrangement disparu. Je regardai par terre, sous le lit, dans l'armoire, mais il n'était pas là non plus. Je tentai d'inspecter le lit, mais lorsque je soulevai la couverture, je vis les yeux vides de Goldy qui me regardaient fixement.

Bon, ensuite?

Je me dirigeai vers la porte et l'entrouvris. J'étais en tee-shirt bleu et culotte. Du *H&M* pas cher vert citron, avec mon tatouage qui dépassait au-dessus de la hanche gauche, le seul tatouage que je me sois fait faire, parce que avoir une aiguille qui vous perfore la peau, il faut bien l'admettre, c'est un calvaire. Défoncée au Xanax, j'avais trouvé l'idée géniale sur le moment, ce qui en dit long sur les idées géniales, car par la suite, j'avais voulu m'en dissocier, même si ça faisait partie intégrante de moi. *VIDI*. « J'ai vu », en latin. Tout l'intérêt des tatouages, selon moi, était de choisir une langue que personne ne parle, du coup les gens doivent vous demander ce que ça signifie.

— « J'ai vu », leur répondais-je. Voilà ce que ça signifie.

— Vu quoi?

— Des choses.

— Quelles choses ?

— Des choses que vous ne voulez pas savoir.

Ce qui mettait généralement fin à la conversation, parce que la plupart des gens ne veulent pas vraiment savoir, même lorsqu'ils prétendent le contraire.

Quelqu'un montait l'escalier.

— Bonjour, dit maman, en passant la tête par la porte entrouverte. Ça va ?

— Je ne trouve pas mon jean.

— Oh, c'est moi, désolée. J'espère que ça ne te dérange pas. Il avait un peu…

— Quoi ?

— Besoin d'être lavé. J'ai lancé une machine.

— Je n'ai pas d'autres vêtements, et je ne savais pas où il était.

— Je ne voulais pas te réveiller.

— OK. Je ne savais pas où il était, c'est tout.

— Désolée.

— Avec quoi je vais me trimballer du coup ?

— J'ai un survêt. Ça te va pour l'instant ?

— Ouais, j'ai pas trop le choix.

— Attends.

Elle passa devant la chambre pour aller dans son dressing, où je l'entendis fouiller dans un tiroir. Elle revint et tendit un jogging rouge par l'entrebâillement de la porte, comme quelqu'un qui glisse un plateau-repas dans la cellule d'un détenu potentiellement dangereux.

— Cette nuit…, demandai-je, le jogging à la main, m'adressant toujours à elle par la porte entrouverte, est-ce que tu…

— Quoi ?

— Je ne sais pas… tu es entrée dans ma chambre ? Je me souviens vaguement de toi ici…

— Tu faisais un cauchemar, je crois.

— Pourquoi… je disais quelque chose ?

— Non, rien. Tu étais juste, je ne sais pas… agitée.

— Oh.

C'était comme de me réveiller étendue sur une voiture avec cette femme penchée au-dessus de moi. Quelqu'un me voyant faire quelque chose alors que j'ignorais le faire.

— Je t'ai tenue jusqu'à ce que tu te calmes. Je n'avais pas l'intention d'envahir ton intimité.

— C'est juste que je n'ai pas l'habitude, dis-je.

— D'être… réconfortée ?

— D'avoir mon intimité.

— Je comprends. Écoute, Jenny, je sais que je vais commettre des erreurs. Une tonne, probablement. Il va nous falloir à tous un moment pour refaire connaissance, pas vrai ? Nous rattrapons beaucoup de temps perdu…

Du temps perdu, comme si quelqu'un l'avait simplement égaré, posé sur une chaise un soir, et s'était réveillé le lendemain matin pour découvrir qu'il avait disparu.

— Oh… le FBI a appelé.

Maman annonça ça avec détachement, comme elle aurait pu dire : « Oncle Brent a appelé » ou « Oh, un type qui vend des assurances-vie a appelé », comme si c'était la routine ici, de recevoir des coups de fil du FBI.

— Pourquoi ?

— Eh bien, je pense… Je ne suis pas sûre, mais je pense que la police doit alerter le FBI quand il y a un enlèvement entre États… un truc comme ça. Bref, ils veulent te parler. Le FBI. À propos des gens qui t'ont kidnappée. Ces… Père et Mère. Ils ont besoin de ton aide pour les retrouver.

— Je ne sais pas où ils sont. Je ne peux pas aider le FBI.

— Ils espèrent que tu sais quand même certaines choses. Des choses qui pourraient se révéler importantes. Ils veulent juste te parler, Jenny…

— Je n'ai pas la moindre idée d'où ils peuvent être. Aucune. Ils pourraient être n'importe où maintenant.

L'inspectrice Mary avait contacté la police de Sioux City et l'avait orientée vers la vieille caravane. Il s'avéra qu'elle était désertée. Rien d'étonnant, avait expliqué l'inspectrice Mary à maman au téléphone hier, puisque ça faisait plus de deux ans que j'en étais partie, et ils ne s'étaient pas vraiment imaginé que mes ravisseurs attendraient tranquillement chez eux la visite de la police. Maman m'expliqua que la caravane serait inspectée à la recherche d'indices. Et c'était ce qu'ils voulaient me faire subir à présent.

Cette porte entrouverte, j'eus soudain envie de la fermer. De retourner me faufiler au lit et d'y rester un bon moment.

— Écoute, Jenny, dit maman d'une voix douce, je sais que ça doit faire remonter en toi d'horribles souvenirs. Je suis sûre que c'est la dernière chose dont tu as envie à cet instant, parler de *ça*. Je comprends. Est-ce que ça t'aiderait si je les en dissuadais quelque temps ?

— Oui.

— Alors c'est ce que je vais faire.

— Merci.

— Il faudra qu'ils comprennent. Je veux dire, nous venons juste de te récupérer. Tu as besoin d'un peu de temps pour… revenir à toi. Pour simplement redevenir Jenny.

— Mais je suis Jenny.

— Je le sais. Je voulais seulement dire que tu as besoin de temps pour… t'adapter à la situation.

— C'est clair.

— Tu veux prendre un petit déjeuner ? demanda maman pour changer de sujet.

— Je suis affamée, répondis-je.

Et je l'étais, et pour davantage qu'un petit déjeuner.

Lorsque j'arrivai dans la cuisine, papa regardait le jardin par la fenêtre, mais il se retourna pour me saluer. Il paraissait heureux de me voir, mais un peu confus, comme ma directrice chez *Bed Bath & Beyond*, qui était toujours contente de me voir apparaître, mais me confondait sans arrêt avec une autre fille, qui s'appelait Josie.

— Tu veux des œufs ? proposa papa.

— Tu as du Nutella ?

— Du Nutella ?

— Oui, une pâte à tartiner au goût chocolat-noisettes. Tu étales ça sur du pain.

— Désolé, s'excusa papa. On n'a pas ça en rayon.

— Je peux aller en acheter à l'épicerie, dit maman. J'en ai pour une minute.

— Ça va aller, marmonnai-je, des œufs, c'est cool. Hmmm… où est Ben ?

— Ben ? répéta papa avec étonnement. Ben ne daigne pas nous honorer de sa présence avant l'heure du dîner. Ben dort.

— Eh bien, on est dimanche.

— Ouais, enfin, il dort le samedi aussi.

— Ben est dans cette phase, dit maman. Désolée pour hier soir, au fait… Pour son comportement.

— Ne le prends pas personnellement, modéra papa. Tu es en bonne compagnie. Il est odieux avec tout le monde.

— On vient plus ou moins de me lâcher comme une bombe sur lui. Pas de problème.

— Content que tu sois de cet avis. Comment est-ce que tu les aimes, tes œufs, mon ange ? demanda papa.

— Sur le plat. Comme des soleils.

Après tout, ça correspondait un peu à mon humeur.

— J'avais vraiment faim, déclarai-je, après avoir englouti les jaunes en deux secondes.

Je les gardais toujours pour la fin.

— Tu en veux d'autres ? Ça me prendra une minute, dit maman.

— Ça va aller.

— L'inspectrice, elle nous a raconté que tu es restée dehors toute seule. Pendant… plus de deux ans ?

J'acquiesçai.

— Comment t'en es-tu sortie ? demanda-t-elle doucement. Je veux dire… qu'as-tu mangé ?

— Du Nutella.

En revenant du poste de police, maman avait promis qu'ils ne me poseraient aucune question sur ce que j'avais traversé, sauf si j'avais envie d'en parler. Ma vie dans la rue – cette période entre la pire chose qui me soit arrivée et la meilleure –, elle dut sentir qu'il s'agissait d'une zone d'ombre.

— Où as-tu… dormi ? s'enquit-elle avec hésitation, comme si elle ne souhaitait pas vraiment connaître la réponse.

— Dans tous les endroits que je pouvais trouver. Pas dans des hôtels quatre étoiles. Je me débrouillais, quoi.

Je jugeai préférable de ne pas m'attarder sur la façon dont je me débrouillais. Elle n'était clairement pas prête à entendre ça.

Nous revînmes à des banalités.

Papa me demandant si j'avais bien dormi – « Ouais, super bien » –, même si j'étais curieuse de savoir si maman lui avait parlé de mon cauchemar. Maman me précisant qu'il y avait une brosse à dents en plus dans le placard de la salle de bains, moi disant merci, papa ajoutant qu'il espérait que le beau temps allait se maintenir, et moi disant qu'en effet ce serait chouette. OK, la conversation s'essoufflait sérieusement avant de quasiment s'arrêter. Nous étions assis autour de la table de la cuisine comme si rien n'avait changé, alors que rien n'était plus comme avant.

— Et si nous t'achetions un vrai lit aujourd'hui ? lança maman, en rompant le silence qui semblait parti pour durer une éternité.

— Le canapé me va très bien.

C'était même très confortable par rapport à ce qui m'avait tenu lieu de couchage au fil des années. D'abord, il n'y avait aucune bestiole flippante dedans : Fais de beaux rêves, mais évite les piqûres de punaises. En plus, personne ne risquait de venir se glisser sous ma couette au milieu de la nuit.

— Ne sois pas bête, protesta maman, il te faut un vrai lit maintenant. Et des vêtements. Pourquoi ne pas aller faire un tour au *Roosevelt Field Mall* ?

Maman me donna l'une de ses chemises, et mon jean fraîchement lavé, qui sentait l'eau de Javel. Pendant le trajet vers le centre commercial, elle me permit de monter le son de la radio aussi fort que je voulais.

Notre virée shopping commença par *T.J.Maxx*. À chaque article que j'essayais, je sortais de la cabine pour que maman puisse me donner son avis.

« Super », disait-elle, ou « Je pense qu'il te faut une taille en dessous », ou « Tu es sûre d'aimer cette couleur ? »

Lorsqu'elle remarqua combien j'étais jolie dans un chemisier jaune à décolleté rond, je lui dis :

— Merci, maman. De m'avoir emmenée faire du shopping.

— Tu n'as pas à me remercier, Jenny.

Résultat : trois jeans slim, cinq hauts, deux pulls, trois paires de chaussures, un manteau d'hiver, dix culottes *Hanky Panky* et une ceinture en cuir marron.

Une fois chez *Bed Bath & Beyond*, je m'assis sur trois lits différents, car maman insista pour que je les essaie.

Sur le Sealy Posturepedic Plus avec véritable réglage de fermeté, je feignis de m'écrouler, les yeux fermés en faisant semblant de ronfler.

— Réveille-toi, la Belle au bois dormant, dit maman.

J'ouvris les yeux et je me mis à rire, jusqu'à ce que je voie maman me dévisager avec l'un de ces regards « Je viens de voir un fantôme ».

— Qu'est-ce qui ne va pas ? m'enquis-je.

— Rien…

— Sérieux ? Est-ce que j'ai fait quelque chose de mal ? Je suis désolée…

— Tu n'as rien fait de mal, Jenny. Absolument rien. C'est juste que… l'inspectrice, hier… Elle nous a demandé si tu avais des particularités physiques. Comme des grains de beauté, des choses de ce genre. Tu sais, quand nous sommes allés là-bas au début, avant de te voir…

— Et…

— Je lui ai dit comment tes yeux… se plissaient quand tu riais.

— Hein ?

— Ils viennent de le faire. Quand tu as souri.

Une vendeuse regardait fixement le lit, comme si elle voulait que je dégage de là. Les haut-parleurs braillaient : « La mère de Leshaun Washington est priée de bien vouloir se présenter à l'accueil. » Je ne me sentais plus comme la Belle au bois dormant.

— Ils sont… beaux, Jenny. Comme de petites fossettes.

— Si tu le dis.

Dis-le… s'il te plaît… dis-le…

J'optai finalement pour le lit sans réglage de fermeté qui est destiné, me semble-t-il, aux personnes âgées ayant des problèmes de dos, puis nous choisîmes trois parures de draps à motifs fleuris et un duvet rose.

Lorsque nous allâmes payer, je dévisageai la fille de l'autre côté de la caisse, qui avait l'air d'avoir mon âge, et je me demandai si elle s'ennuyait autant que moi quand j'étais à sa place. Probablement.

Le lit arriva plus tard dans la journée, et deux livreurs en débardeurs couverts de taches le portèrent à l'étage, après avoir descendu le canapé convertible à la cave.

— Maintenant, Ben aura deux endroits où dormir toute la journée, déclara papa.

En parlant du loup, il n'était pas là. Ben.

— Il dort chez Zack, poursuivit papa.

— Tu plaisantes ? releva maman. Alors que Jenny vient juste de rentrer à la maison ?

Il esquissa un haussement d'épaules, l'un de ceux qui disaient : « Qu'est-ce que tu veux y faire ? », ce qui était peut-être devenu un réflexe dès qu'il était question de Ben.

— Seigneur, Jake…, maugréa maman.

Plus tard, je les entendis chuchoter furieusement à ce sujet. Ils devaient penser que je ne les entendais pas. Ils ne pouvaient pas se douter que j'étais en train de fureter devant la porte de leur chambre.

Je ne perçus que des bribes de leur échange, mais c'était suffisant.

— … dur pour lui…

— … soudain elle réapparaît…

— … il est en colère…

— … bon Dieu…

Pour le dîner, maman prépara des spaghettis aux boulettes de viande – mon deuxième plat préféré –, et après le repas, elle dit qu'elle allait annoncer la bonne nouvelle au reste de la famille et peut-être leur proposer de venir le lendemain pour me voir, du moins ceux qui vivaient près d'ici, comme le demi-frère de papa, Brent. Mais seulement si je n'y voyais pas d'inconvénient.

Je n'en voyais aucun.

Lorsque je me réveillai après une autre nuit merdique – j'étais collée à mon nouveau lit comme si j'avais transpiré à travers –, je crus que les invités étaient déjà là, et que la famille devait être plus grande que dans mes souvenirs, car j'avais l'impression qu'ils étaient tous venus dire bonjour en même temps. On aurait juré qu'il y avait du tapage juste sous ma fenêtre.

J'ouvris les stores pour les prier de bien vouloir la fermer.

Chapitre 8

— Tu te rappelles quand oncle Brent nous chatouillait jusqu'à ce qu'on dise « tonton » ? demanda Ben. Tu te rappelles ?

Ben parle.

— Carrément, répondis-je.

— Et ensuite, il disait « Quoi ? », et continuait de plus belle, et on redisait « tonton », et il redisait « Quoi ? ». Quelle blague débile, hein ?

— C'est vrai. Je me souviens.

Oncle Brent assistait à notre discussion, l'air plus vieux que sur la photo où il tenait cette version miniature de moi qui venait de naître à l'hôpital, mais bon, tous ceux figurant dans l'album avaient vieilli avec lui.

Il fut le premier membre de la famille à me rendre visite, m'examinant de haut en bas comme s'il faisait du lèche-vitrines et essayait de décider s'il allait faire chauffer sa carte bleue.

— Alors, dit-il après quelques instants qui me parurent une éternité, tu viens faire un câlin à ton oncle Brent ?

Bien sûr. L'un de ceux que vous faites pour la forme, où vous gardez tous les deux vos distances. Il sentait la cigarette.

— J'ai vu que tu avais droit à un sacré spectacle dehors aujourd'hui, poursuivit-il. Tout va bien ?

— Super. J'adore commencer ma journée avec une émeute.

Personne ne rit.

Lorsque j'avais ouvert les stores de ma chambre, j'avais pensé être sans doute encore en plein rêve – c'était possible, non ? D'être simplement au milieu de l'un de mes cauchemars sans queue ni tête –, et qu'une minute plus tard, maman entrerait pour me réveiller.

Quand je clignerai des yeux, pouf, ils auront disparu.

Ils occupaient tout le trottoir et la moitié de la rue. Ç'aurait été la rue entière si leurs vans n'en avaient pas occupé le reste, de gros fourgons avec des antennes paraboliques sur le toit et des numéros peints sur les côtés : 2, 4, 7, 9.

Il me fallut un moment pour comprendre qu'ils étaient tous là pour moi. « Jenny ! », en entendis-je certains crier, « Jenny », comme s'ils me connaissaient ou quoi, et je faillis leur hurler en retour : « Qu'est-ce que vous voulez, putain ? » Je fermai les stores et me repliai vers mon lit, mais j'avais envie de me replier encore plus loin, jusqu'au fond de mon armoire, peut-être.

J'étais assise là, agrippée à Goldy, lorsque maman se rua dans ma chambre.

— Je suis tellement désolée pour tout ça, Jenny, s'excusa-t-elle. Je ne sais absolument pas comment ils l'ont appris.

Moi, si.

Le téléphone avait sonné en pleine nuit, et puisque j'étais déjà bien réveillée, j'avais décroché.

— Allô, dit une voix. Mrs Kristal ?

— Non.

Une pause.

— Est-ce… Jenny Kristal ?
— Qui est à l'appareil ?
— Max Westfield. *Newsday*.
— Qui ça ?
— Max Westfield. Je suis journaliste.

Il avait affirmé avoir eu l'info par une source au poste de police. Que l'on m'avait retrouvée. Enfin, si c'était bien à moi qu'il parlait ? Et si c'était le cas, il adorerait être le premier à me souhaiter la bienvenue. Et le premier à entendre mon histoire, également, si ça ne posait pas de problème. Vu que c'était un pur miracle.

Je gardai le silence.

— Écoutez, Jenny… C'est vous, n'est-ce pas ? Vous n'avez pas idée du nombre de gens qui ont prié pour vous toutes ces années, pour que vous reveniez saine et sauve. Ni de l'impact qu'une telle histoire aura sur eux. Pas seulement eux… Tout le monde. Les parents d'autres enfants disparus. Combien elle leur donnera l'espoir de voir un jour leurs enfants rentrer chez eux…

— Je suis assez fatiguée…, dis-je.

— Bien sûr, Jenny. Je comprends que vous ayez besoin de repos, avec ce que vous avez enduré. Je peux vous appeler Jenny, n'est-ce pas ?

— Il est 1 heure du matin. Voilà pourquoi je suis fatiguée.

— C'est vrai, désolé. J'ai besoin que vous m'accordiez juste une minute de votre temps. J'aimerais vous poser quelques questions. J'ai cru comprendre que vous aviez été kidnappée par un couple de, hum… déviants sexuels, et qu'ils avaient plus ou moins…

Clic.

Je n'en parlai pas à maman. Même si elle était en train de me présenter ses excuses parce que le monde entier était au courant à mon sujet, et qu'elle me promettait qu'ils allaient chasser les journalistes.

Et comment compte-t-elle s'y prendre ? pensai-je.

Elle m'expliqua que papa avait prévenu la police.

— Tu es trempée, Jenny, s'exclama-t-elle, en me mettant une main sur le front. Est-ce que tu as de la fièvre ?

Je ne pris pas la peine de lui répondre que je me réveillais en nage quasiment tous les matins, comme si j'étais passée en cycle lavage-essorage.

— Pourquoi ne pas t'habiller ? suggéra-t-elle, en disposant un jean tout neuf et ce haut décolleté qu'elle m'avait achetés au *Roosevelt Field Mall*. Reste là, nous allons régler ça, conclut-elle, avant de fermer ma porte pour redescendre d'un pas résolu.

Après m'être habillée, je regardai de nouveau à travers les stores. Il y avait effectivement une voiture de police au beau milieu de la foule, l'un des flics tentait visiblement de dissiper l'attroupement. Seulement, les journalistes avaient l'air de s'en foutre, car personne ne bougeait de là.

Puis mon père apparut sur le perron.

Je l'entendis leur dire de bien vouloir respecter notre vie privée, mais ils lui criaient des questions, des questions sur moi, et c'était carrément bizarre d'entendre parler de moi alors que je ne prenais même pas part à la conversation. C'était un sacré bordel, papa avait du mal à placer un mot.

Ce mot étant : « Cassez-vous, putain ! »

Papa leur disait qu'il n'y aurait aucune interview, ni rien d'autre, mais ils n'écoutaient pas et ne partaient pas non plus, alors c'est papa qui est parti, en claquant si violemment la porte d'entrée que la maison en trembla.

Maman m'avait demandé de ne pas bouger, mais je me sentais piégée là-haut. Par conséquent, je descendis, franchissant furtivement chaque marche comme si les journalistes risquaient de m'apercevoir. Je finis par faire peur à papa et maman, qui se retournèrent en sursautant, comme s'ils pensaient qu'un paparazzi avait réussi à s'infiltrer dans la maison.

— Je t'ai dit de rester en haut, soupira maman.

— Goldy ne voulait pas.

Je l'avais encore à la main. Maman me fit signe de les rejoindre sur le canapé.

— J'ignore si la police peut les chasser... légalement, je veux dire, m'expliqua papa. Mais ils comprendront peut-être le message que nous ne voulons pas d'eux ici et que nous ne leur parlerons pas.

Ce qui était le même message que mes parents relayaient auprès de ceux qui appelaient sans arrêt. Apparemment, certains utilisaient encore des lignes fixes, du moins lorsqu'ils n'avaient pas votre numéro de portable. Chaque fois que papa et maman raccrochaient, ça se remettait à sonner, *driiing*, *driiing*, *driiing*, une chaîne, un journal, un talk-show. Posant tous des questions sur moi. Ils finirent par laisser le téléphone décroché.

— Une bonne chose que Ben ne soit pas là, estima maman.

— Merde, jura papa, je dois lui dire de rester chez Zack. Il ne manquerait plus que ça, Ben qui débarque.

Trop tard. Ben avait vu le remue-ménage aux infos et se frayait déjà un chemin à travers la foule. En fait, nous pouvions le voir progresser sur l'écran de télé du salon, une expérience un peu surréaliste que de regarder votre maison aux infos alors que vous vous trouvez à l'intérieur. Et que votre frère patauge dans un océan de micros, comme un nageur sur le point de sombrer.

Après avoir claqué la porte d'entrée derrière lui, il me regarda en clignant des yeux, genre : « Trouvez l'erreur sur cette image et entourez l'intrus : un chat, un chien, un oiseau, une sœur. »

Il prit sa place habituelle sur la causeuse et demanda à maman de bien vouloir changer de chaîne, car il avait déjà vu ce programme. Un *Ink Master* et un demi *Bar Rescue* plus tard, papa finit par dire :

— Je crois qu'ils sont partis.

— Tu es sûr ? demanda maman.

Papa jeta un bref coup d'œil par les rideaux.

— Ouais. Ils sont partis. Dieu merci.

Deux policières vinrent frapper à notre porte et nous expliquèrent que les journalistes risquaient de revenir ; en vérité, la police ne pouvait les contraindre à se disperser, seulement s'assurer qu'ils restaient en dehors de notre propriété, mais s'ils voulaient faire le pied de grue sur le trottoir toute la journée, elle ne pouvait pas les en empêcher.

— Merci quand même, dit papa. Nous apprécions votre aide.

Ayant reçu le feu vert, oncle Brent se pointa une heure plus tard, puis le reste de la famille commença à lentement défiler. Il y eut Gerta, la tante de maman, qui semblait avoir autour de soixante-cinq ans et souffrait d'un emphysème, et sa fille Trude, qui amena ses deux enfants, tous mes cousins, j'imagine. Et il y eut quelques proches de papa : ses cousins Arnie et Cecille, et son oncle Samuel. Sa mère, ma grand-mère donc, vivait en Floride – son père était mort depuis des années –, mais ils l'appelèrent et me passèrent le téléphone :

— Ma Jenny chérie, s'exclama-t-elle. Oh, ma chérie… C'est mamie à l'appareil. Est-ce que tu te souviens de moi ?

— Un peu.

Ce que je leur dis à tous – « Je me souviens un peu de toi » –, car chacun me posa la question. Oncle Brent, tante Gerta, Trude, Arnie, Cecille et Samuel.

La dernière fois que je t'ai vue, tu avais deux ans… ou trois ans… ou un an… ou six ans… ou tu venais de naître, disaient-ils. Tu riais… ou tu pleurais… ou tu dormais… ou tu babillais sans cesse… ou tu jouais avec tes chevaux.

Et je répondais : Vraiment ?

Tante Gerta ne put s'arrêter de pleurer. Elle avait un mouchoir en papier froissé dans sa manche, et le sortait régulièrement pour tamponner ses yeux rougis, ce qui me faisait penser à ces tours de passe-passe au cours desquels un magicien tire un long foulard de son nombril. Samuel – qui devait avoir facilement quatre-vingts ans – se contenta de secouer la tête, comme s'il n'arrivait pas à croire que je me tienne réellement là devant lui, et Trude me regarda en souriant.

Samuel s'installa auprès de moi sur le canapé et me demanda comment c'était de vivre toutes ces années avec mes ravisseurs, et la pièce devint soudain silencieuse.

— Oncle Sammy, protesta gentiment papa. Jenny n'a sûrement pas envie de parler de ça maintenant.

— Hein ? lâcha Samuel, l'air confus.

— Lorsqu'elle sera prête à aborder le sujet, elle t'en parlera d'elle-même. Mais ce n'est pas le moment.

Ils me regardaient tous, à présent, en grignotant les chips, les bretzels et le houmous que maman avait achetés chez *Trader Joe's*. Comme si j'étais le clou du spectacle et eux le public, attendant de moi que je fasse un numéro intéressant.

— Ouais. Je préférerais juste ne pas y penser pour l'instant, si ça ne vous dérange pas, dis-je.

Cela sembla altérer l'ambiance, que Samuel m'interroge sur mes ravisseurs et que je ne réponde pas. Ça rappela à tout le monde qu'il ne s'agissait pas d'une réunion de famille ordinaire. Ils avaient dû être escortés par la police pour réussir à entrer dans la maison.

— Alors, s'enquit Trude, le sourire toujours bloqué en mode aveuglant, quels sont tes projets maintenant ?

— Ouais, intervint Ben. Quels sont tes projets maintenant, frangine ?

— Juste y aller doucement, j'imagine.

— Bien sûr, acquiesça Trude. C'est logique.

— Et après y être allée doucement ? insista Ben.

Maman lui adressa un coup d'œil nerveux. Ben n'en tint pas compte.

— Je ne sais pas. Je n'y ai pas vraiment songé.

Ils continuaient de me dévisager, ces plus ou moins parfaits inconnus, me posant des questions comme si je venais de rentrer de la fac ou autre, parce qu'ils devaient éviter d'aborder d'où j'étais réellement revenue.

— Rien ne presse, dit maman. Jenny peut décider de tout ça plus tard.

— Évidemment, approuva Trude.

— Ça te dirait de jouer à *Gobble Gobble* ? me demanda Melissa, la petite de neuf ans, en me montrant son téléphone.

— Carrément, dis-je.

Elle me présenta les subtilités du jeu, en utilisant son majeur pour fourrer des morceaux de bonbon dans la bouche de cette grosse grenouille. Il y avait trente-neuf niveaux différents, et elle paraissait déterminée à tous me les faire passer.

— En voilà une grenouille bien remplie, m'extasiai-je.

— Ce n'est pas une grenouille, gloussa Melissa. C'est un monstre.

— Ouais, confirma Sebastian, celui de cinq ans. C'est un monstre.

— Alors, en voilà un monstre bien nourri.

— Tu es rigolote…, dit Sebastian.

— Ouais, tordante.

J'avais toujours été agacée en compagnie d'enfants, probablement parce que l'on ne m'avait jamais permis d'en être une. Mettez ça sur le compte de la jalousie.

— N'embêtez pas votre cousine, les réprimanda Trude.

Bonne idée, pensai-je.

— Quelqu'un devrait prendre une photo, suggéra tante Gerta.

Arnie finit par se dévouer, en se servant de son portable pour prendre un portrait de famille. Celui-ci serait légendé : « Melissa et Sebastian embêtent leur cousine Jenny. »

Ben m'étudiait depuis l'autre bout de la pièce.

— Tu veux essayer ? me proposa Melissa.

— Je préférerais manger le bonbon moi-même, répondis-je. Rien à foutre de la grenouille.

— Maman... Jenny a dit un gros mot.

Trude parut sur le point de s'offusquer, mais ensuite, la petite voix dans sa tête dut lui rappeler : *Nous devons nous montrer indulgents envers cette pauvre Jenny*, et elle gronda Melissa à la place.

— Je t'ai dit de ne pas embêter ta cousine.

— Mais elle a dit un gros mot.

— Ouais, renchérit Sebastian en gloussant, elle a dit « foutre » !

— Sebastian ! Pas de gros mots.

Sebastian tenta d'expliquer qu'il répétait simplement celui de sa cousine, mais puisque Jenny était apparemment hors d'atteinte de toute correction parentale, Trude ferma les yeux sur cet écart.

— Ne parle plus jamais ainsi, Sebastian.

Paf. Sebastian jeta l'iPhone de sa sœur par terre.

— Que faites-vous, jeune homme ! s'exclama Trude en agitant un doigt vers lui.

J'aurais été ravie d'expliquer.

Il est en train de te dire d'aller te faire foutre en langage de cinq ans.

Melissa se mit à pleurer parce que son écran avait à présent une grosse fissure.

— Regarde ce qu'il a fait, maman... Regarde.

Puis Sebastian se joignit à elle, pour créer une espèce de braillement en stéréo.

— Je suis navrée du comportement de mes enfants, s'excusa Trude, s'adressant en grande partie à eux.

— Pas de problème, dis-je.

Tout était devenu bancal. Trude ne souriait plus, tante Gerta ne se tamponnait plus les yeux, Arnie ne prenait plus de photos. Samuel, l'oncle de papa, paraissait toujours confus, comme s'il se demandait où était passée toute cette gaieté forcée.

Ben me dévisageait toujours.

Trude annonça qu'il était l'heure de ramener ses « incorrigibles » enfants à la maison, ce qui déclencha un mouvement de foule, chacun étant sans doute lassé de se coller un sourire crispé sur le visage.

Je reçus une rafale d'étreintes et de baisers d'adieu.

Avant que Ben monte l'escalier d'un pas lourd, il passa devant moi en me frôlant, et me chuchota quelque chose à l'oreille.

— Tu sais quoi ? Ce jeu où oncle Brent nous chatouillait jusqu'à ce que nous disions « tonton », je l'ai inventé. Ce n'est jamais arrivé. Bizarre que tu t'en souviennes, hein ?

Chapitre 9

Les deux agents du FBI assis dans le salon avec nous s'appelaient Hesse et Kline. Mais je me les imaginai comme l'un de ces pseudo-duos comiques sur YouTube, car ce fut ainsi plus facile pour moi lorsqu'ils me harcelèrent de questions auxquelles je n'avais pas envie de répondre, même si maman leur disait d'arrêter parce que ça me perturbait.

— Désolée, s'excusa Hesse – la femme du duo comique –, nous comprenons que ce soit difficile pour vous, mais plus nous en saurons sur ce qui vous est arrivé, plus nous aurons de chances de retrouver vos ravisseurs. Ne voulez-vous pas qu'ils soient enfermés, hors d'état de nuire, Jenny ?

Ce que je voulais, c'était qu'ils cessent de demander : « Quand les abus sexuels ont-ils commencé ? » et « Pouvez-vous décrire exactement ce qu'il vous a fait ? » ou encore « Est-ce que ce Père a utilisé des protections lorsqu'il vous a violée ? »

Ce que Jenny voulait, c'était monter faire une sieste ou retourner au centre commercial avec maman pour acheter de nouveaux habits.

— Je ne veux plus penser à eux, dis-je.

— Bien sûr, approuva Hesse, c'est parfaitement compréhensible. Mais ils ont commis un crime très grave. Plusieurs crimes même. Et ils doivent être arrêtés avant d'infliger ça à quelqu'un d'autre. Vous pouvez comprendre cela, n'est-ce pas, Jenny ?

Maman avait essayé de repousser l'entretien, mais le FBI s'était montré particulièrement insistant. Chaque jour qui passait risquait de leur rendre la tâche plus difficile pour retrouver mes kidnappeurs, lui avaient-ils précisé.

— Pourquoi est-ce que vous voulez savoir pour… Vous savez… ces choses ?

Hesse regarda vers Kline comme si elle lui posait la même question. Mais elle passait juste le relais, ce qui était leur mode opératoire classique. Chaque fois que maman ou moi nous indignions de devoir répondre à une question – principalement sur ce qui avait trait au sexe –, Hesse passait la main à Kline, qui changeait de sujet, m'interrogeant par exemple sur l'endroit où nous avions vécu dans l'Iowa.

Je parlai à l'agent Kline de la caravane abandonnée en bordure d'une décharge. Des deux lits éventrés, des placards infestés de cafards et de l'évier qui ne fonctionnait plus. Du trou dans le plafond par lequel tombait la pluie glaciale.

— Elle a déjà tout raconté à l'inspecteur Schilling concernant l'Iowa, protesta maman. Au poste de police. Ne partagent-ils pas ces informations avec vous ?

— La caravane a été inspectée, dit Kline. Elle était vide.

— Vous ne pensiez quand même pas qu'ils allaient… rester là-bas ? m'exclamai-je.

— Pas s'ils pensaient que vous alerteriez les forces de l'ordre, répondit Kline. Avaient-ils des raisons de croire que vous n'iriez pas voir la police ?

Je haussai les épaules.

— Comment le saurais-je ?

— Quand vous êtes partie, c'était dans quelles circonstances, exactement ?

— Qu'est-ce que vous entendez par là ?

— Vous êtes-vous disputés ce jour-là ? Est-ce que vous les avez mis face aux abus sexuels qu'ils vous ont infligés ou à l'enlèvement dont vous avez été victime ?

— Ça ne se passait pas comme ça.

— OK, Jenny, dit gentiment Kline. Comment ça se passait ?

— Je voulais juste me tirer de là. Alors, un jour, je l'ai fait.

— Comment ?

— Je suis sortie et je ne suis pas revenue.

Ils m'avaient déjà demandé si Père et Mère m'avaient retenue en m'attachant d'une manière ou d'une autre.

— Parfois.

Voici comment nous attachons tes bras, attachons tes bras, attachons tes bras, voici comment nous attachons tes bras, tôt le matin...

M'avaient-ils permis d'aller à l'école à un moment donné ?

— Non.

Hesse expliqua à maman que l'enseignement à domicile était parfaitement logique, puisque moins les ravisseurs ont d'interactions avec des personnes en position d'autorité, mieux c'est, et j'expliquai à Hesse que ce n'était pas de l'enseignement à domicile : j'avais appris l'anglais en lisant tous les comics DC que Père collectionnait, et les maths en comptant les bouteilles vides qu'il ramassait dans les rues.

— Mais ils ont fini par vous accorder plus de liberté, insista Kline.

— On peut dire ça comme ça.

Je leur avais déjà parlé du boulot merdique que j'avais pu faire au centre commercial avec leur accord. C'était surtout pour que je puisse participer aux dépenses familiales.

— Donc, il n'y a eu aucune dispute le jour de votre départ ? Aucune confrontation avec eux ?

— Non.

— Qu'est-ce qui vous a décidée à partir précisément ce jour-là ? Vous aviez quel âge à l'époque ?

— Seize ans, presque.

— Alors pourquoi être partie ce jour-là ? Pourquoi pas la veille, ou le lendemain… ou le mois précédent ?

— Je ne sais pas. Ça m'a pris comme ça. Ce n'était pas un acte que j'avais planifié ni prémédité.

— Où êtes-vous allée ?

— Je vous l'ai déjà dit. J'ai fait du stop. Je suis partie le plus loin possible.

— C'est-à-dire ?

— Ça aussi, je l'ai déjà dit. Quel rapport avec le fait de les retrouver ?

— Je sais que cela peut vous paraître répétitif.

— Parce que c'est répétitif. Vous me demandez les mêmes trucs un million de fois.

— Les gens ont parfois besoin de se remémorer les événements plusieurs fois pour y voir plus clair, Jenny. Pour se souvenir de certains détails qu'ils ne se sont pas rappelés avant. Désolé, je sais que ce n'est pas marrant.

Je soupirai et regardai vers maman, qui semblait navrée aussi, mais pas suffisamment pour intercéder en ma faveur.

— Vous souvenez-vous de qui vous a prise en stop ce jour-là ? demanda Kline. De la voiture, par exemple ?

— C'était il y a environ deux ans.

— Homme ? Femme ?

— Garçon.

— À quoi ressemblait-il ?

— À un garçon.

— C'est tout ?

— Ouais, c'est tout. C'était juste un trajet en voiture. Je n'ai pas fait gaffe à la tête du conducteur.

— OK. Et où est-ce qu'il vous a déposée ?

— Je vous l'ai dit. Peoria, Illinois.

— Est-ce qu'ils sont partis à votre recherche, Jenny ?

— Qui ?

— Père et Mère ?

— Comment je le saurais ?

— Vous n'avez pas repris contact avec eux après votre départ ?

— Non. Pourquoi j'aurais fait ça ?

— Je ne sais pas… Parce qu'ils ont été comme vos parents pendant toutes ces années. Parce que vous aviez envie de les engueuler, peut-être. Vous avez dû être en colère contre eux, assez en tout cas pour partir ce jour-là.

— J'avais envie d'oublier qu'ils avaient existé ; voilà ce dont j'avais envie. Et puis comment est-ce que je les aurais contactés ? Ce n'est pas comme s'ils avaient un téléphone, un ordi ou quoi que ce soit d'autre.

— Exact. Peut-être auriez-vous pu leur envoyer une lettre ?

— Je vois mal comment : ils n'avaient ni boîte aux lettres ni adresse. C'était une caravane abandonnée.

— En parlant de cette caravane, Jenny (Hesse revenait dans la conversation, le relais ayant été passé de façon invisible sans que je le remarque), quelle était l'organisation pour le couchage ?

— L'organisation pour le couchage ?

« Comment peut-on poser une question aussi stupide ? » fus-je tentée de demander. Quelle serait la prochaine : « Quel était le plan de table pour le dîner ? »

— Est-ce que vous dormiez tous les trois dans le même espace ?

— Mon lit était à l'arrière, dis-je. Pas précisément un lit. Juste un matelas.

Je songeai qu'ils avaient probablement passé la caravane au peigne fin pour y chercher la moindre trace. Évidemment.

— Et Mère et Père… ils dormaient à l'avant ?

— Hm-hm.

— Et quand Père… quand il abusait sexuellement de vous, Mère allait dans votre lit à l'arrière de la caravane ?

— Hm-hm.

— Et que faisait Mère ?

— Elle ronflait.

— Donc elle dormait lorsqu'il vous agressait ?

— La plupart du temps.

— Mais pas tout le temps ? Parfois, elle ne dormait pas ? Elle était réveillée ? Elle pouvait entendre ce qui se passait ?

— Elle savait ce qui se passait.

— Je parle des moments où les abus avaient effectivement lieu.

— Je ne sais pas.

— Vous ne savez pas s'il lui est arrivé d'être réveillée et de pouvoir concrètement entendre ?

— Disons que j'étais assez occupée dans ces moments-là.

Ma voix avait à présent une note tranchante, et je me l'imaginai comme une vraie lame solide, en acier, coupante comme un rasoir, et capable de réduire Hesse et Kline en lambeaux.

— Nous avons déjà abordé cet aspect des choses, intervint maman. Faut-il vraiment que nous le rabâchions ?

— Juste quelques questions de plus, dit Hesse. Je suis désolée.

Faux.

— Est-ce qu'il est arrivé à Mère d'être, je ne sais pas… compatissante ? demanda-t-elle.

— Comment ça ?

— Je veux dire… a-t-elle un jour essayé de vous aider ? A-t-elle essayé de vous protéger de Père, par exemple ?

— Non.

— Pourquoi, d'après vous ?

Je les sentais venir, ces stupides frissons. J'étais de retour sur la planète Bizarro, où il existait une Jenny inversée, qui ne mangeait pas d'ongles au petit déjeuner comme celle ici-bas.

— Parce que c'était une grosse connasse, je suppose.

S'ensuivit un bref silence, comme s'ils acceptaient le fait que je devais laisser libre cours à ma colère pendant un moment.

— Que vous rappelez-vous du jour où ils vous ont enlevée ? demanda Kline, en changeant de nouveau d'approche.

— Hein ?

— Le jour où ils vous ont enlevée. Que vous rappelez-vous ?

Attends, pensai-je. *Attends…*

— Je marchais dans notre rue pour aller chez mon amie Toni. Et j'ai été kidnappée…

— Oui, nous savons cela. Mais comment ? Est-ce qu'ils sont passés en voiture et vous ont attirée à l'intérieur ? Était-ce juste Père ? Ou eux deux ?

— Je ne m'en souviens pas. C'est… c'est assez flou.

— Pouvez-vous prendre une minute pour y réfléchir ?

Je passai cette minute à méditer sur ce que Ben m'avait chuchoté : *Je l'ai inventé… Bizarre que tu t'en souviennes, hein ?*

— Alors ? insista Kline. Était-ce juste lui… Père ? Ou eux deux ?

— Juste lui.

— Dans une voiture ?

— Oui.

— Quel genre de voiture ? Est-ce que vous vous souvenez ?

— J'avais six ans.

— C'est sûr. Mais peut-être ont-ils gardé cette voiture un certain temps ?

— Non. Je veux dire… je ne crois pas.

— Et il s'est emparé de vous pendant que vous marchiez sur le trottoir ?

— Oui. C'est ça.

— Comment ?

— Comment…

— A-t-il surgi derrière vous et vous a-t-il simplement attrapée ? Ou bien vous a-t-il arrêtée d'abord ? Il vous a peut-être parlé.

— Il… m'a arrêtée.

— Et il vous a dit quelque chose ?

— Ouais.

— Quoi ? Vous rappelez-vous ce qu'il a dit ?

— Il a dit que ma maman lui avait demandé de venir me chercher.

— Mais vous saviez que c'était un mensonge, n'est-ce pas ? Vous longiez le pâté de maisons jusque chez votre amie Toni. Votre maman (il regardait dans sa direction à présent), elle venait juste de vous laisser sortir. Donc vous saviez que ce n'était pas vrai, que cet étranger n'était pas censé vous récupérer.

— Hm-hm. Exact.

— Alors que s'est-il passé ensuite ? Vous ne l'avez pas suivi comme il le souhaitait. C'est à ce moment-là qu'il s'est emparé de vous ?

— Oui.

— Est-ce que vous avez crié ?

— Crié ? Je ne… Oui.

Je me rappelai soudain ce que c'était de crier, mais sans rien entendre sortir de votre bouche, parce que vous ne pouviez pas l'ouvrir.

Si tu continues de bouger, ça va faire encore plus mal…

— Alors qu'a-t-il fait ? Vous a-t-il bâillonnée avec quelque chose ?

— Sa main.

— Il vous a bâillonnée avec la main. Et il vous a attirée dans la voiture ?

— Oui.

— Et alors quoi ?

— Je ne…

— Est-ce que vous avez continué à crier une fois qu'il vous avait mise dans la voiture ?

— Oui.

— Alors qu'a-t-il fait ?

— Je vous l'ai dit. Il avait la main sur ma bouche.

— Même pendant qu'il conduisait ?

— Je suppose. Je ne me souviens pas.

— OK. Où vous a-t-il emmenée ?

— Je ne sais pas… Voir Mère, j'imagine. J'avais peur. Je criais.

— Vous ne vous rappelez pas où était Mère ? Où il vous a conduite ?

— Non.

— Une maison ? Un appartement ?

— Je… C'était un appartement, je crois.

— Vous rappelez-vous s'il s'agissait d'un long trajet ? Depuis l'endroit où il vous a enlevée ?

— Je ne me souviens pas. Ça m'a paru long.

— Combien de temps êtes-vous restée là-bas ? À l'appartement ?

— Je ne sais pas. Un moment.

— Un mois ? Un an ?

— Je ne me souviens pas vraiment. Plus longtemps qu'un mois.

— Y avait-il des voisins autour de l'appartement ?

— Je ne me souviens d'aucun.

— Vous êtes sûre ? Pas un seul ? Jusque-là, de tous les endroits où vous pouvez vous rappeler avoir vécu avec eux, vous ne vous souvenez pas de la moindre personne ayant un jour dialogué avec vos ravisseurs ? Un voisin, le facteur, un livreur de pizza…

— Non.

— Pas une seule personne n'a un jour frappé à la porte d'entrée ?

— Bien sûr. Je veux dire, j'imagine que si.

— OK. Qui ?

— Je ne sais pas… Personne ne me vient à l'esprit en particulier.

— Vous êtes sûre ? Vous voulez y réfléchir ?

— Je vous l'ai dit. Je ne me rappelle personne en particulier.

— Je préférerais que vous ne la harceliez pas comme ça, intervint maman, en prenant de nouveau ma défense. Au cas où vous ne l'auriez pas remarqué, elle a connu l'enfer. Elle vous a dit ne se rappeler la venue de personne, où qu'ils aient pu habiter. Nous parlons ici d'appartements abandonnés et d'épaves de caravanes. Alors qui allait leur rendre visite, au juste ?

— Vous seriez surprise, Mrs Kristal. Bien que certains restent dans leur coin, ils doivent quand même sortir. Ils croisent des gens ; des gens les croisent. Peut-être y en a-t-il parmi eux qui sont passés les voir dans leurs différents logements. S'il existe d'autres personnes qui en effet les connaissaient, qui les ont vus, leur ont parlé, ce serait évidemment d'une aide précieuse pour nous. La description de votre fille à la police était plutôt vague.

— Je leur ai dit exactement à quoi ils ressemblaient, protestai-je.

— Je ne suis pas persuadé que ce soit précis, Jenny, répliqua Kline en baissant les yeux sur ses notes. Vous avez décrit Père comme un homme mesurant environ un mètre quatre-vingts. Yeux marron. Cheveux grisonnants. Une barbe de longueur moyenne. Aucun autre signe distinctif. Mère ferait un peu moins d'un mètre soixante-dix. Brune. Yeux marron également. Corpulence normale. (Il releva les yeux.) Ça ne nous donne pas beaucoup d'éléments pour avancer.

— J'ai dit qu'il avait les cheveux gris et en bataille.

— Correct. En bataille… Désolé, c'est dans les notes. Est-ce qu'on vous a fait asseoir avec un portraitiste au poste ?

— L'inspecteur Schilling nous l'a demandé, dit maman. Mais nous voulions juste ramener Jenny à la maison à ce moment-là.

— Bien sûr. Je comprends parfaitement. Ça vous dérangerait si nous vous en envoyons un ici demain, Jenny ?

Je haussai les épaules.

— Allez-y.

— Je sais que nous en avons déjà parlé, mais vous ne les avez jamais entendus échanger des prénoms ? De vrais prénoms ? C'était toujours juste Père et Mère ?

Arrêtez… je serai sage…

Arrêtez, QUI ?

S'il vous plaît… je promets…

S'il vous plaît, QUI ?

PÈRE…

— Ouais.

— Et vous ne leur avez jamais demandé ? Leurs vrais prénoms ? Les enfants ont l'habitude de poser des questions à leurs parents sur tout et n'importe quoi, non ?

— Ils n'étaient pas mes parents.

Kline répéta qu'il ne restait plus que quelques questions, mais il mentait, car les questions ne cessèrent d'affluer.

— Et les docteurs, ils ne vous ont jamais emmenée en consulter un ? (Je lui affirmai que Père ne croyait pas en la médecine.) Jamais emmenée faire du shopping ? (Eh non. Ils volaient des vêtements dans des friperies.) Ils ne vous ont jamais emmenée dans une épicerie ? (Je ne me souviens pas.)

Et ainsi de suite. Ils m'interrogèrent sur tous les endroits où nous vécûmes, dont, pour la plupart, je n'arrivais pas à me souvenir, puis ils recommencèrent, sans succès.

Finalement, maman dit :

— Ça suffit.

Sans en avoir conscience, je m'étais mise à me ratatiner sur le canapé, comme si j'essayais de leur échapper physiquement, à Hesse, Kline et toutes leurs questions à la con, et je crois que c'était le cas. J'en avais marre de jouer le jeu.

Hesse et Kline acceptèrent à contrecœur de mettre fin à l'entretien.

Kline me serra la main, et Hesse me tapota l'épaule en me disant que c'était très courant que les victimes se souviennent d'autres détails après leur avoir parlé, et que si cela se produisait, j'étais priée de les contacter sur-le-champ.

— Si vous pouviez vous rappeler d'autres gens qui ont rencontré Père et Mère, qui les ont connus, même brièvement, il faut que nous en soyons informés, dit-elle.

— N'avez-vous interrogé personne à Sioux City ? Des gens du voisinage ? demanda maman.

— Il n'y a pas de voisinage, répondit Kline. La caravane est située près d'une décharge. Il y a des maisons à quelques centaines de mètres, assez délabrées. Certains des habitants se sont souvenus d'avoir aperçu Jenny, mais pas d'avoir vu qui que ce soit correspondant à sa description de Père et Mère. Ne vous inquiétez pas, conclut Kline en me regardant, nous continuerons à creuser.

Chapitre 10

Ben

Ben essayait d'expliquer la situation à son meilleur pote, Zack.

Mais comment, exactement ?

Même son père eut du mal à cracher le morceau sur ce trajet de retour le samedi ; Ben ruminant sur le siège avant, en se demandant pourquoi il avait été traqué – deux de ses amis l'avaient prévenu par texto que son paternel avait lancé un avis de recherche virtuel pour le retrouver –, et infusant toujours dans de la bonne Skywalker, qui le détendait d'habitude, mais pas quand son père le forçait à laisser sa caisse garée devant chez Dom et le traînait à la maison comme un gamin de huit ans.

— Alors, quel est le problème ? avait demandé Ben d'un ton parfaitement poli.

Cette politesse échappa étrangement à son père, qui lui demanda pourquoi il devait toujours se montrer aussi arrogant.

— La perception n'est pas la réalité, répondit Ben.

C'était une phrase qu'il avait lue dans une publicité pour voitures à son cours supérieur de communication, et qu'il s'était aussitôt appropriée. Il s'en était déjà servi avec le proviseur, qui lui avait demandé s'il était défoncé, puis avec son prof d'histoire, qui lui avait demandé pourquoi il n'avait pas révisé pour l'examen auquel il venait de recevoir un zéro pointé. Sa réplique n'avait fait rire ni l'un ni l'autre, il n'y eut donc rien de totalement surprenant à ce que son père n'éclate pas de rire non plus.

— J'imagine que je l'invente, dit son père. C'est ça ?

— L'intention, c'est deux tiers de la loi.

Ben suspecta toutefois qu'il s'était emmêlé les pinceaux, que c'était la possession qui représentait les deux tiers de la loi, ou quelque chose comme ça. Ce qu'il essayait de dire, c'était qu'il n'avait pas eu l'intention de se montrer arrogant, il était par conséquent innocent des charges retenues contre lui.

— Hein ? L'intention, c'est deux tiers de quoi ? Écoute, laisse tomber, il faut que je te raconte ce qui s'est passé.

Excepté qu'il semblait incapable d'y parvenir. Ben voyait ses mâchoires essayer de formuler les mots, comme après deux injections de novocaïne chez le dentiste, et, étant toujours défoncé, il trouvait ça assez drôle.

— Nous avons reçu un appel aujourd'hui…, poursuivit-il. (Pause.) Euh, ta mère a reçu un appel aujourd'hui… (Pause.) Tu ne vas pas y croire… (Pause.) OK, je ne sais pas trop comment t'annoncer ça…

À ce stade, Ben s'efforçait de ne pas rire à gorge déployée, ayant complètement perdu le fil de ce que son père disait, ou tentait de dire. De telle sorte que lorsqu'il finit par lâcher le morceau, Ben ne réagit pas, car il n'avait pas véritablement assimilé le sens de ses propos.

— As-tu entendu ce que j'ai dit, Ben ? demanda son père, de sa voix douce et révérencieuse que Ben trouvait parfaitement hilarante.

— Carrément.

— Sérieux, tu as entendu ce que je viens de dire ?

— Bien reçu, capitaine.

Son père se rangea devant le trottoir et arrêta la voiture, ce qui mit enfin un terme à son hystérie comme un violent coup de frein.

— Est-ce que tu es stone, Ben ?

Il s'apprêtait à resservir sa citation sur la perception qui n'est pas la réalité, celle qu'il avait déjà brandie en réponse à cette même question dans le bureau du proviseur, ou peut-être se contenterait-il de lui rappeler qu'il était légalement majeur et pouvait donc faire ce qui lui plaisait – même si cela induisait de subir l'une de ses tirades à base de « Tu vis encore sous mon toit » –, mais le visage grave de son père l'en dissuada.

— Camé… je veux dire… jamais.

Il l'avait fait exprès, une réponse qu'il avait peaufinée par le passé, supposant qu'il était assez cool pour plaisanter sur le sujet, alors qu'à l'évidence il ne l'était pas. Stone.

— Je viens de te parler de Jenny. Et tu te tords de rire.

— Hein ? Qui ?

— Jenny. Ta… sœur.

— Ma sœur ?

Cela continua ainsi un certain temps, son père disant des choses et Ben les répétant, comme il devait le faire en cours d'espagnol, et en comprenant à peu près autant. Son père disant « Jenny, ta sœur », et Ben se demandant de quoi il parlait, putain, quoique commençant à sentir les effets de l'herbe partir en fumée, pour ainsi dire. Parce qu'il y avait comme une prémonition, inquiétante et sinistre, ou était-ce une lame de fond, cette force effrayante qui essayait avec insistance de l'aspirer.

— Jenny… Quoi ? Je ne…

— Ta sœur. Elle est revenue. Tu as entendu ce que j'ai dit ?

Et maintenant, enfin, il avait capté. Mais c'était comme ces hallucinations quand vous fumez trop d'herbe mélangée à du speed, et que les mots ne sont pas réels, qu'ils sortent juste de votre propre cerveau bourdonnant. Tout ceci ne pouvait pas non plus être réel, si ?

— Ma sœur est quoi ? Elle est… revenue ? Revenue où ?

— Ici. Jenny est à la maison, Ben. Je sais que cela peut te paraître absolument incompréhensible, ça l'est pour nous aussi, mais parfois, des miracles se produisent ; des miracles, c'est tout…

— Ohé…, bredouilla Ben. Attends une minute… Tu es en train de me dire que… ma sœur, elle est rentrée. Rentrée… genre, chez nous ?

— Jenny a réussi à échapper à ses ravisseurs. Elle est à la maison.

La lame de fond l'avait emporté à présent, et il ne pouvait plus respirer. Il allait se noyer ici même, sur le siège avant de la voiture de son père, et ensuite la famille compterait de nouveau trois personnes, excepté que le trio serait différent : Ben disparu, et sa sœur, Jenny, ici à sa place.

— Ça va, Ben ?

Son père tendit la main, comme s'il allait le serrer dans ses bras, et Ben ne se rappelait même pas la dernière fois qu'il avait fait cela, peut-être lorsque Ben avait marqué deux buts au foot à douze ans. Il esquissa un mouvement de recul, par instinct, parce que c'était simplement trop bizarre, tout, sa sœur, Jenny, de retour à la maison, et lui mourant dans la voiture en apprenant la nouvelle, et son père qui essayait de le réconforter.

— Ça va aller, Ben, je sais que c'est un choc pour toi.

Ben pensa que non, un choc, c'était quand le proviseur vous surprenait en pleine fumette et que vous deviez avaler la fumée. Ou quand vous voyiez une photo de votre soi-disant petite amie, Darla, en train d'échanger sa salive avec votre soi-disant meilleur ami, AJ, sur Snapchat.

Ça, c'étaient des chocs, mais là, c'était plutôt comme d'être frappé par la foudre ; il avait vu un jour l'image aux infos d'un corps fumant que l'on transportait à la morgue.

— Quand… genre, aujourd'hui ? demanda Ben.

Ce qui sembla assez stupide alors même qu'il prononçait ces mots. Évidemment que c'était aujourd'hui, puisque hier sa sœur était morte et enterrée, enfin pas enterrée, car on ne l'avait jamais retrouvée. Et peut-être n'était-elle pas enterrée métaphoriquement non plus – il se souvenait de son devoir de la semaine dernière sur la différence entre métaphores et comparaisons –, parce que Ben l'avait maintenue en vie toutes ces années, ayant créé une sorte de sanctuaire qui lui était dédié, du moins aux rares souvenirs qu'il avait d'elle, qu'il visitait religieusement avec de nombreux autres dévots. Si vous ne le croyiez pas, vous n'aviez qu'à vérifier le nombre de visiteurs sur Facebook, qui s'élevait actuellement à neuf cent quatre-vingt-trois, hormis ses parents, qui n'avaient même pas la moindre idée de son existence.

Le problème, c'était que lorsqu'il regardait dans le miroir, il avait l'impression de voir le reflet d'une sorte de bébé rendu monstrueux par le thalidomide. Zack l'avait initié à cette horreur particulière quand ils avaient environ douze ans, ce site web sur les malformations, où l'on voyait des enfants sans jambes ni bras, résultat de ce médicament, le thalidomide, que toutes ces pauvres femmes enceintes avaient pris à l'âge des cavernes. Et lorsque Ben voyait ces gamins – avec à la fois l'envie de regarder et le besoin de détourner les yeux –, il se disait : *C'est moi, ça.* Peut-être que personne d'autre ne pouvait le voir, mais lui le pouvait. En enlevant sa sœur, Jenny, ce jour-là, les ravisseurs l'avaient amputé d'une partie de lui-même ; il ne pouvait dire exactement laquelle, seulement qu'il ne se sentit plus jamais vraiment entier. Il avait apparemment perdu tout souvenir de ce qui s'était passé le jour où Jenny avait disparu, parce qu'il avait complètement flippé – « deuil traumatique infantile » étant le diagnostic officiel –, et avait été envoyé dans un asile de fous pour mineurs durant plus d'un an. On lui avait fait croire qu'il s'agissait d'une école, bien sûr, mais les élèves étaient shootés aux médocs. Et s'il s'agissait vraiment d'une école, pourquoi avait-il atterri deux classes en dessous quand il avait réintégré le lycée ? Vingt ans déjà, et toujours coincé au lycée.

Il lui était impossible de reconstituer les éléments de façon logique. C'était comme de jouer au mikado, d'essayer d'extirper un souvenir par ici, un souvenir par là, mais l'édifice s'effondrait avant qu'il puisse finir. Quelquefois, sous l'effet d'une herbe particulièrement bonne – un joint de Sour Diesel bien douce, par exemple –, il avait la sensation d'en être tout près, mais jamais assez pour se remémorer les événements. Ce qui s'avérait déroutant, singulièrement déroutant, était qu'il n'avait jamais eu l'impression d'avoir été proche de sa sœur, autant qu'un enfant de huit ans puisse comprendre ce genre de chose. Ils avaient à peine deux ans d'écart, mais il lui semblait qu'ils n'avaient pas noué de liens étroits. En fait, il croyait se rappeler qu'ils passaient le plus clair de leur temps à se disputer. Mais lorsqu'elle avait disparu, une partie de lui s'était volatilisée par la même occasion, à commencer par son aptitude à se comporter comme un enfant normal. Lorsqu'il essayait de se remémorer des détails sur sa sœur, sur ce jour-là, c'était comme si quelqu'un avait éteint les lumières. Il était partagé entre le désir de se souvenir et la crainte de découvrir ce qui s'était passé.

Raison pour laquelle il avait créé cette page commémorative sur Facebook, qui était autant un sanctuaire voué à cette part perdue de lui-même qu'à elle, et où, petit à petit, il avait laissé filtrer quelques lueurs. Et où d'autres gens, dont certains avaient perdu des membres de leur propre famille, avaient commencé à se réunir pour s'apporter du soutien.

Son père finit par redémarrer, après que Ben se fut assez ressaisi pour avoir l'air d'accueillir avec joie cette fantastique nouvelle, dont étrangement il ne se réjouissait pas, une autre chose qu'il fut forcé de ressasser sur le trajet du retour. Pourquoi n'était-il pas heureux de savoir sa sœur saine et sauve ?

Peut-être parce que tout cela était trop beau pour être vrai, ou peut-être parce que toute sa personnalité était façonnée par une absence, celle de sa sœur, Jenny. La retrouver soudain ne revenait-il donc pas à s'effacer lui-même ? Qui était-il au juste, désormais ?

Ils firent le reste du trajet dans un silence de plomb, son père lui laissant le temps de digérer l'information, supposa-t-il, même s'il pouvait à peine respirer, encore moins réfléchir. À peu près à l'époque où Jenny avait disparu, il avait dévalé l'escalier comme il le faisait toujours quand sa mère les appelait pour le dîner, seulement il avait raté une marche et était littéralement parti en vol plané, atterrissant sur son bras gauche, qui avait fait *crac*. Il n'avait pas eu mal tout de suite, juste cet engourdissement général qui était pire, d'une certaine façon, parce que vous vous doutiez de la souffrance qui allait suivre. Ben se sentait ainsi à présent, engourdi par le choc, avec un monde de douleur prêt à l'engloutir qui se cachait juste au coin de la rue.

Lorsqu'ils arrivèrent à la maison, Ben fut réticent à entrer, mais ce n'était pas vraiment comme s'il avait le choix.

L'espace d'une seconde, il pensa que tout ceci n'était qu'un canular. La fille canon de chez *Fredo's* était assise à côté de sa mère sur le canapé.

— Salut, Ben, ça fait un bail, lança-t-elle, une fois qu'ils eurent arrêté de se regarder en chiens de faïence.

Non, pas un bail, songea-t-il.

Cela ne faisait que quelques heures en vérité.

Il s'apprêtait à le dire, puis pensa qu'il ne devrait peut-être pas faire allusion à cet épisode, puis se demanda pourquoi, puis ne sut plus quoi penser, tandis que sa mère l'invitait à se joindre à la réunion de famille.

Ces paroles des Clash se mirent à tourner en boucle dans sa tête… peut-être un effet de l'herbe – *Should I stay or should I go* –, et il en résulta qu'il ne fit ni l'un ni l'autre, se contentant de rester figé pendant que sa mère lui demandait d'entrer et que son père le poussait pour l'encourager.

— Dis bonjour à ta sœur, le suppliaient-ils tous les deux.

Mais ce n'était pas sa sœur, c'était la fille de chez *Fredo's*, et par ailleurs, tout le monde savait que sa sœur était morte. Il suffisait d'aller sur Facebook pour en avoir le cœur net.

Lorsqu'il finit par pénétrer dans le salon, parce qu'il ne pouvait pas rester planté là pendant mille ans, ni se contenter de tourner les talons et de s'enfuir, il choisit l'endroit qui lui permettrait de se tenir le plus à l'écart.

Sa mère lui demanda s'il voulait dire quelque chose à sa sœur, et il eut envie de répliquer : « Carrément, où est-elle ? » Puis la fille de chez *Fredo's* déclara qu'elle était fatiguée et voulait aller dormir, alors ils se levèrent tous – sauf lui – et disparurent à l'étage.

Il resta avachi sur la causeuse couleur citrouille, qui lui faisait penser à ce stupide conte de fées, celui où la fille se transformait en citrouille à minuit – ou bien était-ce son carrosse ? Il ne se rappelait plus –, mais peut-être qu'un miracle dans le genre se produirait ici, que la fille de chez

Fredo's se transformerait en citrouille et mettrait fin à ce conte de fées, car voilà ce dont il s'agissait. Évidemment.

Sa mère finit par redescendre et lui demanda s'il allait bien, puis murmura quelque chose sur le fait de prendre le temps d'assimiler tout ça, et Ben se contenta d'acquiescer, parce que lui aussi se sentit subitement très fatigué, aussi épuisé que cette fille. Ils l'avaient installée dans le bureau, et lorsque Ben passa devant la porte fermée en allant dans sa chambre, il se rappela soudain avoir couru dans cette pièce quand il avait huit ans. Ou en était-il sorti en courant ? Peu importe. La fille à l'intérieur allait disparaître à minuit.

Ben voyons.

Le lendemain, elle était partie – le canapé-lit redevenu juste un canapé, et aucun signe d'elle nulle part –, et Ben commençait à attribuer tout ce délire à ce joint de Skywalker OG assez intense qu'il avait fumé avec Zack.

Mais lorsqu'il descendit dans la cuisine pour prendre du jus d'orange, son père buvait un café devant l'évier et annonça :

— Jenny et maman sont allées faire un peu de shopping au centre commercial.

Il pouvait dire adieu à sa théorie. Ben allait demander à son père d'arrêter d'appeler Jenny la fille de chez *Fredo's*, mais il était encore sous le choc, ou en était-ce la réplique – ce phénomène après le premier séisme, quand tout le monde sort la tête des décombres en pensant que c'est terminé, et que le bordel recommence de plus belle –, alors il ne dit rien, et oublia même pourquoi il était descendu à la cuisine au départ. Son père essaya d'entamer une conversation avec lui, mais Ben détala comme s'il venait d'entendre un SMS arriver sur son portable, qu'il avait laissé quelque part dans l'entrée, seulement, c'est lui qui en envoya un à Zack, pour lui dire qu'il devait passer chez lui illico.

Lorsqu'il débarqua chez Zack et que celui-ci lui demanda : « Quoi de neuf ? », il ne répondit rien, et resta muet jusqu'au lendemain, quand sa maison apparut sur toutes les chaînes d'information.

Chapitre 11

Maman était à son agence immobilière et papa en ville dans son rôle de producteur exécutif.

— Peut-être que je t'emmènerai à mon travail un jour pour te montrer, m'avait-il dit.

— Cool.

Maman m'avait demandé si ça me dérangeait qu'elle retourne au bureau.

— Non, pourquoi ?

— Je veux m'assurer que tu peux supporter d'être toute seule, Jenny.

J'eus envie de lui demander ce qu'il y avait de si fâcheux là-dedans, vu que j'avais passé une bonne partie de ma vie à prier à genoux – quand je n'étais pas agenouillée à faire autre chose – dans l'espoir qu'on me foute la paix et que je puisse être seule, précisément.

— Pas de problème. Ça va aller.

J'étais fatiguée. Pas au point de ne plus pouvoir tenir la tête droite, même si je ne dormais pas d'un sommeil particulièrement réparateur. La foire aux monstres de mes cauchemars n'y était pas pour rien. J'étais surtout fatiguée qu'on marche tous sur des œufs. Je m'épuisais à réfléchir aux sujets qu'on pouvait aborder ou pas, à comment je devais ou non me comporter, en essayant de surfer entre passé et présent. C'était comme de zapper inlassablement entre les stations de radio en voiture, et de passer sans transition de la musique moderne aux vieux classiques.

Hier soir, papa m'avait appelée Jenny Penny, en retirant une pièce de mon oreille.

Je faillis dire : « Comment tu as fait ça, papa ? », souhaitant encore croire à la magie.

« Un penny pour tes pensées », avait-il murmuré, en me le collant dans la main.

Bien sûr. Mes pensées, c'était avoir de nouveau six ans et encore l'impression de pouvoir traverser la vie à l'abri sur le dos de mon père. Mes pensées étaient que j'allais peut-être bien le prendre au mot sur cette proposition de visiter sa société de production, juste pour qu'il puisse m'exhiber au bureau et dire à tout le monde : « Voici ma fille, Jenny. Elle est revenue à la maison. Elle est de retour. Nous n'allons plus jamais la quitter des yeux. »

Mes pensées à cet instant, c'était de me laisser aller à une longue et agréable sieste où je rêverais du bon vieux temps, le genre de sieste dont vous vous réveillez avec la sensation d'être au radar.

J'aurais peut-être pu sans le vacarme du téléphone, qui sonnait sans arrêt.

Nous nous en tenions à cette règle stricte : « On ne répond pas au téléphone chez nous. » Surtout parce qu'il n'y avait pas mille façons de dire non. Genre : « Non, merci » et « Je vous ai déjà dit que nous n'étions pas intéressés » et « Si vous rappelez une fois de plus, je vais prévenir la police », ce qui semblait être le nouveau hobby de papa, appeler la police. Ce journaliste de *Newsday*, qui m'avait passé un coup de fil en pleine nuit – quel était son nom ? Max, c'est ça –, était parvenu à obtenir le numéro de portable de papa auprès de quelqu'un, et papa lui avait répondu d'aller se faire foutre. Tout comme il l'avait dit à l'agent de chez Fox News, au journaliste du *Times*, au producteur de chez *Ellen*, et au Dr Phil lui-même, plutôt cool que le Philster appelle en personne pour essayer de m'avoir dans son émission. Papa lui dit : « Merci, mais non merci », se retenant de ponctuer sa phrase par un « putain », uniquement parce que maman était fan de Dr Phil.

Le téléphone sonnait encore.

J'essayai de l'ignorer, mais parfois, essayer d'ignorer quelque chose finit par tourner à l'obsession, et la sonnerie me parut retentir comme une alarme de voiture en pleine nuit.

Je décrochai, appréciant cet instant de calme avant de porter le combiné à mon oreille.

— Allô, est-ce que Mrs Kristal est là ?

Une voix d'homme.

— Elle est absente.

— Oh. (Silence.) Est-ce… Peu importe. Attendez, pouvez-vous lui transmettre que Joe Pennebaker dit qu'il est désolé, qu'il n'appellera plus. C'est tout. Mais, s'il vous plaît, prévenez-la.

— Bien sûr, acquiesçai-je, en me demandant pourquoi quelqu'un appellerait juste pour dire qu'il n'appellerait plus. Pas de problème.

Après avoir raccroché, je commençai à regretter que tous les autres dehors n'aient pas la même envie, car le téléphone s'était remis à sonner.

Lorsque le bruit devint assourdissant, je déguerpis.

Il me fallut un réel effort pour ouvrir la porte d'entrée, non qu'elle soit particulièrement lourde, mais parce que la dernière fois que je l'avais passée, j'arrivais dans l'autre sens. Nous étions en état de siège, et j'ouvrais enfin une brèche dans la palissade.

Mais il y avait justement une voiture de police qui passait dans la rue, et l'officier qui m'avait emmenée au poste ce premier jour – je crois que c'était lui – me fit signe.

— Tout va bien ? cria-t-il.

— Non, répondis-je.

— Pourquoi ? Quel est le problème ?

— La police doute de moi. (Il me jeta un regard suspicieux.) Je plaisante.

— Bien reçu, dit-il. Votre père nous a demandé de garder l'œil ouvert, c'est tout.

— Génial.

— Eh bien, bonne journée, mademoiselle.

Le véhicule de police accéléra et poursuivit sa route.

Environ trente secondes trop tôt.

Je la repérai à quelques pas du pâté de maisons.

Une journaliste, pensai-je.

Elle restait en retrait, au bout de la rue, tapie derrière une haie de rhododendrons ravagée par les parasites. Elle était à l'affût. Ce qui est exactement ce que ferait une journaliste, non ? Essayer de prendre une photo de la fille qui avait réussi à revenir. Maman m'avait montré le gros titre sur le site du journal local : PERDUE ET RETROUVÉE. Sur la gauche se trouvait la photo clouée au poteau, et sur la droite l'une de celles que l'inspectrice Mary avait prises, celle où j'avais posé pour l'objectif. Maman ne comprenait pas comment le journal avait pu mettre la main sur ce cliché, et déclara qu'elle allait appeler au poste pour se plaindre. Je ne pouvais m'empêcher de penser que la fille de droite ne donnait pas l'impression d'avoir grand-chose en commun avec celle de gauche.

Je m'arrêtai net face à cette femme qui me dévisageait derrière les buissons, le vrombissement de la voiture de police qui s'éloignait résonnant encore dans mes oreilles.

Une équipe de tournage s'apprêtait-elle à me sauter dessus ?

Lorsqu'elle se redressa de telle sorte que je puisse la voir en entier, je me rendis compte qu'elle était seule. Ce qui ne la rendait pas moins menaçante. Il y avait quelque chose dans son visage que je n'aimais pas.

À commencer par son expression, qui semblait alterner entre timidité et colère.

L'autre particularité de son visage, c'était que je crus le reconnaître.

— Je veux juste te parler…, dit-elle.

Je courus. Vite. La panique peut vous faire cet effet, vous transformer soudain en Usain Bolt. Je repartis en flèche jusqu'à la porte d'entrée.

Dont je tournai la poignée.

La porte ne s'ouvrait pas, bordel !

Elle avait dû se verrouiller automatiquement. Personne ne m'avait donné les clés.

— S'il te plaît…, entendis-je sa voix, juste derrière moi. Tu dois arrêter ça.

Si je ne regarde pas, elle n'est pas là.

Je fis le tour à l'arrière de la maison, jusqu'à la baie vitrée coulissante. Est-ce que quelqu'un se donnait la peine de la verrouiller, en fait ?

Elle s'ouvrit.

Dès que je l'eus franchie dans un plongeon, je m'empressai de la verrouiller. Je courus dans le salon et tirai les rideaux plus qu'ils ne l'étaient déjà, assez serrés pour ne plus laisser filtrer la moindre lumière.

Je me repliai vers le canapé où je m'étais blottie avec papa et maman, le matin où les journalistes avaient cerné la maison en criant mon nom. À présent, quelqu'un d'autre faisait le pied de grue dehors.

Respirer profondément… respirer profondément…

Toc.

Toc.

Toc. Toc. Toc. Toc. Toc. Toc. Toc. Toc. Toc. Toc. Toc. Toc. Toc. Toc. Toc…

Entre deux coups à la porte d'entrée, elle hurlait quelque chose. Je n'entendais pas précisément ses paroles, car je m'étais plaqué les paumes sur les oreilles.

Si j'attends sans rien faire, elle partira.

Elle ne peut pas frapper indéfiniment à une porte close.

Elle ne peut pas continuer de crier à l'intention de quelqu'un qui refuse de répondre.

Les coups cessèrent.

Je baissai les mains et retins mon souffle. J'avais les bras noués autour des genoux et la tête entre les jambes, ce qu'on vous dit de faire lorsqu'un avion est sur le point de s'écraser.

J'attendis qu'elle recommence à cogner. Et j'attendis encore.

Après un moment, je me déroulai lentement pour me lever du canapé, me faufiler vers les stores, et jeter un coup d'œil à l'extérieur. Rien à signaler. J'aurais dû me sentir mieux. J'aurais dû me sentir tirée d'affaire.

Seulement, le téléphone se mit à sonner. Une fois de plus.

J'étais presque certaine que c'était elle, mais il y avait une chance infime pour qu'il s'agisse d'autre chose. Je commençai à croire en cette probabilité, à l'embrasser comme on embrasse la foi. C'était encore un talk-show. Encore un journal. C'était Mr Pennebaker avouant qu'il avait menti, qu'il allait rappeler juste une fois.

— Enfin, jubila-t-elle lorsque je décrochai.

Je restai muette. Mes poumons se comprimaient contre mes côtes.

— Souviens-toi, dit-elle. Je sais qui tu es vraiment.

Chapitre 12

Qui je suis vraiment.

Il était une fois, une petite fille dont je ne me souviens plus. Un beau matin, sa mère la harnacha dans sa poussette, même si la petite fille avait cinq ans, presque six, et n'avait plus besoin d'être promenée en poussette où que ce soit.

Peut-être était-ce lié aux dents jaunes et cariées de sa mère et aux quelques trous noirs où il lui en manquait, ainsi qu'aux grosses taches rouges sur son visage – « Un coup de soleil », expliquait-elle, même si pour la petite fille, ça ne ressemblait en rien à des coups de soleil –, ou peut-être était-ce lié au fait que sa mère avait peur ce matin-là, et que son malaise ne semblait se dissiper que lorsqu'elle suçait cette pipe en verre qu'elle avait, dont la petite fille disait qu'elle ressemblait à du cristal, ce qui avait le don de faire rire sa mère.

Ça faisait quelques jours que la petite fille voyait sa mère tirer sur cette pipe, et sa mère avait passé ces jours-là à se balancer d'avant en arrière dans leur chambre et à se gratter comme une dingue : « J'ai une sale démangeaison. » Puis elle avait cessé de dire quoi que ce soit à la petite fille, se ruant hors de l'appartement à plusieurs reprises, mais en revenant toujours d'un pas traînant et encore plus amochée.

Elle avait donné un paquet de coups de fil en disant « S'il te plaît... s'il te plaît... », mais la petite fille ne l'entendit jamais dire merci. Puis sa mère passa un autre appel ce matin-là, en chuchotant quelque chose dans le téléphone que la petite fille ne put pas vraiment entendre, juste la dernière partie, où sa mère dit : « Bon... ouais... on sera là. »

Après cela, sa mère lui enfila un tee-shirt et une salopette maculée de résidus de nourriture – la petite fille n'arrivait pas à se souvenir de la dernière fois où sa mère avait lavé ses vêtements –, puis fourra d'autres habits de sa fille dans un grand sac en plastique, et la petite fille demanda à sa mère si elles allaient se baigner, puisque c'était la seule autre fois où elle se rappelait que sa mère avait emporté des vêtements, ce jour où elles étaient allées à la grande piscine municipale qui puait le chlore.

Sa mère ne répondit pas, lui ordonna juste de monter dans la poussette, et lorsque la petite fille refusa, arguant qu'elle voulait marcher, sa mère lui aboya dessus, puis la souleva avec brusquerie pour la mettre elle-même dans la poussette bleue, en l'attachant fermement. « Ça fait mal », geignit la petite fille, alors que les sangles s'enfonçaient dans sa chair. C'était comme la fois où sa mère l'avait fait entrer en forçant dans la balançoire pour bébé du parc, qui était bien trop petite pour elle. Elle s'était plainte de ne pas pouvoir respirer, mais sa mère n'avait pas écouté et avait même disparu, laissant sa petite fille pendouiller là des heures.

Sa mère lui dit : « Chut... arrête de pleurnicher ! » Elle obéit aussitôt, parce qu'il était parfaitement impossible de faire entendre raison à sa mère quand elle était dans cet état : à fleur de peau, épuisée et d'une humeur massacrante.

Elles parurent se promener un bout de temps, et la petite fille se demanda où elles allaient, car elle aurait juré que le parc était dans l'autre direction, et la piscine aussi. Maintenant qu'elle y pensait, il devait faire trop froid pour nager de toute façon, puisque ce n'était même pas encore l'été.

— Où on va, maman ?

Sa mère râlait et haletait comme le grand méchant loup dans ce conte pour enfants, et elle s'arrêta une minute pour reprendre son souffle.

— Nous allons rejoindre l'ami de maman, dit-elle.

— Qui ça ?

Mais sa mère ne prit pas la peine de répondre et continua à avancer d'un bon pas. Elles passèrent une enfilade de rues avec des magasins barricadés et des cages métalliques par-dessus ceux qui étaient encore ouverts, et la petite fille fit comme si elles étaient au zoo et que les gens à l'intérieur étaient des animaux. Elle était très douée pour faire semblant ; sa mère disait que plus tard elle deviendrait actrice, parce qu'elle imitait les gens qu'elle voyait à la télé comme *Hannah Montana* – à l'époque où elles avaient encore une télé –, et sa mère applaudissait en lui disant qu'elle avait assez de talent pour être elle-même une star. Elle jouait à faire semblant avec les enfants qu'elle rencontrait à l'aire de jeux. Elle ne se contentait pas de faire croire que le pont en plastique où ils couraient était celui sur lequel détalaient les Trois Boucs bourrus du conte ; elle inventait toutes sortes d'histoires. Quand l'un des enfants lui avait demandé si cette dame était sa mère, en montrant du doigt la femme au visage couperosé qui s'était endormie sur le banc avec une cigarette allumée à la bouche. « Non, avait répondu la petite fille, elle, c'est ma nounou. »

Alors, lorsqu'elles poursuivirent leur promenade vers Dieu sait où, la fillette continua de faire comme si les gens à l'intérieur des magasins grillagés étaient des lions, des tigres et des ours, même si c'étaient les gens à l'extérieur des magasins, ceux vautrés sur les perrons ou adossés aux voitures, qui paraissaient les plus dangereux.

Certains ressemblaient à sa mère, avec les mêmes taches rouges sur le visage, joues creuses et dents fantômes. Ils affichaient la même expression, comme s'ils dormaient debout, exactement comme sa mère quand elle fumait cette pipe qui ressemblait à du cristal.

L'un des hommes appuyés contre une voiture rouillée tituba vers elles et demanda à sa mère si elle avait de la maille sur elle, ce qui avait peut-être un rapport avec le fait que sa mère se gratte aussi frénétiquement un peu plus tôt, mais celle-ci ne lui répondit pas et continua d'avancer avec la poussette. L'homme la traita de connasse, qui était un gros mot, la petite fille le savait, parce que sa mère l'employait pour parler de grand-mère, qu'elle n'aimait plus. « Sale connasse, marmonnait-elle quand elle raccrochait avec grand-mère, comme si je lui réclamais un million de dollars... ». La petite fille se demandait si grand-mère était l'une des personnes à qui sa mère avait dit « s'il te plaît » au téléphone tout à l'heure, mais pas « merci ». Elle se demandait aussi à quel ami elles allaient rendre visite, car certains des amis de sa mère étaient des hommes qui venaient à l'appartement et tiraient sur cette pipe avec elle, des hommes qui ressemblaient à celui qui venait de traiter sa mère de connasse.

Elles s'arrêtèrent sur le parking d'un motel, en passant devant la fenêtre du bureau de la réception, qui avait ce même genre de barreaux métalliques et une enseigne rouge lumineuse. Quelle sorte d'animal se trouvait enfermé là-dedans ? se demanda la petite fille. Il n'y avait personne d'autre sur le parking. Elle pensa donc qu'elles s'étaient arrêtées pour que sa mère reprenne son souffle.

Mais alors une portière de voiture s'ouvrit, et un homme en sortit. Il se dirigea vers elles en traînant les pieds. Il avait un gros ventre, des cheveux fins et en bataille, et il lui souriait. Il avait laissé quelqu'un dans la voiture : une femme qui les regardait par la vitre.

— Je veux me lever, maman ? demanda la petite fille.

— Dans une minute, répondit-elle. Maman doit d'abord parler à son ami.

La petite fille essaya de défaire les sangles elle-même, mais sa mère lui donna une tape sur les mains.

— J'ai dit dans une minute.

— Je dois aller aux toilettes, insista la petite fille.

— Pas maintenant.

Sa mère paraissait encore plus nerveuse que ce matin, tremblant comme la chatte blanche de leur voisin, Lulu, quand elle se faisait surprendre par la pluie.

— Coucou, mon ange, dit l'homme à la petite fille, se tenant juste à côté d'elle. Nous allons t'amener très vite aux toilettes, OK? ajouta-t-il sur un ton amical.

La petite fille ne lui répondit pas, car elle ignorait qui il était, et la dernière chose qu'elle souhaitait était qu'un étranger l'accompagne aux toilettes.

— Comment tu t'appelles ? lui demanda-t-il. Jobeth, c'est bien ça ?

La petite fille acquiesça, parce que c'est ce que vous êtes censé faire quand quelqu'un vous demande votre nom.

— N'est-ce pas ravissant ? s'extasia l'homme. Un ravissant prénom pour une fillette ravissante.

Elle baissa les yeux sur ses cuisses, d'où la sangle rose lui labourait le ventre.

— Dis merci, ordonna sa mère.

— Merci, marmonna la petite fille.

Elle n'aimait pas la façon dont l'homme lui parlait, ni la façon dont il souriait, qui ne donnait pas l'impression d'un vrai sourire.

— Eh bien... il n'y a vraiment pas de quoi.

— Est-ce que tu l'as ? demanda sa mère à l'homme.

— Impatiente, on dirait ?

Il gloussa et ajouta :

— Et si nous passions dans mon bureau ?

La petite fille se demanda si l'homme possédait le motel, car c'était le seul bureau des lieux. Mais sa mère lui ordonna de ne pas bouger et suivit l'homme jusqu'à sa voiture. La femme sur le siège avant les observait toujours par la vitre, et lorsqu'elle croisa le regard de la petite fille, elle lui sourit.

L'homme ouvrit la portière arrière et sa mère monta à l'intérieur, et la petite fille éprouva une soudaine panique, pensant que les adultes allaient simplement partir en la laissant là. Mais la voiture ne démarra pas, et la petite fille pouvait voir sa mère et l'homme parler à l'arrière. Sa mère avait l'air de lui réclamer quelque chose – peut-être cette chose qu'elle avait demandée avant –, et l'homme lui faisait non de la tête, et ensuite sa mère joignait les mains devant sa bouche comme si elle priait, ce que la petite fille n'avait pas vu sa mère faire depuis la dernière fois qu'elles étaient allées à l'église, ce qui remontait à peu près à une éternité. Puis l'homme hocha la tête vers la petite fille, et sa mère enfouit son visage dans ses paumes comme si elle pleurait, et peut-être était-ce le cas parce que son corps semblait secoué par les sanglots. Mais, après un moment, sa mère releva la tête et acquiesça. La petite fille vit l'homme donner quelque chose à sa mère, puis il lui tapota l'épaule.

Sa mère sortait de la voiture à présent, et la petite fille se dit : *Bon, on peut rentrer chez nous maintenant,* même si le visage de sa mère était tout rouge, encore plus que d'habitude. Elle ne regardait pas la petite fille, mais derrière elle, à un endroit où l'enfant n'était pas.

— Est-ce qu'on peut y aller ? demanda-t-elle.

— L'ami de maman…, dit celle-ci d'une voix étranglée. L'ami de maman… il va te surveiller, OK?

— Je ne veux pas qu'on me surveille, protesta la petite fille. Je veux rentrer à la maison.

— Il faut que tu fasses ce que dit maman.

— Non !

Soudain, cette panique était de retour, parce que la voiture allait se mettre en route, et sa mère lui disait quoi ? Qu'elle serait dedans ? Elle ne comprenait pas… Pourquoi la confiait-elle à ces inconnus ? Pourquoi ne pouvait-elle pas juste rentrer à la maison avec sa maman ?

L'homme sortit de la voiture et marcha de nouveau vers elle, avec ce même sourire qui ne ressemblait pas à un sourire, et sa mère commença à reculer, et la seconde suivante la petite fille attrapait les boucles des sangles en essayant de les défaire.

— Coucou Jobeth, roucoula l'homme.

Elle parvint à se détacher et à se débarrasser du harnais au moment même où l'homme disait :

— Ohé… du calme.

Elle se hissa hors de la poussette et se précipita vers sa mère, qui avait presque dépassé le motel. Mais au lieu de la soulever, au lieu de serrer sa petite fille contre elle pour lui faire un câlin, sa mère resta plantée là, les bras croisés sur la poitrine, tandis que la petite fille s'enroulait autour de sa jambe.

— Je veux rentrer à la maison !

Elle pleurait à présent, des larmes incontrôlables, un jaillissement continu, comme lorsque vous êtes malade et que vous ne pouvez cesser de vomir. L'homme s'était arrêté à côté de la poussette vide et ne souriait plus.

— Bon, nous avions conclu un marché, là, lança-t-il à maman. Tu n'es pas une arnaqueuse, si ?

Comme sa mère ne répondait pas, il ajouta :

— Tu sais ce qu'on fait aux arnaqueurs là d'où je viens, n'est-ce pas ?

Sa mère ne disait toujours rien. Sa jambe – celle à laquelle la petite fille s'agrippait comme si sa vie en dépendait – se secouait de haut en bas, comme si sa mère grelottait de froid.

— Très bien, dit-il. Dans ce cas, je crois que tu as quelque chose qui m'appartient. Rends-le-moi.

— Inutile, bredouilla sa mère, vraiment... tout va bien.

Et la petite fille pensa : *Oui, tout va bien*, parce qu'elle était de nouveau avec sa mère, et d'une minute à l'autre elles allaient se remettre en route vers chez elles, où elle pourrait jouer avec sa poupée Hannah Montana, mais il faudrait d'abord qu'elle aille aux toilettes, parce qu'elle n'en pouvait plus de se retenir.

Seulement, sa mère commença à se défaire de son étreinte, même si la fillette pleurait encore comme si c'était son dernier jour sur terre. C'était ce que sa mère lui disait toujours : « Arrête de pleurer comme si c'était ton dernier jour sur terre », ce qui signifiait que ce n'était pas le dernier, et que demain serait mieux qu'aujourd'hui.

— Bon, qu'est-ce que je t'ai dit tout à l'heure, hein ? articula-t-elle, la gorge serrée. L'ami de maman va te surveiller, OK ?

— Non ! cria la petite fille entre deux sanglots, essayant de s'agripper à la jambe de sa mère, mais celle-ci la repoussait comme un chien errant.

Et puis soudain, elle sentit les bras de quelqu'un s'enrouler autour d'elle, qui la soulevèrent du sol.

— Maintenant, Jobeth, tu arrêtes de pleurer et nous irons t'acheter une bonne glace, dit l'homme.

Mais elle ne s'arrêta pas de pleurer, elle ne pouvait pas, et l'homme, qui sentait un parfum bizarre, s'impatienta :

— Tu vas m'écouter, oui ou non ?

Sa voix n'était plus aussi aimable qu'avant, quand il lui avait dit qu'elle avait un joli prénom, elle ressemblait plutôt à celle de sa mère quand elle la grondait.

— Seules les petites filles sages ont des glaces, déclara-t-il. Tu vas être sage ou pas ?

— Maman ! hurla la petite fille.

Mais sa mère s'était retournée et s'éloignait déjà.

— Maman !

Mais l'homme la ramenait à sa voiture, la maintenant aussi fermement que les sangles de la poussette, et lorsque la petite fille se débattit suffisamment pour chercher sa mère du regard, celle-ci disparaissait déjà à l'angle du motel. La petite fille fut incapable de se retenir davantage, et l'homme cria :

— Bon Dieu, qu'est-ce que tu as fait ?

Et ce fut la dernière fois que la petite fille, dont je ne me souviens plus vraiment, vit sa mère.

Chapitre 13

Karen Greer.

Alexa Kornbluth.

Terri Charnow.

Sarah Ludlow.

Jenny Kristal.

Il y avait des fois où je me plantais.

J'en comptais au moins deux, déjà. Une fois où j'avais appelé la mère de papa Eloise, ce qui était le prénom d'une autre grand-mère, celle d'une autre fille, et une fois où je parlai de mon CP à Hollyhock Elementary School, alors que Jenny Kristal était allée à Lakeside. Les deux fois, je me corrigeai : « Oups, je voulais dire Lakeside. » Maman n'avait pas semblé relever.

Bien sûr, ça faisait trois si l'on comptait ce que j'avais dit à Ben : « Carrément que je me rappelle que Brent nous chatouillait jusqu'à ce qu'on dise "tonton". » Et Ben qui avait fait remarquer à quel point il était bizarre que je me souvienne de quelque chose qui n'était jamais arrivé.

En général, on vous lâchait la grappe. Vous aviez été kidnappée et maltraitée, et les faits remontaient à bien longtemps. Évidemment que vous alliez vous tromper sur certains détails, mélanger quelques noms, oublier quelques visages, vous foirer sur quelques dates. C'était prévisible, non ? C'était un miracle de pouvoir se rappeler quoi que ce soit, après l'enfer qu'on vous avait fait traverser. N'est-ce pas le terme que maman avait employé avec les agents du FBI ? « Au cas où vous ne l'auriez pas remarqué, elle a connu l'enfer. »

Vas-y, maman, continue.

Et puisque quasiment tout le monde convenait que j'en avais bavé, la plupart ne s'apercevaient pas de mes erreurs, comme le fait que j'appelle grand-mère par le mauvais prénom, ou que je mentionne une classe de CP qui se trouvait être dans l'Ohio, ou bien que je rie des singeries ringardes d'oncle Brent, même si Ben s'en était clairement aperçu, puisqu'il m'avait coincée là-dessus.

J'essayais juste d'être sympa. C'était ce que je dirais à Ben s'il remettait le sujet sur le tapis.

Je ne me rappelais vraiment pas que Brent nous chatouillait comme ça, mais puisque toi, tu t'en souvenais et que ça semblait tellement t'éclater, j'ai joué le jeu. Et d'ailleurs, pourquoi avoir inventé toute cette histoire ? Tu ne me fais pas confiance, Ben ?

Il y avait toujours des gens qui doutaient et qui essayaient de vous piéger.

Parfois, c'était le père. Ou la mère. Ou la sœur. Ou les oncles. La grand-mère ou le grand-père, même s'ils étaient généralement trop vieux pour remarquer quoi que ce soit. Mais parfois, c'était Ben.

L'essentiel pour réussir, c'était d'y croire absolument. Pas juste de faire semblant. Y croire vraiment.

Un peu comme cette histoire de visualisation qu'avait suggérée ce policier, sauf qu'il parlait d'imaginer quelque chose dans le futur, alors que j'avais besoin d'imaginer des faits dans le passé.

Avoir six ans, par exemple, et que ma mère me laisse franchir la porte d'entrée pour que j'aille jouer avec ma meilleure amie, Toni Kelly, et ensuite me faire kidnapper. Et tous les éléments de ma vie avant ça. Parcourir la chambre en chevauchant le dos de mon père à quatre pattes. Regarder dans le jardin des feux d'artifice qui vous laissaient sur le cul tous les 4 Juillet. Aller à Disney World, où mon grand frère Ben se perdit dans la grotte de Tom Sawyer. Ben avait eu l'amabilité de remplir la plupart des blancs pour moi sur cette page Facebook bizarre qu'il tenait, celle qu'il avait dédiée à sa défunte sœur, bourrée de toutes sortes de souvenirs épars, y compris ce petit scoop bien utile sur l'orgie familiale de Happy Meal juste avant que Jenny ne soit portée disparue. « Je viens de me rappeler quelque chose », avais-je dit à l'inspectrice Mary, et c'était effectivement le cas. Parfois, il s'agissait juste de quelques mots :

> Je me souviens de ma sœur Jenny se disputant avec moi, parce qu'elle m'avait surpris en train de tirer au pistolet à plomb sur Goldy.

Mais en général, c'étaient des choses découlant d'un flux de conscience long et décousu, comme lorsqu'il relata la fois où il s'était perdu dans cette grotte, concluant ce paragraphe particulier en se demandant :

> Est-ce que c'était comme ça pour ma sœur, être perdue dans un trou obscur et profond, mais sans jamais être retrouvée ?

Ouais, Ben, plus ou moins.

Et je ne m'étais pas contentée de lire. Souvenez-vous, Internet est un média interactif. J'entamai une conversation avec le frère en deuil, parce que après tout, j'avais perdu une sœur moi aussi, lui dis-je, nos âmes étaient donc virtuellement liées. Et il avait répondu, avec méfiance au départ, juste des oui et non. Ce fut seulement une fois que j'allai plus loin et partageai des souvenirs très intimes et douloureux – *Je n'ai jamais raconté ça à personne* – qu'il commença à en faire autant, et après un moment, il s'avéra intarissable. Tant mieux pour moi.

Comment était-elle ? Quels sont tes souvenirs les plus marquants la concernant ?

Sa réponse ne se fit pas attendre :

C'est ça, le problème, justement.

Il avait dû refouler beaucoup de ces trucs-là, car longtemps, il ne put se souvenir de grand-chose. Voilà pourquoi il avait créé la page au début : pour reconstituer le puzzle. Et ça fonctionnait, disait-il. Des souvenirs refaisaient surface. Il se rappelait avoir été dans le jardin avec Jenny et qu'elle l'avait poussé sur un tuteur de plant de tomate. Il avait encore la cicatrice. Il se rappelait aussi être allé au lac avec elle, où ils jouaient aux Indiens sauvages – il se désignait toujours chef –, et à la plage, où Jenny l'aidait à construire des châteaux de sable avec Timmy le Camion. Et nager dans l'océan avec elle – une autre anecdote –, avoir été terrifié lorsqu'une vague l'avait fait basculer dans le ressac, et que n'arrivant pas à refaire surface, il avait cru se noyer. Jusqu'à ce qu'il soit subitement debout, à reprendre son souffle en crachotant, et sa petite sœur, Jenny, était là, le serrant dans ses bras, ou peut-être était-ce son père, il n'arrivait plus à se rappeler. Juste qu'il était en vie et ne s'était finalement pas noyé. Il se rappelait s'être replié dans un trou noir le jour où elle avait disparu, sans jamais vraiment en trouver la sortie.

Voilà comment elle était, m'écrivit-il. Ceci et cela. Et il m'envoyait aussi des photos. Une de Ben et Jenny, vers 2005, du genre pour lesquelles les mamans traînaient leurs enfants au *Sioux City Mall* : toute la famille portant d'affreux pulls avec des rennes devant un faux sapin de Noël. Jenny se tortillait sur les genoux de son grand frère, un paquet de sucres d'orge démesurés en arrière-plan. Et il y en avait une de Jenny avec son grand-père sur la pelouse des Kristal, debout dans un maillot de bain dégoulinant, comme si elle venait de traverser un jet d'arrosage automatique en courant. « Est-ce que tu te souviens de lui ? » avait demandé maman, en désignant un homme aux cheveux blancs qui tenait Jenny juste après sa naissance à l'hôpital. « Grand-père », avais-je répondu, et les yeux de maman s'étaient embués à cette pensée : douze ans à vivre dans des appartements abandonnés et des épaves de caravanes avec les Père et Mère de l'enfer, et j'étais parvenue à me raccrocher au souvenir de son papa. Ben aussi.

Je me rappelle que mon grand-père faisait deviner à Jenny dans quelle main étaient les Tootsie Rolls et elle tombait toujours juste.

Voilà ce qu'écrivit Ben sur la page Facebook, manifestement incapable de deviner comment j'avais réussi à accomplir cet exploit, ce qui s'avérait en fait assez simple. Peut-être était-ce toute cette herbe dont Ben se farcissait le cerveau. Il prétendait que ça l'aidait à se rappeler certains trucs, même si je savais d'expérience que c'était plutôt l'inverse qui se produisait ; l'herbe était efficace pour dire adieu aux souvenirs, du moins lorsque vous planiez à crever le plafond.

De temps à autre, Ben me demandait de partager les souvenirs de ma sœur, et j'empruntais des fragments des différentes sœurs avec lesquelles j'avais vécu au fil des deux années et demie qui venaient de s'écouler. La timide Allison Greer d'abord, dont la sœur Karen disparut lorsqu'elle avait trois ans, et qui me promit solennellement après nos retrouvailles larmoyantes que jamais, même sous peine de mort, jamais plus elle ne me quitterait des yeux – « sœurs pour l'éternité » – jusqu'à ce que la situation se dégrade, bien entendu, et que je sois contrainte de déguerpir.

Quelquefois, je n'étais pas assez rapide. Je baissais ma garde, commençais à me penser sauvée et cessais de croire que j'étais celle pour qui je me faisais passer. Je me mettais à sortir du rôle et à bousiller mes répliques. Je prenais à tort ces drôles de regards de papa pour des regards de papa juste drôles, et passais complètement à côté du fait que j'étais dans la merde. Deux fois, on m'avait envoyée en maison de correction, où ils avaient plus ou moins lâché l'affaire ; j'avais été envoyée en famille d'accueil la première fois (deux minables qui accumulaient les enfants placés pour toucher les allocations) et je m'évadai la seconde fois, dérobant les clés de la porte d'entrée pour me faufiler dehors en pleine nuit. J'étais un véritable casse-tête pour les diverses autorités avec lesquelles j'entrais en contact, pour ne pas dire une casse-couilles de haut niveau. Que faire de moi ? Ce n'était pas comme si j'avais agressé quelqu'un ou si j'étais entrée dans une propriété par effraction, même si une assistante sociale estimait que c'était plus ou moins ce que j'avais fait.

« Tu as agressé cette famille, Jobeth, m'avait-elle sermonnée. Tu as joué avec leurs espoirs et leurs rêves ; tu les as anéantis. Qu'est-ce que tu ressens en prenant la mesure de tes actes ? »

Elle aurait dû me demander comment je me sentais avant que le père ne commence à m'adresser ses regards suspicieux. Parce que avant ça, j'aurais su quoi répondre : je me sentais au chaud et en sécurité. Et peut-être aurait-elle dû le leur demander, aussi, à ces parents désespérés qui retrouvèrent le sourire durant les premières semaines. Par ailleurs, à ma connaissance, anéantir des rêves n'était pas précisément considéré comme un délit dans le Code pénal.

« Pourquoi fais-tu cela ? » m'avait demandé l'assistante sociale. Bonne question. Mais je n'eus aucune bonne réponse à lui fournir. Je me contentai de hausser les épaules, ce qui me valut un zéro pointé. J'aurais pu la ramener à ce fameux matin devant ce motel sordide, où les espoirs de quelqu'un d'autre furent assez exhaustivement anéantis, mais je n'en pris pas la peine. Je n'aimais pas m'aventurer par là, non, merci, parce que avant de pouvoir m'en apercevoir, je recommençais à frissonner. Ne plus y retourner était tout l'intérêt, non ? La réponse que l'assistante sociale implorait, en vérité. Je ne voulais pas être elle, la petite fille pissant sur un putain de pervers qui venait de m'obtenir en échange d'une dose de méth de second choix. Vous en auriez envie ? Quelqu'un en aurait envie ?

Je sortis d'un musée des horreurs en tant que Jobeth. Puis je devins :

Karen Greer.

Alexa Kornbluth.

Terri Charnow.

Sarah Ludlow.

Jenny Kristal.

Au cas où vous compteriez, cela fait cinq filles différentes en deux ans et demi. Cinq paires de parents dont il m'avait fallu mémoriser les prénoms, cinq écoles, cinq différents cercles de proches, voisins fouineurs, meilleurs amis. Cinq vies différentes. Bien sûr, c'est beaucoup, mais voici le plus beau : pas une seule n'était la mienne.

Ça, c'est ma méth à moi, maman, pour tenir la peur à distance. Ça m'aide à passer la nuit, parce que, crois-moi, elle peut être foutrement noire.

Parfois, j'avais pensé que ça pourrait durer, que j'avais gagné ma place au sein de la famille. Je voyais déjà les vacances tous ensemble et les remises de diplômes ; OK, c'était un peu ambitieux, vu que je n'avais jamais fini le lycée. Je pouvais même m'imaginer conduite à l'autel un jour par Mr Charnow radieux, celui qui s'était mis à sangloter une fois, à la table du dîner, quand j'avais dit : « Est-ce que tu peux me passer le sel, papa ? » Je visualisais la scène avec une parfaite clarté. Puis cette garde que je ne pouvais baisser allait se muer en Mr Scotch, et ce ne serait plus qu'une question de temps.

Il y eut des séjours plus courts, aussi. Le dernier avec une famille à Le Mars, Iowa : Becky Ludlow et son mari, Lars – qui avait l'air tellement con au départ qu'il aurait pu venir de la planète Mars –, seulement il s'avéra qu'il était moins inoffensif que je ne l'avais jugé. Cela faisait à peine deux secondes que j'avais franchi leur porte d'entrée qu'il prononçait les trois lettres de l'alphabet que j'aime le moins : ADN.

« Est-ce que tu verrais un inconvénient à passer un test ADN, Sarah ? Juste pour qu'on soit tous sur la même longueur d'onde ici et qu'il n'y ait pas le moindre doute. »

Eh bien, maintenant que tu l'évoques, Lars, il pourrait y avoir un inconvénient à ce que je passe un test ADN. Je répondis : « Pas de souci, est-ce que je peux juste avoir quelques jours pour me reposer ? » Le lendemain, Sarah était partie, et Le Mars figurait sur la liste d'endroits où je ne devais plus remettre les pieds.

Pour être franche, je n'étais pas fière d'avoir brisé les espoirs et les rêves de cette mère, parce que Becky, qui s'opposait farouchement à ce que je passe le moindre test – probablement parce qu'elle craignait le résultat –, avait semblé être le genre de maman que vous choisiriez dans un catalogue. Suave comme une tarte aux pommes, mais avec la dose suffisante de Granny Smith pour la rendre intéressante. En général, je me présentais au poste de police le plus proche. Cela dit, il m'est arrivé une fois de me pointer directement à la porte d'entrée : *ding dong*, je suis de retour. Lorsque Becky vint me récupérer au poste, ce fut comme si elle avait perdu dix ans en dix minutes. Elle semblait avoir un certain âge en entrant dans la pièce, et elle était métamorphosée lorsque nous repartîmes à la maison. Cette nuit-là, je l'entendis pleurer par la porte de sa chambre, et Lars disait : « Tout va bien, chérie… » Et Becky répondait : « C'est justement ça, Lars, tout va bien. Enfin… »

Sarah, qui avait lâché la main de son père dans un *Home Depot* dix ans plus tôt et avait été vue pour la dernière fois tenant la main de quelqu'un d'autre alors qu'elle sortait du magasin sur une vidéo granuleuse de caméra de sécurité, avait été une vraie fille à son papa, me confia Becky. C'était pourquoi il avait entrepris de demander un test ADN, parce que même avec toutes ces années perdues, quelque chose lui avait paru bancal, même si, pour elle, tout se remettait d'équerre. Lorsqu'il me lâcha cette petite bombe sur la tête et que je décampai le lendemain matin, je pensai plus d'une fois aux larmes de Becky.

C'est alors que j'envisageai de mettre fin à mes simulacres pour de bon, à rompre le cycle, pour ainsi dire. Mais deux jours plus tard, je ratissais de nouveau Internet à la recherche d'autres enfants disparus ou, pour être tout à fait précise, à la recherche des parents qui les avaient perdus. Ce n'était pas compliqué… L'Amérique en compte des tonnes. Les filles disparues devaient être du même âge, évidemment, de la bonne couleur d'yeux et de cheveux, et il fallait qu'elles aient été kidnappées assez jeunes afin que personne ne m'accuse de ne pas leur ressembler. Et j'avais également besoin d'infos générales, mais tout ce que cela demandait, c'était d'éplucher Facebook et les journaux locaux, qui d'habitude passaient la semaine suivant un enlèvement à ne parler que de ça, en décrivant au monde la famille de la fille disparue, ses amis, ses camarades de classe, voisins et enseignants, parmi lesquels personne n'arrivait à croire qu'elle était partie, et apportant des précisions très utiles au sujet de la victime elle-même.

Voilà. C'est tout.

Bien sûr, une fois de temps en temps, vous aviez la chance extraordinaire de tomber sur une page commémorative créée par le frère défoncé d'une victime, où toutes sortes de tuyaux juteux étaient à portée de main. Ajoutez cela aux centaines d'articles qui sortirent lorsque Jenny disparut, ainsi qu'une quasi-thèse dans *Vanity Fair*, écrite des années après l'enlèvement de Jenny. Un article vraiment prétentieux intitulé *Une méditation sur le deuil*, ou quelque chose comme ça.

La première affiche fut placardée le lendemain de la disparition. Il finirait par y en avoir plus de mille cinq cents, tapissant intégralement les murs du quartier. Toutes produites en série par le propriétaire d'une imprimerie locale qui connaissait à peine les parents, fous d'inquiétude, mais estimait que c'était le moins qu'il puisse faire.

Elle fut clouée au pistolet sur un poteau téléphonique devant La Fameuse Pizzeria de Fredo…

Gracias.

Des photos accompagnaient l'article. Jenny assise sur un tapis de sol et vêtue d'un tutu rose. Un Ben de huit ans planté à côté de Jenny devant un lac. Ses parents à un rassemblement organisé à la salle de sport locale après le kidnapping, debout derrière un podium, Jake tenant Laurie par la taille comme s'il l'empêchait de s'effondrer.

Il y avait quelque chose dans le visage de Laurie qui me plut – une pointe de Becky –, et un observateur attentif aurait peut-être remarqué que la plupart des mères avec lesquelles j'étais sortie des postes de police ressemblaient beaucoup à la mienne, la vraie. Avant que la méth ne la détruise, à l'époque où elle parvenait encore à faire tourner quelques têtes, même si elle avait fini par faire tourner toutes les mauvaises.

Jenny Kristal. Jenny Kristal. Jenny Kristal.

Je commençai à m'exercer devant le miroir. Et peut-être que ce nom me rappelait cette foutue pipe que ma mère ne pouvait lâcher, celle dont j'avais dit qu'elle semblait en cristal. Je ne dis pas que c'était le cas ou non, juste qu'il y a une chance que cela m'ait traversé l'esprit. Et, par la suite, j'échangeais des messages Facebook avec Ben et commençais à penser comme Jenny Kristal, aussi.

Je finis par devenir Jenny Kristal.

Quand je me lavais le visage le matin dans le trou à rats où j'avais atterri après Le Mars, je levais les yeux et voyais Jenny Kristal soutenir mon regard. Mes souvenirs étaient les siens. Mon passé était le sien. Je mangeais, dormais, marchais et parlais Jenny Kristal. Et lorsque je finis par aller jusqu'à cette affiche défraîchie d'enfant disparue clouée sur ce poteau, c'était mon visage qui s'y trouvait. C'était le mien.

Et j'étais chez moi.

Où Becky Ludlow venait de débarquer, martelant la porte d'entrée en me demandant de bien vouloir arrêter ça.

Chapitre 14

— Tu as l'air un peu à cran ce soir, Jenny, dit papa.

Parce que chaque fois que le téléphone sonnait, je bondissais. Je priais pour que la ligne fixe soit en dérangement, mais si elle ne l'était pas ? Et si maman avait besoin de prendre l'appel d'un client, ou papa celui de sa mère en Floride ? Et si Ben décidait de décrocher juste pour faire le connard ? Et que la voix à l'autre bout du fil disait : « J'ai des informations qui pourraient vous intéresser. Cette histoire d'enfant perdue et retrouvée qui fait les gros titres de la presse n'était qu'à moitié vraie. »

Que se passerait-il alors ?

Et puis il y avait la porte d'entrée.

Elle devenait de plus en plus énorme, exactement comme celle du poste de police, capable de laisser pénétrer toutes sortes de personnes que je n'avais pas envie de voir, le numéro un étant quelqu'un qui avait vu sa fille pour la dernière fois partir à *Home Depot* avec son mari, Lars.

Au milieu d'un dîner assez silencieux – maman demanda à papa s'il avait passé une bonne journée et il répondit que oui, puis à Ben comme ça s'était passé à l'école, et il répondit : « Une putain d'éclate », et maman lui demanda s'il pouvait surveiller son langage, et Ben répliqua : « Je sais pas trop » –, au milieu de cette brillante conversation, donc, on sonna à la porte.

Je lâchai ma fourchette, ce qui n'aurait pas été grave si elle avait atterri dans mon assiette, mais elle retomba par terre, avec fracas, et elle était pleine de spaghettis.

Pendant une seconde, personne ne prononça un mot.

Peut-être parce qu'ils me traitaient encore comme si quelqu'un avait tamponné sur mon front la mention FRAGILE. Alors personne n'osait dire : « Jenny, mange au-dessus de cette putain d'assiette », ni même : « Tu pourrais faire plus attention, s'il te plaît ? » Au lieu de ça, tout le monde regarda le carrelage couvert d'éclaboussures de sauce bolognaise. Il y en avait même en bas du portrait de famille sur lequel nous posions tous les quatre, maman ayant ratissé les archives familiales pour en sortir une photo datant d'avant l'enlèvement. Ça ressemblait à du sang.

— Désolée.

— Ce n'est pas grave, dit maman. Les accidents, ça arrive.

Comme celui qui était sur le point d'arriver. La sonnette retentit de plus belle.

— J'y vais, marmonnai-je.

Maman se dirigeait déjà vers la cuisine pour nettoyer les éclaboussures, papa quittait lentement son siège, Ben, vautré sur ses coudes, m'observait avec méfiance, comme si je venais de gerber sur la table.

Si c'est elle, je lui claquerai la porte au nez, et je leur dirai que c'était une journaliste. Puis on se regroupera dans le salon, comme la dernière fois, et on attendra qu'elle se lasse la première.

Papa était à moitié levé lorsqu'il s'arrêta, en ayant l'air d'un gamin qui a peur que la musique s'interrompe lors d'une partie de chaises musicales.

— Sérieux, j'y vais, dis-je.

— Non. Si c'est l'un d'eux, il vaut mieux que ce ne soit pas toi qui ouvres la porte.

« Eux » étant les journalistes. Je ne trouvai aucun prétexte valable à invoquer. Je me laissai donc retomber sur mon siège.

Je dirai que je ne la connais pas.

Je dirai qu'elle est folle, un de ces tarés qui, comme l'inspectrice Mary nous en avait avertis, commenceraient à surgir d'un peu partout.

Je dirai : « Qui allez-vous croire, elle ou moi ? »

Papa regarda par le judas. Il hésita, puis ouvrit la porte.

— Entrez.

— Je vais dans ma chambre, bredouillai-je. J'ai mal au cœur.

Je me levai en vacillant et me dirigeai vers l'escalier.

— Attends une minute, dit maman, qui était revenue de la cuisine avec un torchon dégoulinant à la main.

Je n'attendrais pas une minute. C'était Le Mars qui recommençait. Et Peoria. Et Duluth. Et Wichita. Et…

— J'ai vraiment mal au cœur.

Quelqu'un entrait dans la maison.

— Écoutez…, dis-je. Écoutez…

Je ne regardais pas. Je refusais de regarder. À la place, je rivais les yeux sur cette photo de nous quatre. Qui m'en rappelait une autre, celle qui m'avait donné toute cette idée au départ. Dans un vieil exemplaire de *People*, il y avait cet article sur une fille kidnappée qu'on avait retrouvée quelque part au Texas dix ans plus tard. Ses parents disaient qu'ils n'avaient jamais perdu espoir, même après tout ce temps, et que les autres parents ne devraient pas non plus. Et autre chose : ils avaient à peine reconnu leur fille, au début, parce qu'elle était toute petite au moment de son enlèvement. Ils auraient pu la croiser dans la rue sans la reconnaître. Et sur ces photos d'eux quatre allant à l'église, jouant dans la piscine de leur jardin, récitant le bénédicité à la table du dîner, ils avaient l'air d'une famille unie. Dans laquelle j'aurais bien voulu avoir ma place, je serais même prête à tuer pour ça. C'est alors que je me mis à chercher ces autres parents qu'ils avaient évoqués, ceux dont les filles n'étaient pas revenues.

Et c'est ainsi que je trouvai les Greer.

Qui avaient gardé une veilleuse allumée à l'étage dans la chambre de leur fille Karen toutes les nuits depuis sa disparition. Afin qu'elle puisse retrouver son chemin si elle rentrait chez elle. Karen Greer était blonde aux yeux bleus, comme moi, ce qui m'amena à penser que ce pourrait être moi. Pourquoi pas, pourquoi ne serait-ce pas possible ? Pourquoi n'aurais-je pas pu avoir une meilleure amie prénommée Samantha, un chat qui s'appelait Puss, un talent inné pour dessiner les fleurs, un amour fou pour les trampolines, et tous les autres trucs que j'ai pu lire sur elle ? Ça aurait pu être moi, à la piscine du quartier, avec le centre aéré, ce fameux matin où la monitrice s'absenta cinq minutes pour accompagner un enfant à l'infirmerie et que le maître-nageur était trop occupé à mater le cul de la monitrice pour remarquer qu'un pervers me faisait sortir de l'eau ? Pourquoi pas ?

Et les Greer n'étaient qu'à deux États de là, deux petits États qui, sur la carte, paraissaient assez petits pour être quasiment traversés à pied.

Je suis Karen Greer.

Je suis Karen Greer.

Je le suis. Je le suis. Je le suis. Je le suis. Je le suis. Je le suis. Je le suis…

Le répétant sans relâche jusqu'à finir par m'en convaincre.

— Qu'est-ce que vous voulez ? demanda papa à la personne qui venait d'entrer dans la maison.

— J'ai balayé les feuilles ce matin, répondit le jardinier avec un fort accent espagnol. Quatre-vingt-deux dollars.

— Bien sûr, dit papa. Pas de souci.

J'avais une autre raison d'être à cran au dîner.

J'aurais dû le dire. J'avais créé ma propre page Facebook.

Comptabiliser mes amis rendait la situation plus réelle.

Les amis de Jenny Kristal.

S'élevant actuellement au score exorbitant de 1 372, et ça continuait de grimper.

Ouais, OK. J'avais en gros accepté toutes les invitations de ceux qui m'avaient demandée en amie. La plupart étant les mêmes qui avaient bombardé la maison d'appels téléphoniques, ceux à qui Jake avait dit d'aller se faire foutre.

Des journalistes. Des gens de la télé. Des gens des relations publiques. Des agents. Des gens avec des sociétés rattachées à leur nom, essayant de contourner les gardes du palais Kristal.

Des gens ordinaires aussi.

Me souhaitant la bienvenue. Louant le Seigneur. Me demandant en mariage.

Et puis, il y eut celui-ci :

Faites attention.

Vous n'êtes pas en sécurité dans cette maison.

Chapitre 15

Le lendemain matin, je jouai à un jeu.

Ça s'appelait *Combien de temps puis-je rester assise ici sans vérifier si Becky est revenue ?*

Papa et maman étaient partis dans deux véhicules séparés ; maman avait ouvert ma porte dans un grincement pour voir si je dormais toujours ; ce n'était pas le cas, mais je sais faire semblant comme personne. « Elle dort comme une souche », chuchota-t-elle à papa, qui devait se tenir derrière elle.

Je m'imaginais ceci : Becky les assaillant, se plantant juste devant leurs voitures en disant : « Il y a quelque chose que vous devez savoir au sujet de cette fille. » Et j'imaginais papa qui ne s'arrêtait pas, parce qu'il était en train de consulter ses mails professionnels, et démarrait en trombe, l'aplatissant au passage comme une crêpe. « Un tragique accident », diraient les journaux ; une folle obsédée par les filles kidnappées, qui avait peut-être eu le sort qu'elle méritait.

Mais lorsque je me souvins d'elle sanglotant derrière la porte – « C'est justement ça, Lars, tout va bien maintenant… » –, j'eus honte, et elle se déploya du sol comme par magie pour redevenir Becky.

J'écoutai les deux voitures partir, le bruit de leurs moteurs – celui de maman, bien fluide, celui de l'hybride de papa, un peu erratique – s'intégrant à d'autres sons : le grondement d'un camion-poubelle, une porte de garage qui se fermait, un bus scolaire qui freinait brusquement.

Je me sentis soulagée pour deux raisons : elle ne les avait pas interpellés, et ils ne l'avaient pas écrasée.

Lorsque j'allai dans la salle de bains, j'entendis Ben claquer la porte en partant pour le lycée. J'avais obtenu la vérité de la part de maman : Ben avait eu des soucis après mon enlèvement et il avait dû être soigné en hôpital psychiatrique pendant plus d'un an. C'était pour cela qu'il était aussi en retard dans sa scolarité.

À ce propos, une séance de perfectionnement en Jenny Kristal ne pourrait pas me faire de mal.

J'avais déjà merdé au moins trois fois. Il fallait que je potasse un peu mon rôle.

Ben n'avait rien posté sur Facebook depuis que j'étais reparue, ce qui était logique : revenir d'entre les morts devait clairement casser l'ambiance d'une page commémorative. Je repris donc depuis le début, pour voir si j'avais pu passer à côté d'un détail.

Ma sœur Jenny a disparu quand j'avais huit ans.

C'était la toute première phrase qu'il avait écrite.

Cette page lui est dédiée.
L'un de mes derniers souvenirs d'elle est une fête de 4 Juillet dans notre jardin. Mon oncle Brent avait lancé des fusées à eau et des pétards, et Jenny et moi voulions des feux de Bengale, mais il refusait de nous en donner parce que, selon lui, nous étions trop jeunes. Peut-être avait-il raison à ce sujet, car l'été suivant,

il m'a laissé allumer un feu d'artifice et je ne l'ai pas lâché assez vite. J'ai encore la cicatrice.

Puis Ben commença à évoquer celle qu'il avait sur le genou, datant de la fois où Jenny le poussa sur un tuteur dans le jardin, ce qui l'amena à parler des « cicatrices de son cœur ». Il vous fallait jouer à *Devine quelle est la transition* avec Ben, car il passait souvent du coq à l'âne.

Il écrivit qu'il avait tiré au pistolet à plomb sur Goldy, et que sa sœur le découvrit, et qu'ils eurent tous les deux une grosse dispute.

Maman a dû nous placer dans deux pièces séparées, et nous avons dû jouer chacun de notre côté le restant de la journée. J'avais complètement oublié ça… Jenny est restée enfermée dans sa chambre toute la journée.

Sans même descendre pour le dîner. Lorsqu'elle finit par mettre le nez dehors le lendemain, Ben entra en douce dans la chambre de sa sœur, et trouva les photos sur lesquelles elle avait travaillé sans relâche : que des photos de Ben avec la tête coupée, ou abattu avec du gros marqueur rouge sang sur le front où une balle imaginaire lui avait explosé le crâne.

« Parfois, frères et sœurs ne s'entendent pas », philosophait Ben. L'un de ses derniers posts parlait du jour où elle disparut. Apparemment, ils ne s'entendaient pas bien ce jour-là non plus.

J'étais dans mon lit en haut parce que j'avais cet énorme plâtre au bras, j'avais fait une mauvaise chute dans l'escalier et je me l'étais cassé. Je ne pouvais pas me le gratter, et ça me rendait dingue. Ma sœur et moi avions commencé à nous prendre la tête la veille – je ne me rappelle plus exactement pourquoi –, et cette fois, mon père l'a fait sortir de MA chambre. Mais ce dont je me souviens, c'est d'être allé dans sa chambre le lendemain matin, parce que j'étais encore en rogne contre elle, je pense, ou peut-être que j'y suis allé pour faire la paix – tout est assez confus –, mais ce dont je me souviens vraiment, c'est d'ouvrir sa porte et ensuite, genre, de flipper totalement. Parce qu'elle n'était pas là, j'imagine. Et puis ma mère a commencé à s'inquiéter parce qu'elle était censée être allée jouer au bout de la rue ou un truc comme ça, seulement elle n'y était pas. Le reste de la journée est encore assez flou, avec la police qui est arrivée et tout le monde qui s'est mis à disjoncter, ma mère qui a complètement pété les plombs, et moi aussi…

J'essayai de poursuivre ma lecture, mais j'avais du mal à être multitâche. Je n'arrivais pas à réviser pour être la meilleure Jenny possible, tout en me demandant si la femme qui savait que je n'étais qu'une pâle imitation guettait derrière les rhododendrons, attendant patiemment que je reconnaisse mon imposture, et peut-être même que je présente des excuses. Ou bien que je lui promette solennellement de ne plus jamais recommencer.

S'il te plaît, tu dois arrêter ça…

J'étais en train de perdre à ce jeu, celui où je devais lutter contre l'impulsion d'aller dehors pour le découvrir.

J'ouvris la porte progressivement, en désactivant d'abord son verrouillage automatique, puis en l'ouvrant petit à petit, pour me tenir un moment sur le paillasson avant de sortir.

La voie était libre.

Aucun signe de la moindre femme tapie derrière les buissons.

Je franchis le seuil d'un pied, comme pour prendre la température de l'eau, puis glissai lentement le reste de ma personne à l'extérieur. Jusque-là, tout se passait bien. Il ne semblait y avoir aucun danger à parcourir tranquillement l'allée, ni à traverser le trottoir.

Une dame âgée ramenait sa poubelle vide derrière son portail.

Un type ratissait une pelouse.

Un gamin jouait dans l'allée avec un ballon de basket qui rebondissait sourdement.

Je fis quelques mètres le long du pâté de maisons.

Je m'efforçais d'avancer, négociant farouchement chaque pas : *Si tu ne te montres pas, je ferai un pas de plus, si tu ne te montres toujours pas, j'en ferai un autre…*

C'est le trottoir sur lequel je marchais ce jour-là.

C'était l'été, et je me rendais chez ma meilleure amie Toni Kelly, et j'ai été enlevée.

A-t-il surgi derrière vous et vous a-t-il simplement attrapée ? Ou bien vous a-t-il arrêtée d'abord ? Il vous a peut-être parlé.

Il a dit : « Coucou, mon ange, nous allons t'emmener très vite aux toilettes… »

Je ne suis pas Jobeth, me dis-je. *Je suis Jenny Kristal.*

Il a dit : « Ta maman m'a demandé de venir te chercher. »

Attendez une minute. Il a dit : « Comment tu t'appelles ? Jobeth, c'est ça ? »

Non. Il n'a pas dit ça. Il n'a pas dit « Jobeth ». Il n'a rien dit. Il s'est emparé de moi pour m'entraîner dans sa voiture.

Avez-vous crié, Jenny ?

Oui. J'ai crié.

Je criais : « Non, maman, je veux rentrer à la maison… »

Je ne criais pas ça. Il avait la main sur ma bouche. Il m'a entraînée dans sa voiture.

Était-ce juste Père ? Ou les deux ?

Les deux. Il m'a tendue vers Mère en disant : « Elle m'a pissé dessus. »

Non, juste lui.

Je me rendais chez Toni Kelly et j'ai été enlevée. Il m'a arrêtée et m'a dit : « Ta maman m'a demandé de venir te chercher. »

Ensuite, il m'a conduite chez eux.

Était-ce une maison ? Un appartement ?

Une maison. Avec un portail fermé où les gens devaient sonner à l'interphone pour qu'on leur ouvre, car les seules personnes qui l'aient jamais franchi étaient des clients.

Un appartement. C'était un appartement, je crois…

Accorde tes violons.

J'avais emprunté à la vérité de quoi créer le mensonge – c'est plus facile ainsi –, mais parfois, tout s'emmêlait. Les véritables Père et Mère étaient des pervers dealers de méth qui me séquestraient dans une maison fermée à double tour. Les Père et Mère inventés, eux, étaient des pervers nomades qui squattaient dans des appartements abandonnés et des épaves de caravanes. Pigé ?

Pas une seule personne n'a un jour frappé à la porte d'entrée ?

Je vous l'ai dit, personne ne me vient à l'esprit en particulier.

Un policier.

Il vint à la maison parce que quelqu'un lui avait refilé leurs noms. « Une pouffiasse nous a balancés contre une remise de peine, il faudra que nous lui rendions une petite visite », dit Père plus tard. Le vrai Père. Je me tenais dans le coin du salon, même s'ils m'avaient ordonné de rester dans ma chambre. Le policier me sourit en m'ébouriffant les cheveux.

Aidez-moi, pensai-je, *aidez-moi, s'il vous plaît, aidez-moi.*

Et ce fut la première fois que cela se produisit, où je croyais penser quelque chose dans ma tête et que les mots sortirent de ma bouche.

— Quoi ?

Le policier s'était retourné pour inspecter le salon à la recherche d'endroits où stocker de la drogue, peut-être, mais il fit volte-face et me regarda.

— Qu'est-ce que tu as dit ?

J'étais figée – imaginez-moi comme l'une de ces glaces Scoubidou qu'ils m'offraient quand j'étais la petite fille modèle qui faisait tout ce qu'ils me demandaient –, parce que je les voyais me dévisager derrière le policier. *Si jamais tu oses*, disaient leurs expressions, *si jamais*... une double menace avec de réelles conséquences.

Alors je ne les défiai pas.

— Rien, répondis-je.

Le policier fit ce truc que font les adultes lorsqu'ils veulent vous donner l'impression qu'ils se mettent sur un pied d'égalité avec vous – juste d'enfant à enfant, afin de formuler sans détour –, en s'agenouillant avec les yeux à hauteur des miens.

— Dis-moi, est-ce qu'il se passe des choses ici dont tu as besoin de parler ?

— Non.

— Je jurerais t'avoir entendue dire : « Aidez-moi. » Est-ce que tu as dit ça ?

Je secouai la tête. Père et Mère s'étaient lentement rapprochés, juste derrière le policier, si bien que lorsque je regardais son visage, je voyais aussi les leurs.

— Il n'y a aucune raison d'avoir peur.

Oh si. Je voyais la raison d'avoir peur, claire comme le jour.

— S'il y a quelque chose… Si quelque chose t'embête ici, il faut que tu me le dises.

— Elle est un peu timide, officier, intervint Père. Elle est punie pour avoir menti, alors elle est un peu fâchée contre nous aujourd'hui. Vous connaissez les enfants. Elle doit apprendre que c'est la seule chose que nous ne tolérons pas.

Le policier continua de me regarder. Il avait les yeux bleu clair, le genre de couleur que vous peignez sur les œufs de Pâques.

— C'est bien vrai ? Tu es punie ?

Un peu que je l'étais. C'était pourquoi maman m'avait abandonnée sans jamais revenir. J'étais punie pour ne pas avoir été sage.

Si tu continues de bouger, ça fera encore plus mal…

Le premier matin où je me réveillai là-bas, j'ignorais où je me trouvais. Des rangées de bébés lapins roses avaient étrangement sauté de mon papier peint pour laisser place à des taches de moisissure. Mes dessins de tournesols au crayon de couleur, grand-mère et Hannah Montana étaient partis. La cage vide où j'avais gardé Cacahuète jusqu'à ce que maman oublie de le nourrir avait disparu. Je hurlai.

J'étais terrifiée.

Je hurlai.

Jusqu'à ce que l'oreiller me couvre le visage. Tous les deux se ruant dans ma chambre, rouges et grognant comme des porcs, et me fourrant l'oreiller taché sur la bouche en disant : « Ta gueule, ta gueule, ta gueule ! »

Impossible de me taire. Je savais où j'étais, pourquoi ma chambre ne se ressemblait plus. Je continuai de crier, même avec l'oreiller plaqué sur la bouche, je continuai de crier, crier, crier.

« Tu sais ce qui arrive aux méchantes filles qui ne veulent pas la fermer ? », dit Père.

Ils me montrèrent.

Mère alluma la radio. À fond.

Je veux danser avec toi…

Une histoire d'amour avec toi…

Ils me portèrent jusqu'à la salle de bains où ils me mirent la tête dans le lavabo. La cuvette avait une tache de rouille marron au fond.

Mère menaça : « Si tu continues de bouger, ça fera encore plus mal… »

Elle tirait un objet de sous le lavabo. Une boîte métallique. Elle l'ouvrait pour en sortir quelque chose.

« On t'a dit de la fermer », fit remarquer Père. Il m'appuyait sur la tête. « Tu ne pourras pas dire qu'on ne t'a pas prévenue… »

Mère faisait onduler ses épaules au rythme de la chanson.

Tournoyer avec toi…

Descendre avec toi…

Elle se dandinait sur la musique tout en essayant de se concentrer sur sa tâche. Une aiguille luisante entre ses doigts. Elle y passait du fil noir.

Je me débattais de toutes mes forces pour échapper à Père, une main me tenant le menton en l'air, l'autre m'appuyant la tête au-dessus du lavabo.

« Si tu continues de bouger, ça fera encore plus mal… »

Mère prit tout son temps.

Les pères travaillent, et les mères cousent.

Pique. Pique. Pique. Pique.

Me cousant soigneusement la bouche avec du fil noir brillant.

En entrant dans une lèvre, puis en sortant de l'autre.

Père maintenant ma tête coincée dans un étau tandis que je hurlais, m'agitais et braillais jusqu'à ce que j'en sois incapable. Jusqu'à ce que plus rien ne sorte.

La tache marron devint d'un rouge saisissant.

Ils m'obligèrent à rester ainsi une journée entière, les lèvres cousues de telle sorte que je devais respirer par le nez et m'exprimer en gémissant. Plissez donc les yeux et vous pourrez encore voir les cicatrices ; « piercing labial », dirais-je plus tard à quiconque me posait la question.

Je m'abstins d'ouvrir la bouche le matin où vint le policier, car je pouvais encore sentir l'aiguille à coudre entrer, sortir, entrer, et sortir de moi. Je revoyais ma bouche de poupée de chiffon dans le miroir rayé de la salle de bains. Je la vois encore aujourd'hui.

Une fois que l'homme fut parti, ils m'enfermèrent dans le lieu de punition.

« NON… s'il vous plaît, s'il vous plaît… je suis désolée… je serai sage… s'il vous plaît, Mère, j'ai peur… »

Je parvins à atteindre le bout de la rue sans savoir comment j'étais arrivée jusque-là. Comme lorsque cette femme m'avait découverte appuyée contre la voiture et avait appelé la police. Étrangement, il avait plu sur mes joues.

Derrière les rhododendrons se trouvaient deux écureuils et une merde de chien que personne n'avait jugé bon de ramasser.

Je voulus soudain retourner à l'intérieur.

Je repartis aussi lentement que j'étais venue, non pas parce que je m'attendais encore à ce que Becky surgisse d'un bond en hurlant « Bouh ! », mais parce que j'avais l'impression de réapprendre entièrement à marcher, comme dans ces rêves où vous avez oublié comment faire.

Un pied, puis l'autre, puis de nouveau le premier, et voilà que je marchais pour remonter la rue, l'allée de l'entrée, avant de franchir la porte.

Puis jusqu'en haut de l'escalier, dans le couloir avec sa boiserie qui sentait le dépoussiérant à la cire d'abeille, et dans ma chambre, qui auparavant était le bureau, raison pour laquelle l'ordinateur familial se trouvait là. L'ordi que je n'avais pas pris la peine d'éteindre et sur l'écran duquel s'affichait encore, à la vue de tous, la page Facebook de Ben dont j'avais oublié de me déconnecter. Son sac de classe était aussi en évidence, abandonné sur le fauteuil.

Comment était-ce possible ?

Puis j'entendis de la musique. Un riff de guitare qui sembla me soulever du sol pour m'envoyer tout contre l'écran où Ben – qui avait apparemment décidé de sécher les cours pour rentrer à la maison – avait laissé un document Word qui bloquait une partie, mais pas tout, du post sur la page hommage concernant le jour où Jenny disparut…

Le reste de la journée est encore assez flou, avec la police qui est arrivée et tout le monde qui s'est mis à disjoncter…

Le grand frère qui m'avait à peine adressé deux mots était parvenu à en écrire trois.

QUI ES-TU ?

Je ne bougeai pas de ma chambre jusqu'à la fin de l'après-midi, comme Jenny après la dispute au sujet de Goldy. Je dessinais mes propres images. Dans ma tête, je veux dire. Ben qui parlait à papa et maman lorsqu'ils rentraient à la maison, les faisant asseoir afin de leur expliquer pour quelle raison la fille à l'étage connaissait les histoires de Disney World et de grand-père, des jeux d'Indiens et des feux d'artifice du 4 Juillet.

Parce qu'elle les avait lues.

Elle ne s'était pas rappelé les choses. Elle les avait mémorisées.

Et une autre image. La sonnette qui retentissait au milieu du petit speech de Ben –*ding dong*–, et Becky Ludlow qui pénétrait d'un pas résolu dans le salon pour se joindre à la fête. Et peut-être un coup de fil de Hesse et Kline, qui avaient fini de fouiner et étaient prêts à me remettre sur la sellette.

Vous n'êtes pas en sécurité dans cette maison.

Sans blague.

Il y avait des ennemis à l'intérieur et à l'extérieur.

Puis je me souvins d'un détail un peu étrange, concernant ce 4 Juillet sur lequel Ben avait écrit.

Je pensais avoir merdé trois fois. C'est pourquoi je potassais et j'avais laissé l'ordinateur allumé là où le champion d'absentéisme du lycée Jefferson pouvait rentrer et tomber dessus, semant derrière lui son sac et trois mots accusateurs.

Mais ce n'était pas trois fois.

Non. C'était quatre.

L'un de mes derniers souvenirs d'elle est une fête de 4 Juillet dans notre jardin. Mon oncle Brent avait lancé des fusées à eau et des pétards, et Jenny et moi voulions des feux de Bengale, mais il refusait de nous en donner parce que nous étions trop jeunes. Peut-être avait-il raison, car l'été suivant, il m'a laissé allumer un feu d'artifice et je ne l'ai pas lâché assez vite. J'ai encore la cicatrice.

L'un de ses derniers souvenirs de moi. L'été où oncle Brent refusa de nous donner des feux de Bengale. L'été où je disparus en allant jouer chez Toni Kelly.

Lorsque maman me questionna sur le demi-frère de papa, oncle Brent, j'avais dit : « Oh, mais si. Oncle Brent. Ça me revient. Tu l'as engueulé une fois, parce qu'il avait laissé Ben allumer un pétard le 4 Juillet, et Ben s'était brûlé la main, et tu étais vraiment fâchée contre lui. »

Mais l'été où le vœu de Ben fut exaucé – un authentique feu d'artifice placé entre ses petites mains impatientes –, c'était l'été d'après. Oncle Brent, probablement navré pour lui, avait décidé de lui accorder cette faveur. Sa sœur avait disparu depuis longtemps, presque un an à ce moment-là.

Je n'avais pas lu assez attentivement le post de Ben.

J'avais foiré et je m'étais approprié son souvenir.

Je m'étais imaginé ce moment de la soirée où les lucioles commencent à clignoter comme des lumières de porche mal vissées, et j'avais senti la glace à l'orange collante sur ma main, et vu Ben et Brent se pencher devant la haie sombre où Brent disait « chuuut… chuuut… » avant d'utiliser le bout de sa cigarette pour allumer la mèche. J'avais entendu le bruit sec contre mes tympans, vu de petites flammèches bleues voleter dans l'air comme des confettis, et Ben essayer de se retenir avant de se mettre à pleurer à chaudes larmes.

J'étais négligente et j'avais merdé.

En soi, ça n'avait rien de bizarre.

Ce qu'il y avait de bizarre, en revanche, c'est le fait qu'elle ait oublié.

« Oh, mais si. Oncle Brent. Ça me revient. Tu l'as engueulé une fois, parce qu'il avait laissé Ben allumer un pétard le 4 Juillet, et Ben s'était brûlé la main… »

Et elle avait dit : « C'est exact. Je me suis vraiment fâchée contre lui. Ben a toujours la cicatrice. »

Au cours de la grande fête annuelle du 4 Juillet chez les Kristal, la famille essayait désespérément de retrouver l'insouciance de la vie d'avant. Maman avait déjà perdu un enfant. Et là, son fils chéri se retrouvait avec la main presque arrachée, et tout ce qu'elle a trouvé à me dire quand je lui ai raconté ce souvenir qui n'était pas le mien, c'est : « Oui, Jenny, oui… Exact… Oui… »

Confirmant mes propos, comme si j'avais vraiment été parmi eux ce soir-là.

Au fond d'elle, elle devait savoir que ça ne pouvait pas être vrai.

Chapitre 16

J'aurais dû le préciser.

J'avais répondu à l'ami Facebook numéro 1371. Le profil était plus ou moins une page blanche. Pas de loisirs. Pas de photos. Pas de centres d'intérêt. Pas de playlists. Pas d'âge, d'emploi ni de ville d'origine. Juste un nom. Un prénom, en tout cas. Lorem. Était-ce un prénom de garçon ou de fille ?

Qui êtes-vous ?

Un ami Facebook. Qui croyez-vous que je sois ?

Est-ce que vous êtes journaliste ?

Non. Je ne suis PAS journaliste.

C'est toi, BEN ? Tu veux me faire chier ?

Je ne suis PAS Ben.
Je ne veux pas vous faire chier.

Alors qui êtes-vous ?

Votre AMI. Je vous l'ai dit.

Pas une fois que je vous aurai retiré de ma liste. Ce qui fera de vous un EX-ami.

Je ne ferais pas ça à votre place.
Vous êtes en danger. Soyez prudente.

Vous l'avez déjà dit.

Et vous l'êtes ? Prudente ?

Graaave prudente. Je reste à distance des chats noirs et je ne passe jamais sous des échelles.

Restez vigilante. Vous devez vous méfier de tout le monde.

Pourquoi ça ? Ah ouais. Parce que je ne suis pas en sécurité dans cette maison. POURQUOI, déjà ?

Disons qu'ils n'ont pas de très bons antécédents
en matière de protection de l'enfance.

Chapitre 17

J'aurais dû envisager de lever le camp à ce moment-là. Mentalement plier bagage, dire « à la prochaine » à papa, maman, Ben, oncle Brent, tante Trude, Sebastian, Melissa, Goldy et mon nouveau lit super confortable.

À la maison Kristal tout entière, dans laquelle, m'avertissait un inconnu, je n'étais pas en sécurité.

Lorem.

Qui était mûr pour l'asile. Le troll Internet moyen qui faisait un break de *Fortnite* et du dernier délire de PewDiePie.

Voilà ce que je me disais, lorsque je ne me disais pas le contraire.

Qu'il savait quelque chose.

Et qu'il me prévenait pour mon bien. (Ouais, j'avais décidé que Lorem était un gars, après avoir tiré à pile ou face.)

Votre ami, prétendait-il.

Ma grand-mère jouait à ce jeu avec moi avant de devenir *persona non grata* : tracer des lettres sur mon dos et me faire deviner ce qu'elle écrivait. *J-E T-A-I-M-E* étant sa phrase de référence, alors même que le bout de son ongle déclenchait des frissons le long de ma colonne vertébrale. Ça aurait dû me servir de leçon : l'amour fait mal.

Les mots sur Messenger me faisaient le même effet.

Je ne fus pas en mesure de chasser ces frissons assez longtemps pour me réchauffer.

J'entendais papa et maman chuchoter dans la cuisine.

Je savais à quel sujet.

Je les avais entendus rentrer à la maison – maman d'abord, passant la porte peu après 17 heures, puis papa à environ 18 h 45 –, et j'avais entendu Ben en bas, un vrai moulin à paroles. Ben, qui leur adressait à peu près six mots par semaine. C'était exactement comme je me l'étais imaginé, sans l'irruption de Becky Ludlow. Mais ce n'était plus qu'une question de temps ; la prochaine fois, ce ne serait pas le jardinier sur le seuil de la porte.

Bon. Il était probablement temps de mettre les voiles.

Seulement, je n'allais pas le faire.

Je refusais.

D'abord, maman prévoyait encore du poulet-purée.

— Je fais ton plat préféré ce soir, Jenny ! annonça-t-elle gaiement. Et si tu m'aidais à préparer ?

Vous avez raison. Je m'étais attendue à autre chose. Une phrase dans cet esprit : « Il faut que nous parlions, Jenny... »

Ou : « Comment est-ce que tu as pu nous faire ça, Jenny ? »

Ou encore : « Nous allons devoir appeler la police, Jenny... »

« Je fais ton plat préféré » ne figurait absolument pas parmi mes hypothèses.

— Alors, ma chérie, tu as passé une bonne journée ? demanda maman, en sortant une poêle du placard.

— Oui, qu'as-tu fait toute la journée, Jenny Penny ? lança papa, les yeux rivés sur son iPhone en sortant de la cuisine.

J'ai consulté la page hommage de Ben pour accorder mes pipeaux et ensuite j'ai oublié de me déconnecter, et Ben est entré et m'a laissé un message : QUI ES-TU ?

— Pas grand-chose, marmonnai-je.

— Je m'inquiète pour toi, dit maman. De te savoir seule toute la journée.

— Ça va.

Ça allait. Tout allait bien.

Maman enfilait un tablier sur lequel on pouvait lire *Meilleure maman du monde*, un cadeau de fête des Mères de Ben, je suppose, avant qu'il commence à fumer de l'herbe et à me laisser des mots accusateurs. Je me tenais devant la cuisinière, m'étant vu attribuer la tâche d'éplucher les pommes de terre et de les mettre dans la casserole d'eau bouillante. Lorsque je pris la première – elle avait ces yeux affreux, qui vous amènent à vous demander pourquoi quelqu'un a essayé de manger une patate un jour –, quelque chose d'encore plus abject m'apparut furtivement à l'esprit. La pomme de terre m'échappa des mains et s'écrasa par terre.

— Désolée, m'excusai-je, en la ramassant avec précaution.

Le placard.

Soudain, j'étais de nouveau enfermée à l'intérieur.

Celui qui était attenant à la cuisine, ce qui en faisait vraiment un cellier.

Non.

Ce n'était pas un placard. Ce n'était pas un cellier.

C'était une cellule.

Le lieu de punition.

Il fait si noir… j'ai peur… s'il vous plaît, j'ai peur… s'il vous plaît, laissez-moi sortir… s'il vous plaît… je me conduirai bien… je promets… Mère, s'il vous plaît… S'IL VOUS PLAÎT… promis… je serai gentille…

Le jour où je partis, je comptai les griffures sur la porte du placard. Après cinquante, j'abandonnai. Il y avait un sac éventré de pommes de terre moisies au sol. À la lumière du jour, elles n'avaient plus rien de cauchemardesque. D'inoffensives patates, que vous pelez, écrasez et mangez. Mais c'était l'odeur qui me saisissait. Je l'associe désormais à de la terreur à l'état pur. La terreur à l'état pur sent la patate crue.

— Ça va, chérie ? demanda maman.

Je savais de quoi je devais avoir l'air. Je devais avoir l'air de quelqu'un qui ne va pas bien.

— Mauvaise période du mois, prétextai-je.

— Désolée, compatit maman. Veux-tu que je te donne des cachets pour atténuer la douleur ?

— Ça va aller.

J'avais les mains qui tremblaient. Je les cachai derrière mon dos.

— Peut-être n'est-ce pas le meilleur jour pour te solliciter en cuisine. Pourquoi ne vas-tu pas dans le salon pour t'allonger un peu ?

— Ce ne sont que des crampes.

— Tu es sûre ?

Maman enfarinait le poulet, trempant les morceaux dans des œufs battus avant de les rouler délicatement dans le doux monticule blanc. Papa regardait un match de basket dans le salon, j'entendais le commentateur s'exciter. Il fallait que je sorte de là.

Seulement, j'avais d'abord une question à poser.

— Où est Ben ?

Maman s'arrêta. Elle avait de la farine partout sur les mains, ce qui donnait l'impression qu'elle portait des gants, de ceux que les femmes portaient dans les années 1950.

— Chez son ami, répondit-elle.

— Il y a un souci ?

Une brume de farine flottait au-dessus de l'îlot central, comme un nuage passager.

— Tu connais Ben…, éluda-t-elle.

Maman et moi préparions le dîner. Papa était dans le salon à regarder la télé. « Comment s'est passée ta journée, Jenny ? », m'avaient-ils demandé. Une autre soirée ordinaire chez les Kristal.

— Peut-être que je vais aller m'allonger un peu, dis-je.

Je devais à tout prix fuir cette puanteur. Et l'endroit où elle m'avait ramenée brutalement. Papa était étendu sur le canapé, le regard braqué sur le match des Knicks. J'avais besoin qu'il m'accorde son attention tout de suite. Pour défoncer la porte du placard et me libérer.

— Quel est le score ? demandai-je.

— Les Knicks sont menés de mille points, marmonna-t-il avec morosité. Ça pourrait aussi bien être le cas.

— Ils sont bons cette année ?

— Pas trop.

— Est-ce que ce type a commis une faute ?

— Ouais.

Il restait vissé au match.

Je suis là, papa. C'est moi. Juste ici.

Je m'étais étirée sur la causeuse orange. Je ne m'étais pas aperçue que j'avais les jambes écartées à angle droit, mais ce dont je m'étais aperçue, par contre, c'est que la plupart du temps, quand je voulais attirer l'attention – des hommes du moins –, c'était ainsi que je l'obtenais. Ça relevait du subconscient, ou de l'inconscient, je ne sais pas au juste. Ce n'était pas quelque chose que je faisais délibérément, mais je me retrouvais malgré tout à adopter cette posture. Comme une sorte de réflexe aveugle. Cette assistante sociale qui m'avait sermonnée en maison de correction m'avait demandé si j'avais conscience que c'était une attitude provocante. Pas envers elle, mais envers Otis, le vieux gardien noir qui m'avait conduite dans son bureau. Je l'ignorais jusqu'à ce qu'elle l'évoque. La manière dont j'avais nonchalamment marché jusqu'à la chaise, tandis qu'Otis jetait un regard appuyé sur mon cul. Elle avait ajouté à cela mon « comportement provocant » chez les Charnow, Mrs Charnow m'ayant reproché d'avoir laissé la porte de la salle de bains grande ouverte quand je prenais une douche, au moment même où son mari passait devant.

« C'est compréhensible, me dit-elle, tu as été sexualisée à un très jeune âge. Mais ce n'est pas excusable. Ce qui t'est arrivé dans ton enfance n'était pas ta faute, poursuivit-elle. Ce qui l'est, c'est d'agir aujourd'hui en conséquence. »

C'est ce que je faisais à présent, je suppose, les cuisses assez écartées pour permettre d'y glisser un coup d'œil. J'agissais en conséquence. Je retombais dans de vieilles habitudes dont je n'arrivais pas à me défaire.

— Est-ce que je t'ai beaucoup manqué, papa ?

Il se tourna enfin vers moi, et regarda.

J'éprouvai une soudaine vague de nausée.

Arrête.

Je repliai en vitesse les jambes sous moi, tandis que papa détournait les yeux.

— Bien sûr que oui, chérie, répondit-il doucement, son attention concentrée quelque part au-dessus de mon épaule gauche. Bien sûr que tu m'as manqué. Pourquoi ne m'aurais-tu pas manqué ?

Bonne question. Pourquoi une fille ne manquerait-elle pas à son père, mis à part le fait que je connaissais une mère à qui la sienne n'avait pas manqué. À l'époque, je m'asseyais à la fenêtre de devant, et je l'attendais. Je sais, ça fait vraiment orpheline pathétique, mais je persistais à penser qu'elle allait reparaître à tout moment. Même s'ils ne cessaient de répéter le contraire : qu'elle ne voulait plus de moi, alors c'était ainsi et il valait mieux que je m'y habitue. Un pincement au cœur : onze ans, devant une pub télé pour un bracelet à breloques en argent vendu pour la fête des Mères. *Offrez-lui un symbole de votre amour.* Chaque breloque en rapport avec votre enfant, comme un ballon de foot, ou un chausson de danse, et je me demandais quelles breloques seraient sur mon bracelet. Une BD, peut-être. Je pris conscience que j'oubliais à quoi ressemblait ma mère. Je leur demandai pourquoi elle ne m'avait pas aimée, moi, ma maman. Je lâchai ça comme ça, et ils m'éclairèrent, juste au cas où ce serait encore un peu confus pour moi : « Oh, ta maman t'aimait, chérie, seulement elle préférait Christy… »

J'avais cru que Christy était une autre fille. Ils s'esclaffèrent en froissant un sachet de papier glassine devant moi. Christina, Tina, Chris, Christy, Crystal…

— À quel point ? lui demandai-je.

Je n'aimais pas ce chevrotement dans ma voix, comme si le tremblement de mes mains s'était propagé dans tout mon corps, et j'eus envie de m'asseoir dessus. Pour que ça cesse.

— Quoi ?

— Je ne t'ai jamais demandé comment c'était. À quel point je t'ai manqué ?

Un présentateur dans un costume en cachemire psalmodiait inlassablement à la télé : « Il lance avec fluidité ce soir… en déployant force et rapidité sur le terrain… »

— Beaucoup, mon ange, dit papa, en regardant de nouveau vers moi. Énormément.

À présent, c'était moi qui me détournais. Vers le mur blanc, afin qu'il ne me voie pas redevenir Jobeth. La version de Jobeth qui n'avait pas encore été abandonnée sur ce parking de motel. Celle qui allait s'agripper à la jambe d'une parente en refusant de la lâcher.

Je n'allais pas décamper.

Considérez ça comme une promesse.

J'avais assez vadrouillé ainsi. Plus qu'une putain de nomade.

Il y avait eu trop d'années dehors. À squatter dans des caravanes miteuses avec des cafards. À dormir dans des lits de motel avec des serpents.

Ceci était ma dernière halte. Ma dernière chance.

Où j'avais une mère qui venait me réconforter au milieu de la nuit. Un père capable de faire apparaître des pièces derrière mes oreilles.

Vous n'êtes pas en sécurité dans cette maison.

Ta gueule. Ta gueule. Ta gueule.

Tu te trompes. Pour une fois, dans ma vie, je me sentais justement en sécurité.

Disons qu'ils n'ont pas de très bons antécédents en matière de protection de l'enfance.

Peu importe, j'allais rester.

Chapitre 18

Jake

« Comment était-ce ? »

Comme un vide.

Un vide est un gouffre, une absence, un vaste et absolu néant. Il n'y a aucun refuge dans le vide. Aucun point d'appui, ni poignée, ni garde-corps. Vous êtes en chute libre, sans fond en vue.

« Comment était-ce ? »

Comme une rupture dans l'ordre naturel des choses. L'une d'elles étant que lorsque vous mettez un enfant au monde, il a la possibilité de grandir.

« Comment était-ce ? »

Comme d'avoir une tumeur inopérable qui se développe dans votre cœur. Alors elle pousse, elle pousse, elle pousse, et chaque matin, vous la sentez appuyer là.

Jusqu'à ce que vous ne la sentiez plus.

« Est-ce que je t'ai beaucoup manqué ? »

Et la réponse était oui, évidemment. La fillette qui montait à cheval sur son dos lui manquait, celle qu'il pouvait à coup sûr émerveiller avec des tours de passe-passe, en faisant apparaître un penny derrière son oreille, ou en transformant une sucrette à l'emballage jaune – et hop ! – en une sucrette à l'emballage bleu au

Fairview Diner. Sa fille ne cherchait jamais à vérifier ce qu'il cachait dans son poing serré.

Cette fille lui manquait, elle lui avait manqué avant même qu'elle ait disparu de leurs vies.

La version de cette fille plus vieille de douze ans, il ne la connaissait pas, alors comment pouvait-elle lui manquer ?

« À quel point je t'ai manqué, papa ? »

Beaucoup.

Il avait été contraint de suivre des cours d'Actors Studio au collège communautaire en raison de la moyenne désastreuse qu'il avait récoltée en dernière année. Merci à la source régulière de LSD à laquelle il avait eu accès, gracieusement fournie par son deuxième meilleur ami, Curtis. Le principe de l'Actors Studio était le suivant : il ne faut pas jouer un rôle, il faut le vivre. Vous êtes ce que le scénario dit que vous êtes. Et il en est ainsi pour tous les autres. Le monde entier est une scène, et tous les hommes et femmes de simples acteurs. Merci, William. On en avait la preuve ici.

Oui, tu m'as manqué. Évidemment que tu m'as manqué. Beaucoup.

Il disait cela à la nymphette de dix-huit ans en train d'auditionner pour le plateau tournant du *Flashdancers* sur la 45e. Non qu'il fût un habitué de ce club de striptease, mais les clients étant les clients, il avait eu l'occasion d'y faire un saut, les poches pleines d'une quantité convenable de billets.

Était-elle volontairement assise comme ça ?

C'est Jennifer Morrow Kristal qui est là. Morrow comme le père de Laurie, que l'on avait accablé d'un prénom incroyablement démodé, même pour un luthérien qui aurait préféré mourir que d'être surpris chez *H&M*. Et Jennifer pour reprendre l'initiale de son propre grand-père, Joseph, comme une sorte d'hommage.

C'est Jennifer Morrow Kristal qui est là, et m'entendra répondre quand elle me demandera si elle m'a manqué : « Oui, beaucoup. »

C'est une inconnue aujourd'hui. Mais, au bout d'un moment, elle ne le sera plus.

C'est Jennifer Morrow Kristal qui est là. Jenny pour faire court. Jenny Penny pour faire marrer.

L'inspectrice au poste avait dit : « Il faut vous y préparer. »

Et il avait pensé : *Nous le sommes*, s'étant préparé pendant tout le trajet sur la voie express embouteillée de Long Island.

Accueille-la.

Accueille-la.

Accueille-la.

Pas dans le sens littéral, bien que cela se soit passé littéralement ainsi, mais pas au départ. Laurie avait été celle qui avait traversé la moitié de la pièce pour rejoindre sa fille enfin retrouvée. Le manque se lisait sur son visage, mais peut-être était-ce ce qu'elle voyait aussi sur leurs visages ; n'étaient-ils pas eux aussi en manque ?

Lui, les yeux rivés sur elles qui s'étreignaient de toutes leurs forces. Il avait l'impression de surprendre une intimité gênante, comme la fois où lors d'une fête, dans sa vingtaine, il avait ouvert la porte des toilettes et surpris la copine de son meilleur ami en train de s'envoyer en l'air avec un parfait inconnu.

On dit – qui que soit ce on – que la perte d'un enfant vous rapproche pour toujours ou vous sépare à jamais. Dans leur cas, c'était les deux à la fois ; ça les rapprochait afin qu'ils puissent se séparer. Mais c'était surtout au début, lorsque les plaies étaient encore à vif, béantes, qu'elles n'en finissaient pas de saigner. Bien avant que ne se forment des croûtes donnant l'illusion d'une guérison, même si chacun d'eux ne pouvait résister à la tentation de les arracher de temps à autre.

C'était une inconnue, mais bientôt elle ne le serait plus.

Lorsqu'elle était entrée dans la cuisine ce premier matin, il avait failli lui demander si c'était Ben qui l'avait ramenée là. Jusqu'à ce qu'il se souvienne.

C'est Jennifer Morrow Kristal qui est là.

Et ils s'étaient assis autour de la table du petit déjeuner et avaient fait ce que font les familles dans ce cas, c'est-à-dire faire comme si tout allait bien. Ce qui n'était pas très différent d'être assis autour d'une table avec Ben. De feindre qu'il était encore le garçon de huit ans le suppliant de jouer au ballon dans le jardin, ou de laver la voiture avec lui, ou d'aller faire un tour au magasin de jeux vidéo, au lieu du post-ado défoncé qui avait provisoirement interrompu son hibernation à l'étage, juste le temps d'avaler un bagel avant de se retirer de nouveau dans sa grotte.

Ben. Le point crucial où ce que vous aviez espéré rencontre ce que vous avez enfanté.

Ben.

« Espérons que le beau temps se maintiendra », avait-il dit à la sœur de Ben, en jouant le rôle du météorologue de service, parce qu'il était trop tôt dans la matinée pour jouer celui de papa.

Ou trop tard.

Lorsque Ben entra d'un pas chancelant dans la cuisine, en clignant des yeux comme ceux qui n'ont pas vu la lumière du jour depuis longtemps – vous vous rappelez ces mineurs chiliens qui avaient survécu en mangeant des pastilles à la menthe ? –, Jake pensa qu'il voudrait peut-être flâner sur le chemin des souvenirs avec lui, le genre d'échange père-fils qui pourrait toucher Ben. Mes vieilles drogues de prédilection contre les siennes. Le thérapeute n'avait-il pas suggéré de trouver des domaines d'intérêt commun ?

« Ma sœur est où… Elle est revenue ? Ma sœur ? »

Il pensait que Ben devait se mettre au diapason. Celui de l'Actors Studio. Comprenant que votre psychisme avait sûrement du mal à accepter une telle chose quand vous étiez sous psychotrope, arraché ou quelle que fût l'expression du jour, même si Ben nia s'être approché d'un joint. Qui, moi ? Tu vas croire ton fils ou tes yeux ?

Lorsque Jake annonça à Ben que maman et Jenny étaient au centre commercial ce matin-là, il vit que le visage de son fils encaissait le choc une seconde fois. Peut-être avait-il cru en avoir rêvé.

Un jour, Jake en avait rêvé, lui aussi. Juste après les événements, quand il se réveillait et qu'en l'espace d'un instant, de ce bref changement d'équipe, où la pleine conscience venait relever la perception embuée, il serait prêt à aller réveiller les enfants pour l'école.

Leur dire de se brosser les dents. De s'habiller. Et les prier de ne pas se disputer ce matin.

Les enfants. Pluriel.

Ce moment aussi furtif que le mulot qu'il avait un jour vu détaler sous leur frigo, ce moment où – et voici le hic – il abordait réellement le sujet tabou.

Il laissa s'infiltrer la plus petite note aiguë dans sa voix quand Ben lui demanda où était sa mère.

« Maman a emmené Jenny au centre commercial. »

Après quoi, Ben se replia dans sa grotte.

Ben.

Oh, Ben…

Chapitre 19

Lorsque j'ouvris la porte, ce n'était pas le jardinier. Ce n'était pas Becky Ludlow non plus.

Je m'en étais assurée, en jetant un coup d'œil par ma fenêtre avant de descendre péniblement l'escalier. Je faisais profil bas dans ma chambre depuis quelques jours ; elle me donnait l'impression d'une chambre maintenant qu'il s'y trouvait un vrai lit. J'y avais pris mon petit déjeuner et mon dîner ; « sales crampes », avais-je prétexté auprès de maman.

Arriver jusqu'au rez-de-chaussée pour ouvrir la porte me parut une aventure épique.

Mettez ça sur le compte de la curiosité. Une fille qui me ressemblait sonnait chez nous.

Lorsque j'ouvris, elle cessa de me ressembler. Elle portait un tee-shirt rose moulant qui se bombait vers le milieu. Pareil pour son jean.

— Oui ?

Elle bredouilla quelques mots que je ne parvins pas à déchiffrer.

— Quoi ? Oni…

Elle secoua la tête ; ses seins ballottèrent.

— Toni, dit-elle.

— Toni ? OK. Je suis désolée… Qu'est-ce que vous voulez ?

— Je suis Toni Kelly. Je pensais… eh bien…

Toni Kelly. Toni Kelly.

Je ne comprenais pas que ce soit censé signifier quelque chose pour moi, jusqu'à ce que je percute.

« Je me rendais chez Toni Kelly et j'ai été enlevée… »

— C'est tellement fabuleux…, balbutia-t-elle, je veux dire, vraiment incroyable de voir… que tu es en vie et tout ça.

J'ignorais si je devais la prendre dans mes bras ou lui serrer la main.

— Ça alors, Toni.

Nous remontâmes dans ma chambre. Comme si elle était venue jouer.

Nous nous assîmes sur mon lit, sans rien dire au début. Elle regarda autour d'elle.

— C'est différent, constata-t-elle. Je veux dire, je ne m'en souviens pas bien non plus. Tu n'avais pas une collection de chevaux ? Tu sais, ces Breyer ?

— Ouais. C'est de la pâtée pour chiens maintenant.

C'était une blague, mais elle ne rit pas.

— Je veux dire, ma mère les a jetés.

— Oh. D'accord.

Le silence, de nouveau. La fleur orange était tombée du cactus et gisait flétrie par terre.

— Alors… comment c'est ? me demanda-t-elle.

— Quoi ?

— D'être à la maison. Tu sais… après, tu sais, tout ce que tu as traversé…

— Bien.

Je foirais mes répliques. Elle m'avait déstabilisée, juste en se pointant à l'improviste. Je ne m'étais pas préparée à explorer le bon vieux temps avec la meilleure amie de mes six ans.

— Vraiment génial, ajoutai-je. Difficile à croire.

C'était déjà plus convaincant. Elle hochait la tête. Les gens attendaient certaines paroles de votre part, une gratitude digne de ce nom pour votre liberté fraîchement retrouvée. Il vous fallait suivre le script.

— Vu que tu es chez toi, que tu es revenue… j'ai pensé que je devais passer te dire bonjour.

— OK. Super. Merci d'être venue.

Le silence, encore.

— Est-ce que ça a été craignos ? Je veux dire, tu n'as pas à en parler ou quoi. Dans les journaux, ils ont écrit… que ça avait l'air vraiment affreux.

— Ça l'était.

— Comment est-ce que tu t'es… genre, enfuie ?

— Écoute, je préférerais ne pas…

— Oh, bien sûr. Tu n'es pas obligée. Je me demandais juste… à cause de ce que j'ai lu. Bref, c'est merveilleux de t'avoir retrouvée.

— Merci.

Je comptais les bourrelets sous son tee-shirt. Trois.

— Est-ce que c'est bizarre d'être de retour chez tes parents ? Je veux dire, tu ne les as pas vus depuis si longtemps… Ça doit faire tout drôle, non ?

— Ça va.

— Et tous ces journalistes ? Waouh. Tu sais, on a déménagé. Après ton… après ta disparition, je crois que ma mère a flippé. Comme s'il y avait un kidnappeur qui sévissait dans le quartier. On est partis habiter à Bellmore. Pas si loin. Mais j'ai vu tous ces journalistes autour de ta maison, à la télé. C'était la folie.

— Ouais. Complètement dingue.

— D'ailleurs, l'un d'eux m'a appelée… Il voulait savoir comment je me sentais.

— Ils t'ont appelée ?

— Ouais… parce que tu allais chez moi ce jour-là. Quand tu as été… tu sais…

— Kidnappée. J'ai été kidnappée le matin où j'allais jouer chez toi.

— C'est ça.

Je commençais à éprouver le besoin de lui demander de partir.

— Tu as l'air en super forme, au fait. Je veux dire, après tout ce que tu as enduré. Vraiment en super forme.

— Toi aussi.

Mensonge, mensonge, ton nez s'allonge.

— Dis, est-ce que je peux prendre un selfie de nous deux ?

— Quoi ?

— Tu sais, une photo sur mon téléphone. De toi et moi.

— Pourquoi ?

Oui, il était grand temps de la raccompagner jusqu'à la porte et de la remercier pour sa visite.

— Je ne sais pas. Ça te pose un problème ? Juste une photo de nous deux ?

— En vérité, je suis plutôt…

Lorsqu'elle sortit son portable, j'eus l'impression qu'elle braquait une arme à feu sur moi.

— Ça ne prendra qu'une seconde, insista-t-elle. Juste une petite photo. S'il te plaît…

OK, maintenant je pige mieux.

— Est-ce que c'est ça qu'il voulait ?

Elle rougit.

— Qui ça ?

— Le journaliste.

— Le journaliste ?

— Oui, celui qui t'a appelée. Celui qui voulait savoir comment tu te sentais.

— Je ne… hum… je veux dire, je ne sais pas vraiment ce que…

Elle recommençait à bredouiller.

Jake leur avait dit non, mais les journalistes n'acceptent pas les refus. Ils trouvent toujours un moyen. Ou une Toni pour arriver à leurs fins.

— Qu'est-ce qu'il a dit ? Il t'a suggéré de passer me voir au nom du bon vieux temps ? De me souhaiter la bienvenue dans le quartier ? De me dire que j'ai l'air super en forme ? Et pendant que vous êtes là-bas, débrouillez-vous pour prendre une photo, hein.

— Ne le prends pas sur ce ton. Je pensais que tu serais contente de me voir.

— Je suis sûre qu'il a dû être très content, lui, quand tu lui as dit que tu viendrais me voir.

— Comme si tu étais un putain de scoop mondial ! Comme si quelqu'un en avait sincèrement quelque chose à foutre. Juste parce que tu te faisais, genre, violer par Papounet, ou Père, ou je ne sais plus quel surnom ridicule…

Elle avait encore la figure embrasée, mais pas d'avoir rougi. Une veine palpitait sur sa tempe.

— Ravie de t'avoir revue, conclus-je.

Elle me dévisagea avec une expression fielleuse. Si son téléphone avait été une arme, elle aurait tiré sans hésitation.

Je ne pris pas la peine de la raccompagner à la porte.

Ça vous est déjà arrivé de vous réveiller d'un cauchemar et de vous retrouver dans un autre encore pire ? On est d'abord soulagé qu'il ne s'agisse que d'un mauvais rêve, et l'on finit par regretter de ne pas pouvoir s'y replonger.

Maman était là. Dans mon rêve. Ma vraie maman, qui avait l'air bien, aussi, comme pendant ces cures de désintox qu'on lui ordonnait de faire au tribunal. Pas aussi abîmée et nerveuse, mais presque comme maman. J'étais curieuse de savoir ce qu'elle faisait là, dans ma maison. Cette maison, une autre maison, je ne savais pas trop à qui elle appartenait. Mais j'étais surprise par sa visite et je lui demandais : « Pourquoi ? Pourquoi ? » Le « Pourquoi es-tu là » cédant la place à « Pourquoi m'as-tu laissée devant le motel ? » Et elle se mettait en colère, comme ce fameux matin où j'avais refusé de remonter dans la poussette, me cramponnant obstinément à sa jambe.

Elle se mit à marcher. Pour quitter la maison, le parking, le rêve.

Et je la suivais en criant, en hurlant.

Et puis, soudain, le cri m'était adressé.

Quelqu'un me criait dessus, et j'avais la tête entre les genoux une fois de plus, parce qu'on allait s'écraser.

Et mourir.

Chapitre 20

— Vous ne pouvez pas monter.

Où est-ce que je ne peux pas monter?

— J'ai dit : arrêtez.

Arrêter quoi?

— Je ne vous le dirai pas une deuxième fois. Je veux que vous partiez.

Partir?

Je ne rêvais pas que j'étais dans une maison avec ma vraie mère.

J'étais bien réveillée dans une maison avec ma fausse mère.

— S'il vous plaît, sortez avant que j'appelle la police.

La police?

Il y avait une couverture en laine par-dessus ma tête. Non, ma tête était la couverture. Elle disait : « Laissez-moi me rendormir, s'il vous plaît. »

— S'il vous plaît, il faut juste que je…

Une autre voix. Deux voix, à présent. L'une hurlant à l'autre de partir et menaçant d'appeler la police. L'autre disant d'un ton implorant qu'elle avait besoin de faire quelque chose, alors n'appelez personne, je vous en prie.

L'une d'elles était celle de ma fausse mère.

L'autre appartenait à mon autre fausse mère. Deux fausses mères.

Becky Ludlow était dans la maison.

— Il faut juste que je lui parle. Demandez-lui de vous raconter…

Encore Becky.

Je sortis du lit. Je me faufilai vers la porte et m'y adossai. Cinquante-deux kilos de peur contre environ soixante-cinq kilos de colère. Misez sur la peur.

J'étais vêtue du tee-shirt costaricain bleu de Laurie, que je m'étais approprié depuis le premier soir. Mon tatouage disait *VIDI*: « j'ai vu ».

Si je saute par la fenêtre, je vais :

a) me briser les chevilles ;

b) me briser le cou ;

c) briser le cœur de Laurie.

Celle dont j'avais brisé le cœur avant implorait toujours qu'on la laisse monter.

— Je vous le promets. Si vous me permettez seulement de lui parler, je m'en irai. Promis. Accordez-moi juste cinq minutes, et après ça…

— Vous pénétrez illégalement dans ma maison. Vous vous êtes invitée chez moi sous des prétextes mensongers. Sortez d'ici tout de suite.

— Je vous ai dit que ma fille avait aussi été kidnappée. C'est vrai. Sarah a été kidnappée.

— Vous avez dit que vous aviez besoin de me parler, d'une mère d'enfant disparue à une autre. C'est ce que vous avez dit. Je pensais que vous cherchiez un peu de… j'ignore ce que vous cherchiez, mais ce n'était pas ça.

— J'ai vraiment besoin de vous parler. D'une mère d'enfant disparue à une autre. Une mère d'enfant disparue qui est revenue. Seulement, elle n'est pas revenue. La mienne. Pas plus que la vôtre.

— Vous allez vraiment m'obliger à appeler la police ?

— Écoutez. Est-ce que vous savez ce que c'est ? Quelle question stupide. Bien sûr que vous savez. De devoir continuer à vivre ? Après que votre fille… après que la personne que vous aimez plus que tout au monde… Parce que c'est le cas, c'est une expression que les gens emploient à tout bout de champ, mais c'est vrai, vous les aimez en effet plus que tout au monde. Je vais vous dire comment je le sais : parce que quand ma fille a disparu, j'ai perdu goût à la vie. J'ai pris des somnifères. Je me suis réveillée dans un hôpital où on m'a fait un lavage d'estomac, et je ne voulais toujours pas vivre. Ça fait douze ans, et chaque jour j'ai envie d'en finir. Vous savez ce que c'est ? D'ouvrir les yeux chaque matin en regrettant, de toutes vos forces, de ne pas être morte… Mais il y a votre mari, et il y a votre autre enfant – oui, Sarah a un frère –, et même si ça vous anéantit, de souhaiter mourir plutôt que d'être une mère pour votre second enfant, c'est ce que vous ressentez. C'est ce que ça vous a fait.

— Je suis désolée pour votre fille. Vraiment. Mais débarquer ici comme une folle…

— Comme une folle ? Oui, je suis folle. Je plaide coupable. Vous savez combien de fois j'ai cru repérer l'homme qui a enlevé ma fille, marchant dans le quartier ou dans un aéroport ? Une fois, nous étions au cinéma, et j'ai vu une petite fille à l'avant de la salle. J'ai bondi et crié : « Sarah, Sarah ! », et cette petite de sept ans, morte de peur, elle se retourne pour me regarder. Sa mère aussi. J'ai bien vu sur leurs visages qu'elles observaient une folle. Bien sûr, que je suis folle. Mais pas à ce propos. Pas à propos d'elle…

« Elle » étant moi.

Moi qui étais adossée à la porte en regrettant qu'elle ne soit pas plus épaisse, non seulement parce qu'il serait ainsi plus facile de maintenir cette femme hors de ma chambre, mais aussi de ne pas l'entendre. Je refusais de voir en face les pulsions suicidaires de Becky. D'affronter ce que perdre Sarah lui avait fait. Parce qu'elle arrivait à ce moment du discours où elle expliquait que c'était comme si elle l'avait perdue deux fois. Et je savais ce que mon imposture lui avait fait. Ça l'avait fait sauter dans un avion de Le Mars, Iowa, jusqu'ici. Jusqu'à se cacher dans les buissons, me pourchasser sur le trottoir, insister pour entrer dans la maison.

— Je prends le téléphone maintenant, répéta Laurie. Je vous l'ai demandé gentiment. Je vous ai prié de bien vouloir quitter ma maison. Mais vous êtes toujours là.

— Qu'ils viennent. Je m'en moque. Vraiment. Vous savez ce que j'ai éprouvé le jour où j'ai reçu l'appel. Vous décrochez le téléphone, et il y a cet homme au bout du fil qui vous dit qu'il est inspecteur, là-bas au poste de police. Vous pensez que c'est arrivé, enfin, qu'on a retrouvé le corps, qu'on a retrouvé sa « dépouille ». N'est-ce pas le terme qu'on emploie dans les séries policières ? Et votre cœur s'arrête, l'espace d'une seconde, il s'arrête simplement, et cet homme vous annonce une chose entièrement différente de ce à quoi vous vous attendiez. Une nouvelle si invraisemblable que vous lui demandez de répéter. Redites-le, je vous en prie, parce que j'ai sans doute mal entendu. Et il le fait, il le répète, et votre cœur qui s'était arrêté juste une seconde plus tôt, absolument figé, il fond, il éclate, et soudain vous criez. Vous êtes à genoux et vous criez. De joie. Pour Sarah, pour la mère que vous avez cessé d'être. Est-ce que ça a été comme ça pour vous aussi, Laurie ? Est-ce que c'était pareil ? Êtes-vous tombée à genoux en remerciant Dieu, en remerciant la police, en remerciant celui qui l'a enlevée, même, de l'avoir gardée en vie, hein ?

— Je ne vais pas vous parler. Je ne vais pas vous déballer mes émotions ni vous raconter ma vie. Vous commettez là une grave erreur. Il s'agit d'une intrusion, et vous me contraignez à appeler la police pour qu'on vous arrête. Je n'ai pas envie de vous infliger cette épreuve supplémentaire, vraiment pas, mais je vous l'ai demandé gentiment, et vous refusez d'écouter.

— J'ai une photo, argumenta Becky.

J'ai une photo…

Nous étions assises sur le perron arrière.

J'ai une photo…

Becky et moi, tenant tendrement deux verres de limonade rose faite maison, dans un silence complet, excepté le bourdonnement ténu d'insectes, car nous n'avions plus une larme à verser.

J'ai une photo…

Nous balançant lentement d'avant en arrière sur un banc en bois suspendu à deux chaînes rouillées qui grinçaient chaque fois que je poussais le sol avec mes orteils nus. Et Becky appelant dans la maison, pour demander à Lars de bien vouloir aller chercher son appareil pour immortaliser le souvenir de mon premier jour chez nous, s'il te plaît, parce que Becky disait qu'elle n'arrivait toujours pas à y croire, elle ne pouvait tout bonnement pas y croire, et peut-être que de l'avoir là, dans sa main, ça lui permettrait d'ancrer ce moment dans le réel. Et Lars luttant probablement déjà contre les doutes qu'il nourrissait sur ce qui était réel ou non, sortant sous le porche pour prendre une photo.

Clic.

— Une photo ? répéta mollement Laurie.

— Avant qu'elle s'en aille. Avant que Lars lui demande de faire un test ADN. « Non, j'ai dit à Lars. Ne sois pas idiot. » Tous ces souvenirs qu'elle a. Toutes les anecdotes qu'elle se rappelle de son enfance, avant que le drame se produise. Avant qu'il ait décidé de l'emmener à *Home Depot* ce samedi matin-là. Je ne lui en ai jamais voulu, au fait – pas ouvertement, pas une seule fois –, même si j'en avais envie. Il n'a jamais réussi à se pardonner ce moment d'inattention. Et puis, soudain, ça n'avait plus d'importance, n'est-ce pas, parce qu'elle était revenue. Une sorte de miracle s'était produit, et elle était de retour chez nous, et tous ces souvenirs qui n'arrêtaient pas de jaillir d'elle : notre voyage en camping à Yosemite, regarder *Le Monde de Nemo* un millier de fois dans sa chambre après son opération des amygdales, l'hiver où nous avons fait un bonhomme de neige ensemble et que les corbeaux lui ont mangé le nez… Nous avions utilisé une grosse carotte, les corbeaux l'ont mangée, et elle était inconsolable jusqu'à ce qu'on lui fabrique un nouveau nez. « Pourquoi aurions-nous besoin d'un test ADN ? j'ai demandé à Lars, pourquoi ? Ne sait-elle pas des choses que seule Sarah saurait ? » Et Lars a répondu qu'il valait mieux en avoir la certitude. Il y avait beaucoup de détails sur notre vie de famille dans la presse au moment de la disparition. « Il vaut mieux qu'on soit sûrs à cent pour cent », a dit Lars en essayant de me ménager, parce qu'il savait, il savait ce que ça me ferait de la perdre une seconde fois. Pourtant, je l'ai détesté d'avoir proposé le test ADN. Mais Lars sentait que quelque chose clochait, que quelque chose n'était pas normal, et peut-être que la raison pour laquelle je le détestais était que je le subodorais aussi. Oui, quelque part, au fond de moi, je le savais. Et cette fille a dit : « OK, bien sûr, je ferai un test ADN. » Et le lendemain, elle était partie. Sans laisser un mot, rien. Volatilisée.

— Je suis désolée pour vous. Je suis sincèrement navrée pour vous, mais ceci n'a rien… absolument rien…

— J'ai lu des articles sur vous dans les journaux. Sur Jenny. Vous en avez lu de ce genre, pas vrai ? Des articles sur d'autres enfants retrouvés des années après leur disparition. Une part de vous se disait : « Eh bien, si ça a pu leur arriver, après tout ce temps, si leur fille peut être retrouvée vivante, alors peut-être que la nôtre aussi… » Seulement, il y a cette autre part de vous, affreuse, qui déteste lire des articles sur ces autres filles, ces autres parents, leur bonheur, leur joie insensée et ridicule. Et puis j'ai vu sa photo. Celle de Jenny. Mon cœur s'est de nouveau arrêté. Il s'est arrêté. J'ai la photo que Lars a prise d'elle. S'il vous plaît, prenez juste un instant pour la regarder…

Laurie allait voir la photo de Lars. Becky et Sarah un jour d'été. Sur une balancelle. La curiosité l'inciterait à la regarder. Ou peut-être accepterait-elle de se prêter au jeu juste pour se débarrasser de Becky au plus vite. « S'il vous plaît, regardez la photo, et je vous promets que je m'en vais après. » Alors Laurie allait le faire. Elle regarderait.

Et, d'un coup d'œil à la photo de Becky, elle allait reconstituer le puzzle. Se rappeler le moment où Ben leur disait qu'il avait trouvé sa page Facebook ouverte sur l'écran de l'ordinateur dans ma chambre ; tous mes faux souvenirs en évidence. Et ma gaffe au sujet de Ben qui se blesse à la main pendant cette fameuse soirée du 4 Juillet à laquelle je n'ai pas assisté ; ça aussi, elle s'en rendrait compte. Elle était parvenue à fermer les yeux jusque-là, peut-être pour la même raison qui avait poussé Becky à fermer les yeux sur des choses qu'elle ne désirait pas voir en face. Et, en plus de ces fausses notes, il y aurait la photo : une fille assise sous un porche, qui s'était un jour fait passer pour Sarah, mais prétendait à présent être Jenny.

J'ai une photo.

— Je ne tiens pas à la voir, dit Laurie.

— Je vous demande juste de prendre une seconde pour…

— Le jour où nous sommes allés chercher Jenny, nous l'avons conduite chez le docteur. Votre mari avait raison. On a tous besoin de savoir. On voulait être sûrs à cent pour cent. On l'a donc emmenée chez un docteur et on lui a fait passer un test ADN. C'est notre fille. C'est notre fille avec une certitude de 99,9 pour cent. Alors je vous prierai de ne plus venir ici en proférant de telles accusations. Je suis navrée que la fille que vous avez cru retrouver soit une usurpatrice, vraiment. Mais ce n'est pas le cas de Jenny. Notre fille est revenue. Maintenant, voulez-vous bien partir ?

S'ensuivit un silence soudain ; il y eut des excuses bafouillées à voix basse, le bruit de la porte d'entrée qui se ferme en claquant. Le son de Laurie remontant péniblement l'escalier et s'arrêtant devant ma porte. Et puis, alors que j'étais allongée au lit, faisant semblant de dormir, le grincement de ma porte qui s'ouvre, Laurie qui entre et se tient là un moment, s'assurant que je n'ai pas entendu un traître mot de cette conversation.

Puis cet autre son. Une fois que Laurie fut sortie de la pièce sur la pointe des pieds, cet autre son qui semblait provenir des environs de mon lit.

Des pleurs.

L'espace d'un instant, je m'étais dit : *Nous sommes bien allés voir un docteur pour faire un test ADN prouvant que j'étais avec une certitude de 99,9 pour cent leur fille ? Vraiment ? C'est sûr ?*

Non. Nous ne l'avons pas fait.

Évidemment que nous ne l'avons pas fait.

Chapitre 21

Je fis la connaissance de Tabitha parce qu'elle n'arrêtait pas de me dévisager, et je lui rendis la politesse, genre : faisons un concours de regards fixes et voyons qui cligne des yeux en premier.

Disons que ce fut un match nul.

J'étais allée à la bibliothèque pour dessiner ma propre BD Bizarro. Parce que j'avais l'impression d'avoir été téléportée sur la planète Bizarro. J'avais besoin de sortir pour prendre l'air ; dans la maison, il me semblait être surveillée en permanence. Par ailleurs, je me sentais comme chez moi dans les bibliothèques, elles m'avaient tenu lieu de maison entre les différentes familles qui m'avaient accueillie, les endroits miteux où crécher, et à l'occasion le motel payé à la journée (désolée, je ne vous en dirai pas plus là-dessus).

Peut-être était-ce ce petit boulot merdique au centre commercial qui m'avait appris que c'était possible, en fait. De sortir de chez Père et Mère, et de ne jamais y retourner. Ou peut-être était-ce le fait que Père tombe malade, pas assez pour en mourir, mais suffisamment pour passer plus de deux semaines alité et avoir soudain l'air fragile, comme s'il avait perdu sa toute-puissance. Comme si, à partir de ce moment, il n'allait plus jamais pouvoir me faire de mal. Ou peut-être le déclic vint d'ailleurs : le jour où Père offrit autre chose que du *crystal meth* à un client.

Ce jour-là.

Où la porte de ma chambre s'ouvrit brusquement, révélant un homme transpirant en jogging qui était planté là et me demanda si j'aimerais lui tenir compagnie.

Ils ne verrouillaient plus le portail extérieur depuis longtemps, mais j'avais toujours l'impression d'être enfermée, comme ces barrières invisibles pour envoyer des décharges électriques aux chiens. Le jour où je sus que je ne reviendrais pas, je restai debout à regarder entre les barreaux de métal ce monde qui se trouvait de l'autre côté, exactement comme on observe la lune. C'est-à-dire en trouvant invraisemblable l'idée que quelqu'un soit vraiment allé jusque-là. Je passai le portail en retenant mon souffle, convaincue qu'il allait se refermer en me claquant à la figure. Que j'allais être ramenée de force à l'intérieur et séquestrée dans le placard pour l'éternité.

Lorsque j'arrêtai enfin de fuir, je me retrouvai dans un endroit qui restait ouvert tard, où personne ne prenait la peine de vous demander ce que vous faisiez là à longueur de journée. Un vieil exemplaire de *People* et une recherche Google à propos d'enfants disparus sur l'ordinateur de la bibliothèque m'apportèrent assez d'éléments pour me permettre de devenir Karen Greer.

Je dessinais ma BD sur le carnet de croquis que Laurie m'avait acheté. Elle m'avait vue griffonner sur une serviette de table et m'avait demandé si j'en voulais un.

Carrément.

J'avais commencé à dessiner des BD pour les mêmes raisons que j'avais commencé à en lire. Pour me soustraire aux horreurs de cette maison. Descendant l'escalier sur la pointe des pieds la nuit, après que Père et Mère s'étaient endormis, pour aller me balader au *Daily Planet*. Où les super méchants étaient *persona non grata*, et où les secours n'étaient qu'à une cabine téléphonique de là. La première BD que j'aie jamais décalquée – encore et encore jusqu'à pouvoir pratiquement la dessiner de mémoire – était celle où Superman sauvait cette petite fille d'une maison en feu, en s'envolant à travers le toit avec l'enfant dans ses bras.

Ne t'inquiète pas, Jane, ma cape te protégera des flammes.

Lorsque j'eus l'idée de Superinvisible Girl, je décidai de dessiner ma propre BD. La fille que personne ne pouvait voir. Ni attraper.

Ni toucher.

Un jour, Père découvrit des pages fourrées au fond de mon tiroir et déclara : « Contente-toi de ton boulot quotidien. »

J'apportais les finitions à la dernière vignette de ma nouvelle BD Bizarro quand je vis Tabs me dévisager. Je ne savais pas encore que c'était Tabs, juste cette fille à l'air étrange qui me guettait de derrière un ordi.

J'étais assise à une table juste en face d'elle, c'est donc ce que je vis en relevant les yeux. Son regard braqué sur moi. Elle avait une drôle d'allure parce qu'elle empruntait à différents stéréotypes. Elle faisait un peu pom-pom girl gothique. Comme si elle hésitait sur la personnalité à revêtir, alors elle mélangeait les looks. Elle n'était ni ceci, ni cela. Son apparence brouillait les pistes.

Allez-y, bonne chance pour deviner qui je suis.

Le concours de regards fixes prit fin lorsque nos yeux commencèrent à larmoyer. Plus tard, elle me raconta qu'elle était prête à dire « *no más* », quand je finis par m'avouer vaincue, exactement en même temps qu'elle. Elle pensait que ça signifiait quelque chose, cet ex aequo final. Tabs était du genre à trouver du sens dans les banalités.

— Bouh ! m'exclamai-je.

— Bouhou, répondit-elle.

Elle me dit plus tard qu'elle m'avait reconnue. La pauvre petite fille kidnappée. Elle avait éprouvé une sorte d'élan d'affection à ce moment-là. Pas parce qu'elle avait été kidnappée. Mais parce qu'elle regrettait souvent de ne pas l'avoir été, puisque ses parents étaient des « blaireaux sans âme », disait-elle, et qu'elle aurait préféré en avoir d'autres. Des parents moins préoccupés par les conneries matérielles et leur compète de standing avec leurs voisins, ce qui était, genre, « leur unique raison de se lever le matin ».

— C'est tellement tordu, lui dis-je.

— Quoi ? De rêver d'autres parents ?

— De rêver d'avoir été kidnappée.

— Désolée. Je n'essaie pas de minimiser l'épreuve que tu as subie. Je suis juste honnête.

Apparemment, c'était le truc de Tabs. D'être honnête. Ça me donnait envie de l'être aussi, enfin autant que possible, compte tenu des circonstances.

Nous finîmes par nous ruiner en lattes écrémés à la vanille chez *Starbucks*, où Tabs m'avoua ne pas avoir beaucoup d'amis. Comme elle ne faisait partie d'aucune catégorie visible, elle existait en marge des différents groupes sociaux, ni d'un type ni d'un autre.

— Ouais, j'ai remarqué, lui dis-je.

Non qu'elle s'en soit précisément plainte – la plupart des gens étaient des blaireaux sans âme comme ses parents –, mais malgré tout, c'était agréable de parler à une autre personne qui n'entrait dans aucune case du système, glissait dans les fissures.

Les fissures, ça me connaît. Quand j'avais sept ans, je marchais en canard sur le trottoir, à la recherche de fissures en pattes d'araignée, pour les piétiner comme une hystérique. Ça rendait ma mère complètement dingue. Mes deux mères, en fait.

L'une des qualités de Tabs était qu'elle ne me posait pas toutes les questions évidentes. Je n'aurais su dire si c'était par politesse ou juste par indifférence. Peut-être les deux.

Je lui en étais reconnaissante, car ça me permettait de parler davantage comme Jobeth, et moins comme Jenny. Comme si l'on m'avait fait sortir d'une cage.

Tabs m'avait expliqué qu'elle prenait une année de césure. Une année que vous prenez après une chose et avant une autre. Une année floue.

— Ouais. J'en ai passé douze, des années comme ça.

Elle employait cette année de césure à faire, en gros, de la merde. Elle était assez douée pour ça. Traîner à la bibliothèque, où elle piratait divers sites web sur les ordinateurs à disposition. Elle me confia qu'elle était une hacktiviste. Elle aimait faire chier les entreprises dont elle méprisait les principes, comme l'antenne locale de la NRA, dont elle avait réussi à infiltrer le site pour y déposer des photos de victimes d'armes à feu dans une école primaire, « ces pauvres gamins de Newtown ».

— Tu ne t'es pas fait choper pour ça ? demandai-je.

— Ça aide si tu ne te sers pas de ton propre ordinateur.

Elle alternait entre cinq ou six bibliothèques de Long Island ; elle n'allait jamais dans la même deux fois d'affilée.

Tabs était une hors-la-loi comme moi. Ce qui consolida probablement nos liens. Notre nouvelle camaraderie. On échangea nos numéros dans la perspective de se revoir cette semaine-là.

— Qu'est-ce que tu dessinais, tout à l'heure, à la bibliothèque ? me demanda-t-elle juste avant que nous partions chacune dans une direction opposée.

Nous avions parcouru un bon bout de chemin ensemble sans cesser de bavarder.

— Une BD, répondis-je timidement.

— Genre *Spider-Man* ?

— Genre.

— Cool. Je peux la voir ?

— Non, refusai-je, en plaquant le carnet de croquis contre ma poitrine. Je veux dire… Elle n'est pas encore finie.

Chapitre 22

Les personnages de Bizarro sont fêlés, et pas seulement dans le sens psychiatrique du terme. Leurs corps comportent de véritables fêlures, c'est ainsi que vous savez qu'ils ne sont pas les véritables Superman, Lois Lane et Jimmy Olsen, le jeune reporter. Les Superman, Lois Lane et Jimmy Olsen Bizarro vivent sur Htrae, *Earth* à l'envers, la Terre… Pigé ? Le code des Bizarro stipule : *Nous faire le contraire de la Terre.* Par exemple, dans un numéro moisi que j'avais lu et relu dans cette cave – la chaudière avait fui et tout inondé –, un brillant courtier employait fièrement ce slogan : *Garanti de perdre de l'argent pour vous !* Être traité d'abruti était un compliment dans le monde Bizarro. Comme être traité d'affreux, de cupide ou de paresseux.

Tout était inversé là-bas.

Dans ma BD Bizarro, le personnage principal était Hteboj ; *Jobeth* à l'envers, au cas où vous seriez un peu bas du front, mais souvenez-vous, *bas du front* est un compliment. Hteboj avait la peau lézardée et du génie, c'était donc une buse dans le monde Bizarro.

Eirual et Ekaj étaient les parents de Hteboj, suivant scrupuleusement la maxime Bizarro et faisant gaiement le contraire de toutes les choses terrestres. Alors, quand Hteboj dérapa en racontant à Eirual une histoire sur son frère Neb manquant de s'arracher la main, anecdote qui ne pouvait en aucun cas provenir de sa propre mémoire, que fit-elle ? Elle emmena Hteboj en virée shopping au *Tlevesoor Llam* (*Roosevelt Mall*, à l'envers). Lorsque Eirual et Ekaj furent informés par leur fils qu'il avait surpris Hteboj en train de grappiller des souvenirs de la page Koobecaf de Neb, que firent-ils ? Ils préparèrent à Hteboj son dîner préféré, poulet-purée, voilà ce qu'ils firent. Lorsque Ykceb la persuada de la laisser entrer dans la maison et dit à Eirual, de mère à mère, que la fille qui dormait dans la chambre à l'étage était la même fille qui s'était fait passer pour la sienne, allant jusqu'à proposer d'en montrer à Eirual une preuve concrète – « J'ai une photo », alors ? hein… hein ? –, Eirual lui raconta des énormités.

« Elle a passé un test ADN. C'est notre fille avec une certitude de 99,9 pour cent. »

Complètement renversé.

C'est ainsi dans le monde Bizarro.

Chapitre 23

J'étais en bas avec Laurie, avant qu'elle ne parte au travail, quand elle me demanda ce que j'aimerais pour mon anniversaire qui approchait à grands pas.

— Tu te rappelles mon troisième anniversaire chez *Chuck E Cheese* ?

— Oui, Jenny...

— Tu te rappelles comment papa jouait sans arrêt à Skee-Ball, juste pour pouvoir me décrocher la peluche la plus mignonne ?

— Oui, Jenny.

— C'est comme ça que j'ai eu Goldy, pas vrai ?

— Oui, Jenny.

Plus tard ce soir-là, je regardais *Vanderpump*, et Laurie entra dans ma chambre pour parler du dîner. Et moi, évoquant l'air de rien ce tour de poney que j'avais vu dans l'album. Cette photo de moi – pas de moi, de Jenny – en train de faire un petit tour, avec un chapeau de cow-boy rose fluo.

— Je viens de me rappeler quelque chose, maman. Ce tour de poney, quand j'étais petite. Je t'ai demandé si on pouvait ramener le poney à la maison, tu te souviens ? Je pleurais non-stop au point de te rendre dingue ; alors tu t'es arrêtée sur le chemin du retour, et c'est à ce moment-là que tu m'as acheté Goldy.

— Il me semble que tu as raison, Jenny… Oui, maintenant que j'y pense, c'est sans doute à ce moment-là que je t'ai acheté Goldy… Enfin, comment ai-je réussi à oublier ça ?

Bonne question.

Il se passait quelque chose de louche, là.

Un autre élément qui aurait dû s'intégrer dans ma BD, des trucs qui s'inversaient comme sur la planète Bizarro. Plus de Mr Greer, de Mrs Charnow ni de Lars qui subodoraient une entourloupe et se mettaient à renifler partout pour déterminer d'où venait l'odeur.

C'était moi qui reniflais cette fois.

J'avais toujours su à quel moment ça commençait. Parfois, les drôles de têtes échappaient à mon radar, mais pas les drôles de questions. Qui paraissaient innocentes au départ, si vous étiez disposé à ignorer qu'elles surgissaient de nulle part. Mrs Charnow évoquant soudain mon premier costume d'Halloween, alors qu'on était encore loin de la date. « Tu te rappelles en quoi tu étais déguisée ? » Mr Greer, les yeux rivés au sol et sortant un souvenir de son chapeau : la première fois qu'il m'avait emmenée pêcher sur le lac Winowee. « Tu te rappelles combien de poissons tu avais attrapés, chérie ? » Non, je ne me rappelais pas combien de poissons j'avais attrapés, ça faisait si longtemps, j'avais à peine cinq ans. Ils répondaient : « Évidemment, ne t'inquiète pas pour ça. » Mais c'était exactement ce que je commençais à faire, m'inquiéter, parce que je savais que d'autres questions allaient suivre, puis d'autres encore, des questions embarrassantes, et Mrs Charnow, Mr Greer et Lars se montreraient de plus en plus insistants pour que j'y réponde.

J'ignorais à quel moment Jenny avait eu Goldy.

Je l'ignorais.

Il y avait de fortes chances que ce ne soit pas après ce tour de poney.

Je l'avais inventé. Le fait que je pleure. Que je demande à ramener le poney à la maison. Tout.

Mon troisième anniversaire eut lieu à *Chuck E Cheese*. Selon la page commémorative de Ben. Papa et ses parties interminables de Skee-Ball là-bas, c'était un détail inventé.

Tu te rappelles le jour où cet idiot de Ben...

Je repense à cette fois où...

Je n'oublierai jamais le jour où Mrs Colletti m'a renvoyée à la maison avec...

Peut-être qu'elle confond. Peut-être que sa mémoire est un peu embrumée. Peut-être qu'elle a la tête dans le cul. Peut-être qu'elle se souvient correctement, mais veut me cacher que je me trompe.

Peut-être n'a-t-elle pas réellement menti à Becky.

En chemin pour faire des courses, je lui parlai de l'été où l'on était allés à Montauk pour pêcher des palourdes.

Cela figurait également sur la page Facebook de Ben. La famille qui allait à Montauk et pêchait des palourdes. Et jouait au golf miniature. Et allait observer les baleines. Toutes ces précieuses informations étaient sur la page de Ben.

Et tout cela se produisait après le kidnapping de Jenny.

Une énorme connerie pour s'empêcher d'y penser – c'étaient les mots de Ben –, une énorme connerie de choisir un endroit où Jenny n'était jamais allée, au lieu de mettre le cap sur le lac, comme les étés précédents. Ne souhaitant pas se trouver là où Jenny et son frère jouaient aux Indiens, pêchaient des vairons, et faisaient griller des marshmallows, parce que l'idée était d'arrêter de penser à elle, d'éviter de passer chaque minute de leurs putains de vacances à songer à leur fille disparue.

Alors ils allèrent à Montauk et pêchèrent des palourdes.

Un an après l'enlèvement de Jenny. Ben pansant déjà les plaies de sa main brûlée. Jenny déjà sur le point de devenir une affaire classée.

Laurie dit :

— Nous sommes à cinq minutes. Fais-moi penser à prendre des poires pour papa. Est-ce que tu aimes les glaces Dolly Madison ?

— Papa nous avait montré comment ouvrir les palourdes, là-bas, à Montauk. Tu avais préparé des spaghettis avec une sauce aux palourdes. N'est-ce pas incroyable que je me souvienne de ça ?

Soudain, ses mains se crispèrent autour du volant. Le sang n'y circulait plus.

— Oui, Jenny. Oui... Clairement.

Elle sait.

Chapitre 24

Ils jouaient la comédie.

Pourquoi jouaient-ils la comédie ?

Ça n'avait aucune importance qu'ils jouent la comédie.

C'était ce que j'avais souhaité. Tout ceci.

Maman, papa, et grand frère. Une jolie maison avec une allée d'entrée plutôt qu'un portail verrouillé.

Tu veux aller faire des courses avec moi, Jenny ? Tu veux m'aider à préparer le dîner, Jenny ? Quel est le score des Knicks, papa ? Ben fait le con, papa.

Ils veulent retrouver leur fille. C'est tout.

Même si ce n'est pas leur fille ?

Ils veulent la retrouver si désespérément qu'ils ne se soucient pas de savoir si c'est vraiment leur fille.

C'est parfaitement sensé.

C'est insensé.

Ça n'a aucun sens.

OK, bien sûr, j'avais presque oublié. Il y avait quand même dans cette famille quelqu'un qui ne tenait pas beaucoup à retrouver sa sœur.

J'étais tombée sur cette émission, un jour, *Les Traqueurs de fantômes*. Un type visitait des maisons hantées à la recherche de zones froides. Il pouvait faire trente degrés dans le reste de la baraque, mais derrière une certaine porte, dans le grenier, on se serait cru en plein hiver.

Vous pouviez réellement voir l'haleine de ce type monter en volutes comme l'un de ces esprits qu'il était censé chasser, tandis qu'il fixait la caméra pour déclarer solennellement : « Cette maison est hantée. »

Celle-ci l'était aussi.

Hantée par quelqu'un qui avait franchi la porte d'entrée un jour sans jamais revenir. Un matin, j'avais surpris Laurie les yeux rivés sur une photo de Jenny accrochée au mur de la cuisine. En m'entendant arriver derrière elle, elle s'était rapidement détournée, comme si je l'avais prise en flagrant délit de triche.

La maison abritait deux Jenny.

Et elle avait sa zone froide bien à elle.

Ben.

Je cherchais quelque chose à lire.

Soyons clairs.

Quand je dis quelque chose, je veux dire, n'importe quoi. Un magazine à la con, un roman à l'eau de rose, une liste de courses.

N'importe quoi.

Le but étant de me détourner des questions qui tourbillonnaient sans relâche dans mon esprit, à commencer par : pourquoi ?

Le doute m'étourdissait. Je voulais en avoir le cœur net.

Papa était parti.

— À ce soir, Jenny Penny.

— Bien sûr, papa…

Laurie était partie.

— Passe une bonne journée, Jen.

— Toi aussi, maman…

Ben était parti.

— Bye, Ben…

Claquement de porte.

La télé n'était pas une option. Il y avait une limite à ce que je pouvais supporter de Kim, Kourtney, Khloé, Kylie et Kendall avant que tous leurs bavardages deviennent un bruit de fond.

La bibliothèque du rez-de-chaussée contenait de vrais livres. Celle de chez Père avait recelé des BD de super-héros et des planques à drogue.

Anthologie de la littérature anglaise. *Léviathan*, de Thomas Hobbes. *Du suicide*, de David Hume. Ces livres n'avaient sans doute pas été ouverts depuis des décennies et avaient peut-être même servi de cale-portes.

Des romans d'Alex Cross occupaient une bonne partie de l'étagère, avec la tête de Morgan Freeman qui apparaissait sur l'un d'eux.

Cachée derrière les romans policiers, il y avait une épaisse enveloppe en papier kraft.

Permettez-moi de préciser la situation.

Je n'étais pas en train de fouiller, je cherchais simplement un truc à lire, et puisque cette enveloppe était adressée à Laurie et Jake Kristal, et que l'adresse de l'expéditeur griffonnée dans le coin supérieur gauche indiquait « J. Pennebaker, Bakersfield, Géorgie », j'ai éprouvé le désir d'en savoir davantage.

Pennebaker. Ce nom me disait quelque chose.

Je pris l'enveloppe et m'assis sur le canapé en l'examinant.

Pennebaker.

Le type qui avait appelé à la maison juste avant que je décide d'aller marcher pour tomber sur Becky.

« Dites à Mrs Kristal que je n'appellerai plus. »

Quelqu'un qui appelait pour prévenir qu'il n'appellerait plus.

Joe Pennebaker.

Seulement, il me semblait que, même à ce moment-là, le nom m'avait paru familier, tout comme Maple Street, Forest Avenue et cette maison.

Lorsque j'ouvris l'enveloppe et regardai à l'intérieur, lorsque je pris la liasse de feuilles agrafées et commençai à les parcourir – non, à vraiment les lire, de la façon dont j'avais un jour lu les posts Facebook de Ben, comme si ma vie en dépendait, ma nouvelle vie, parce que, bon, c'était le cas –, je me rappelai pourquoi.

Chapitre 25

Interrogatoire Mr et Mrs Kelly. 12 juillet 2007. 10h24

L : Je suis l'inspecteur Looper, du service de police de Nassau. J'aimerais vous poser quelques questions sur Jenny Kristal si ça ne vous dérange pas.

Inspecteur Looper
12 juillet 2007
Mr et Mrs Kelly
C'était comme autant d'indices dans ce jeu télévisé, celui où vous pouvez voir les consonnes, mais devez acheter les voyelles si vous voulez deviner l'ensemble. Comme river les yeux sur une demi-pensée. Ou une demi-affiche placardée sur un poteau téléphonique devant *La Fameuse Pizzeria de Fredo*, où il ne restait plus que le *E* de *DISPARUE*.

Looper. L'inspecteur chargé de l'enquête sur la disparition de Jenny. Dans tous ces articles que j'avais lus et relus, quand un policier était cité sur l'affaire, c'était toujours lui, Looper. 12 juillet 2007. Deux jours après la disparition de Jenny. Mais qui étaient Mr et Mrs Kelly ?

L : Commençons par avant-hier. Mrs Kristal a envoyé Jenny ici pour jouer avec votre fille, Toni, c'est bien ça ? Elle a appelé pour convenir d'un rendez-vous ?

Évidemment. Les parents de Toni Kelly. À l'époque où Toni n'avait pas encore trois bourrelets de graisse sous son tee-shirt.

Ceci était le compte-rendu de l'enquête de l'inspecteur Looper dans l'affaire de Jenny. J. Pennebaker de Bakersfield, Géorgie, l'avait envoyé à Laurie et Jake. Jenny était en chemin pour aller voir Toni Kelly ce matin-là, c'était donc par eux que Looper avait commencé.

Mrs Kelly : Oui. Enfin... elle n'a pas précisé d'heure ni rien.

L : Qu'a-t-elle précisé ?

Mrs Kelly : Elle a demandé si Toni était à la maison, et j'ai dit bien sûr, et ensuite elle a demandé si elle pouvait nous envoyer Jenny pour jouer un moment.

L : Et vous avez dit que c'était d'accord ?

Mrs Kelly : Oui.

L : Mrs Kristal n'a pas précisé à quel moment ?

Mrs Kelly : Elle a dit « dans la matinée ». J'étais à la maison toute la journée, alors j'ai dit bien sûr, n'importe quand.

L : Est-ce que c'est la façon dont ça se passe, d'habitude ?

Mrs Kelly : En général... Je ne...

L : Quand elle envoie Jenny jouer ici, Mrs Kristal ne précise aucune heure exacte ? Elle dit juste que ce sera dans la matinée ou l'après-midi ?

Mrs Kelly : Je ne sais pas... J'imagine... Je veux dire, Toni... ma fille, Toni, et Jenny... elles ne jouent pas tant que ça ensemble.

L : Elles ne sont pas amies ?

Mrs Kelly : Si. Enfin, plus des voisines, vous voyez…

L : Donc ce n'était pas une habitude, que Jenny vienne jouer ?

Mrs Kelly : Ce n'était pas inhabituel. Je veux dire, ça se produisait beaucoup plus avant, quand les enfants étaient plus jeunes. Je pense que Ben… son frère, Ben, il a le bras cassé, et peut-être que Jenny lui tapait sur les nerfs, vous savez comment les enfants se disputent, alors je pense que Laurie voulait faire sortir Jenny de la maison. Elle a demandé si c'était d'accord.

L : Et vous avez répondu oui.

Mrs Kelly : Oui.

L : Mais Jenny n'est jamais venue.

Mrs Kelly : Non.

L : Alors avez-vous appelé Mrs Kristal, demandé où était Jenny ?

Mrs Kelly : Non.

L : Pourquoi ?

Mrs Kelly : Je me suis juste dit… je ne sais pas… qu'elle avait changé d'avis. Comme je disais, il n'y avait pas d'heure précise ni rien. J'en ai juste conclu que les plans avaient changé.

L : OK. À quel moment avez-vous réalisé qu'ils n'avaient pas changé ?

Mrs Kelly : Quand Laurie a appelé.

L : Quand était-ce ?

Mrs Kelly : Vers 15 heures.

L : Et qu'a-t-elle dit ?

Mrs Kelly : Elle voulait parler à Jenny.

L : Avez-vous été surprise ?

Mrs Kelly : Bien sûr. Parce que je ne l'avais pas vue. Je pensais qu'elle… que Laurie ne l'avait pas envoyée ici.

L : Et qu'a dit Mrs Kristal, quand vous l'avez informée que Jenny n'était pas là ? Je suppose que vous l'avez immédiatement avertie que c'était le cas ?

Mrs Kelly : Oui, bien sûr. Elle est devenue, enfin… hystérique. Elle a dit qu'elle avait laissé Jenny sortir de chez elle à 10 h 30.

L : Pour qu'elle vienne chez vous ?

Mrs Kelly : Oui.

L : Permettez-moi de vous demander quelque chose. Mrs Kristal a dit qu'elle avait ouvert la porte et regardé Jenny marcher jusqu'au trottoir. Puis elle est retournée à l'intérieur.

Mrs Kelly : Hm-hm…

L : Ça ne vous surprend pas du tout ?

Mrs Kelly : Qu'est-ce que ça a de surprenant ? Je ne suis pas sûre de comprendre.

L : Les parents n'accompagnent pas leurs enfants jusqu'à la maison des autres, par ici ? Pour une sortie de jeu ? Je veux dire, est-ce que c'est normal de simplement les laisser y aller à pied tout seuls ?

Mrs Kelly : C'est un quartier assez sûr. Nous ne sommes qu'à deux maisons de distance.

L : Donc Jenny vient toujours toute seule ici à pied ?

Mrs Kelly : Toujours ? Il n'y a pas de *toujours*. Je vous l'ai dit… Ma fille et Jenny jouaient rarement ensemble ces derniers temps.

L : OK. Mais lorsqu'elles jouent ensemble ?

Mrs Kelly : Je ne sais pas trop… Ce n'est pas comme si je surveillais ça. Jenny est plus âgée maintenant. Je suis sûre d'avoir déjà laissé ma fille courir au bout de la rue jusqu'à la maison de son amie Mandy. Je suis certaine de l'avoir fait. C'est un quartier assez sécurisé. Ou, du moins, c'était le cas jusqu'à la disparition de Jenny.

L : OK. Revenons au coup de fil. Mrs Kristal a demandé à parler à Jenny, et vous avez répondu qu'elle ne s'était pas présentée chez vous.

Mrs Kelly : Oui. Je lui ai dit que Toni l'avait peut-être fait entrer sans que je le remarque. Je veux dire, c'est possible, n'est-ce pas ? J'ai lâché le téléphone pour courir à l'étage vérifier.

L : C'est là que se trouvait votre fille ?

Mrs Kelly : Oui. Mais pas Jenny. Toni regardait des dessins animés. Elle n'avait pas vu Jenny de la journée.

L : OK. Que s'est-il passé ensuite ?

Mrs Kelly : J'ai repris le téléphone et je l'ai dit à Laurie. Et, à ce moment-là, j'étais morte de peur. Je commençais presque à pleurer aussi, c'était probablement le cas, parce que je savais... Eh bien, ça ne me disait rien qui vaille. Je me suis dit que quelque chose de vraiment horrible s'était peut-être produit.

L : Et comment était Mrs Kristal ?

Mrs Kelly : À votre avis ? Elle hurlait : « Nous devons la retrouver ! Nous devons aller la chercher ! »

L : Alors qu'avez-vous fait ?

Mrs Kelly : J'ai foncé là-bas, bien sûr. Chez Laurie. J'ai emmené Toni, naturellement... Pas question de la laisser toute seule désormais. Et Laurie a appelé la police et alors, eh bien... C'est là que ça a commencé à devenir sérieux. Vous êtes venus, deux agents de patrouille je veux dire, c'est comme ça que vous les appelez ? Et puis toutes les mamans, moi, Cindy Mooney, Nancy Klein et Amy Shapiro, nous nous sommes réunies pour ratisser le quartier. Jake est rentré du travail, et j'ai appelé Brian, qui est rentré aussi.

Mr Kelly : Ouais, ma femme a un peu pété les plombs. Les Kristal aussi, bien sûr. Nous avions tous à moitié perdu la tête.

L'interrogatoire se poursuivit un moment. Certaines questions directement adressées à Mr Kelly : où se trouvait-il quand il a reçu l'appel de sa femme ? Au travail, répondit-il. Chez Morgan Stanley. D'autres questions s'adressaient à eux deux, comme s'ils connaissaient quelqu'un qui aurait pu vouloir faire du mal à Jenny, ce qui paraissait un peu ridicule, puisque si les parents de Toni Kelly connaissaient une telle personne, ils en auraient sans doute déjà parlé à la police.

Non, confirmèrent les Kelly.

Leur maison avait été minutieusement fouillée ce jour-là ; je le savais grâce aux articles qui relataient l'affaire en ligne. La police avait peut-être pensé que Jenny était entrée chez les Kelly et s'était retrouvée coincée dans un placard, un vide sanitaire ou derrière un radiateur ? Ils avaient regardé sous la terrasse du jardin, dans le grenier, sous le barbecue en brique. Rien.

L : Qu'est-ce que vous pouvez me dire sur Jenny ? Absolument tout ce qui pourrait nous être utile.

Mrs Kelly : Je ne sais pas trop... Que voulez-vous savoir exactement ?

L : Comme je vous le disais, vraiment tout ce qui vous vient à l'esprit. Comment est-elle ?

Mrs Kelly : Jenny... comment est-elle ?

L : Oui.

Mrs Kelly : Normale. Juste une adorable et gentille petite fille de six ans.

Looper leur demanda ensuite s'il pouvait s'entretenir avec Toni, mais Mrs Kelly répondit qu'elle n'était pas là. Ils l'avaient déposée chez sa grand-mère pendant qu'ils aidaient à tenir la hotline mise en place par Jake et Laurie.

Un endroit où prendre les appels en espérant d'éventuels témoignages et se serrer les coudes.

Looper les questionna sur le jour de la disparition de Jenny.

Interrogatoire Mr et Mrs Klein. 12 juillet 2007. 13 h 34

Mrs Klein : C'était horrible. Je veux dire, juste l'hystérie collective, quoi.

L : À quel moment l'avez-vous appris, que Jenny avait disparu ?

Mrs Klein : Sandy m'a appelée.

L : Mrs Kelly ?

Mrs Klein : Oui.

L : Vous vous souvenez de l'heure qu'il était ?

Mrs Klein : Environ 15 h 15. Quelque chose comme ça.

L : Qu'a-t-elle dit ?

Mrs Klein : Que Jenny avait disparu. Que Laurie… sa mère, Laurie, avait envoyé Jenny chez elle pour jouer avec Toni, mais qu'elle n'était jamais arrivée là-bas.

L : Étiez-vous surprise ?

Mrs Klein : Dévastée. Je n'aurais jamais cru qu'une chose pareille pourrait arriver à quelqu'un que je connaissais vraiment. C'est affreux. Plutôt surréaliste, en fait.

L : Étiez-vous surprise que Mrs Kristal n'ait pas conduit Jenny là-bas elle-même ?

Mrs Klein : Je ne sais pas. Je ne pensais pas à ça. Je pensais à Jenny.

L : Je suis désolé, selon Mrs Kelly, vous avez dit… Une minute, laissez-moi consulter mes notes…

Vous avez dit que vous ne compreniez pas comment Jenny n'avait pas pu arriver jusque là-bas. Vous avez demandé si quelqu'un l'avait enlevée à Laurie sur le chemin.

Mrs Klein : Peut-être. Je ne me souviens pas. J'étais perturbée… par la façon dont ça s'était passé.

L : Vous étiez donc surprise que Mrs Kristal n'ait pas accompagné Jenny chez son amie ?

Mrs Klein : Je n'ai pas dit ça. Écoutez, chaque mère est différente…

L : Mais, personnellement, c'est une chose que vous ne feriez pas ?

Mrs Klein : Quelle différence cela fait-il ? Quel rapport avec le kidnapping de Jenny ? C'est ce qui s'est passé, là, non ? Quelqu'un l'a enlevée…

L : J'essaie de comprendre comment ça fonctionne dans le voisinage, Mrs Klein. En ce qui concerne les sorties de jeu.

Mrs Klein : Pourquoi ?

L : Écoutez, si elle n'avait pas l'habitude de laisser son enfant marcher jusque chez son amie, alors OK, peut-être que c'est la faute à pas de chance : mauvais endroit, mauvais moment. Un crime d'opportunité. Mais si les gamines se rendent visite sans être accompagnées par un adulte, quelqu'un aurait pu préméditer cet enlèvement, vous comprenez ? À ce sujet, avez-vous remarqué qui que ce soit dans le voisinage récemment qui ne semblait pas être du coin ?

Mrs Klein : Non… Je veux dire, pas que j'aie remarqué. Chéri ?

Mr Klein : Non. Je ne me rappelle pas qui que ce soit de ce genre.

L : OK, si quelque chose vous revient à l'un ou l'autre plus tard, appelez-moi ; une voiture que vous auriez vue et qui semblait rouler un peu trop lentement, ou quelqu'un que vous auriez aperçu en train de rôder dans les environs… Vous seriez surpris de la manière dont ces détails s'insinuent dans votre cerveau, et paf, vous reviennent d'un coup. Jenny a disparu en plein jour, il est probable que quelqu'un aura vu quelque chose.

Mrs Klein : Vous voulez dire ce matin-là ?

L : Oui, ce matin-là. Mais les autres matins m'intéressent aussi. Il est possible que cette personne – qui que ce soit ayant pu l'enlever – soit déjà venue ici. Vous vivez presque à la perpendiculaire de chez les Kristal, n'est-ce pas ? De l'autre côté du pâté de maisons ?

Mrs Klein : Presque. En vérité, ils sont une maison plus loin. De l'autre côté.

L : C'est ça. Alors à quelle fréquence Jenny et Jaycee jouent-elles ensemble ?

Jaycee Klein… Je me souvenais à présent. Une autre amie de Jenny.

Mrs Klein : Vous voulez dire pour passer l'après-midi ensemble ? Oh, je ne sais pas… je ne saurais dire exactement. Une fois de temps en temps.

L : Une fois de temps en temps. OK. Nous avons demandé à Mrs Kristal une liste des amies de Jenny, et Jaycee y figure.

Mrs Klein : Oui. Elles sont dans la même classe.

L : Mais elles ne jouent pas ensemble si souvent que ça ?

Mrs Klein : Elles sont vraiment camarades de classe. Elles jouaient plus ensemble quand elles étaient petites. Vous savez comment sont les enfants. Surtout les filles. Les amitiés, ça va, ça vient à cet âge-là.

L : C'est vrai.

Looper demanda au couple Klein – bien que madame prenne l'initiative de répondre systématiquement – la même chose qu'aux Kelly : comment était Jenny ?

Mrs Klein : Normale. Juste une adorable et gentille petite fille de six ans.

L : Merci. Si autre chose vous revient, s'il vous plaît, contactez-moi.

Vint ensuite le tour des Mooney. Tom Mooney possédait l'agence immobilière pour laquelle travaillait désormais Laurie. Sa femme se prénommait Cindy. Ils étaient passés à la maison à peu près en même temps que Mrs Klein.

À mi-parcours, un détail commença à me tourmenter. Quoi ? Je ne savais pas exactement. Je remontai jusqu'à l'interrogatoire des Kelly, où Looper les questionna sur Jenny.

L : Comment est-elle ?

Mrs Kelly : Normale. Juste une adorable et gentille petite fille de six ans.

Puis je revins au passage où les Klein répondaient à la même question.

Mrs Klein : Normale. Juste une adorable et gentille petite fille de six ans.

Bizarre, non ?

Je feuilletai le rapport jusqu'à la fin de l'interrogatoire des Mooney. Et c'était écrit là, noir sur blanc.

La même question que Looper avait posée à tous les autres : comment est Jenny ?

Et la réponse :

Mrs Mooney : Normale. Juste une adorable et gentille petite fille de six ans.

Pas besoin d'être le FBI pour deviner qu'il y avait quelque chose de louche.

Il ne s'agissait pas juste d'une réponse. C'était la même réponse. Et ce n'était pas juste la même réponse. C'était exactement la même réponse.

Mot pour mot.

Chapitre 26

Feuilleter l'album de photos ne me fit pas le même effet, cette fois.

Avant, c'était comme une interro surprise. *Voyons si j'ai bien révisé ma Jenny Kristal.* Je m'étais attribué un solide B – ayant reconnu grand-père du premier coup –, avec quelques réserves toutefois pour m'être plantée sur le demi-frère.

À présent, je ne fournissais plus de réponses ; j'en cherchais.

Le premier jour de Jenny.

De nouveau moi à l'hôpital, nichée contre la poitrine de Laurie. OK, pas moi… elle. Jenny, venant de naître. Il y avait Jake, tenant tendrement le nouveau-né devant la fenêtre de l'hôpital, comme s'il venait de gagner le gros lot à la loterie. Et Ben, obligé de s'asseoir à côté de cette chose qu'on appelait sa sœur, avec l'air franchement déconcerté par tout ça. Et il y avait le distributeur de Tootsie Rolls en personne, déposant un baiser sur le crâne chauve de Jenny. Et oncle Brent qui fumait une cigarette, et semblait mourir d'impatience que quelqu'un vienne le soulager de ses devoirs de porte-bébé.

Ensuite, il y avait des photos de Jenny à son retour de la maternité. « Bienvenue à la maison, Jenny », disait la banderole prédécoupée tendue dans le couloir de l'entrée. Jenny bercée dans ma chambre à l'étage, qui avait un jour été une nurserie avec des éléphants roses sur les murs, avant de devenir le pâturage de Goldy.

Jenny avait cet air de bébé ahuri sur chaque image, probablement parce que le bon Dieu et tous ses saints – sans compter oncle Brent – fourraient leurs têtes dans son berceau, quand ce n'était pas leurs appareils photo.

Il y avait Jenny sur le dos au milieu d'une couverture quelque part dans le jardin des Kristal, juste en couche – rose pour les filles –, ressemblant à une tortue que l'on aurait renversée sur sa carapace. Ou à cette femme dans ces spots publicitaires exaspérants, diffusés cent fois par jour, vantant les mérites d'une alarme médicale : « Je suis tombée et je ne peux pas me relever. »

Jenny posait à côté d'une chaussette de Noël avec son prénom cousu dessus, en portant un minuscule chapeau de lutin, le premier d'une série de « voyons combien de trucs stupides nous pouvons mettre sur la tête de Jenny et ensuite prenons des photos ».

Ce chapeau pointu d'anniversaire orné d'un bon gros *1*, par exemple, qui est ce qu'elle portait sur la page « Jenny a un an ». On aurait dit qu'elle souffrait d'une espèce de maladie de peau, car de gros grumeaux de gâteau au chocolat lui maculaient le visage.

Il y avait la photo classique de l'ouverture des cadeaux, une pile de crépon, de rubans et de papier d'emballage jonchant le sol comme des lambeaux de lingerie bon marché ; Jenny, toujours coiffée de ce cône de circulation et paraissant encore plus perplexe que d'habitude. Pourquoi ne l'aurait-elle pas été ? La majorité des cadeaux d'anniversaire semblaient être des vêtements pour bébé, au lieu du genre de pactole qu'un gamin de un an veut réellement. Des hochets, j'imagine ?

J'avais un souvenir en tête. Un vrai, comparé à ceux dont je m'étais gavée en préparation pour mon nouveau rôle principal.

L'une de mes célébrations d'anniversaire, disons autour de cinq ou six ans. Mon cadeau de la part de maman était un billet de loterie à gratter « qui pouvait valoir un million de dollars », avait-elle déclaré en retenant son souffle, espérant sans aucun doute que ça lui permettrait de ne plus avoir à compter sur l'aumône de grand-mère. Ce n'était pas tant le caractère modeste du cadeau qui m'avait dérangée ; c'était qu'elle l'ait déjà gratté, à sa grande déception d'ailleurs, car nous n'avions pas gagné un cent.

Jenny semblait s'en être sortie beaucoup mieux. Arrivée à son deuxième anniversaire, elle recevait son premier cheval, Breyer – pas Goldy –, un étalon tacheté noir et blanc qu'elle paraissait mâchouiller. Sans parler de l'enclos en plastique dans lequel le garder, assemblé par Jake je suppose, puisqu'il y avait une photo de lui les yeux rivés sur un mode d'emploi avec l'air de se demander : « C'est quoi, ce bordel ? »

Le gâteau était différent cette fois – ils avaient dû découvrir que le glaçage vanille partait mieux au lavage que le chocolat –, mais la liste d'invités avait l'air d'être à peu près la même. Il y avait les grands-parents, chacun posant avec Jenny flanquée sur leurs genoux, et tante Gerta debout auprès d'un homme souriant qui devait être son désormais défunt mari. Et Jenny et Ben, étendus par terre à côté d'un petit train. Et n'était-ce pas une Trude adolescente assise là, avec morosité, sur la causeuse orange ? Et que serait une fête d'anniversaire sans oncle Brent, avec son air défoncé et son sourire idiot devant le gâteau… Ben ne faisait donc que perpétuer une tradition familiale. Une autre dame aux allures de grand-mère était également présente – la mère de Jake, conclus-je –, celle remisée dans son placard en Floride.

C'est mamie. Tu te souviens de moi ?

Je ne pus résister à l'envie de sauter des pages, impatiente de voir quels trucs cool Jenny avait récoltés pour son anniversaire numéro trois. Cette fois, tous les cadeaux étaient assemblés sur une table dans ce qui semblait être le *Chuck E Cheese* que Ben avait évoqué sur sa page hommage ; une photo floue de Jake essayant d'extirper un ours à l'expression navrée d'une masse d'animaux en peluche avec une pince mécanique. La table était couverte de piles de chevaux dans leurs boîtes, le reste de la famille ayant dû recevoir la consigne : tout le monde allait devoir raquer pour du Breyer désormais. Et vous savez quoi ? Goldy était dans l'une des boîtes.

— Je pleurais non-stop, alors tu t'es arrêtée sur le chemin du retour, et c'est là que tu m'as acheté Goldy, tu te souviens, maman ?

— Oui, je me souviens, Jenny.

Mensonge, mensonge, ton nez s'allonge.

Un grincement déchira le silence. Je fermai aussitôt l'album.

J'aurais dû préciser que c'était en pleine nuit. Je m'étais réveillée au beau milieu d'un rêve, OK, un cauchemar, puisque Mère y figurait, armée de son aiguille à coudre, pendant que je la regardais en me pissant dessus, littéralement. Après avoir bondi hors du lit, je roulai en boule les draps souillés et les jetai au fond du panier à linge de l'étage.

Je ne pus me rendormir, alors je descendis. Directement vers l'album de photos. Après avoir lu le rapport de police sur le jour où Jenny avait disparu, je me dis qu'il serait sage de me pencher sur sa vie avant la disparition.

J'avais l'impression de m'introduire par effraction, cambrioleuse sur le point de me faire prendre la main dans le sac et envoyer en prison. Excepté que les Kristal ne semblaient pas très préoccupés d'avoir une intruse dans leur maison, si ?

On marchait à pas feutrés à l'étage.

La première nuit que je passai dans la maison avec le portail verrouillé, je croyais que ma mère allait arriver à tout moment. Honnêtement. Je refusai le poulet frit KFC dégoulinant de gras qu'ils me proposèrent pour le dîner, et restai vissée au canapé miteux devant la télé. Jusqu'à ce qu'ils sortent une chemise de nuit sale du sac plastique que maman leur avait laissé, et me disent de me préparer à me coucher. Je ne bronchai pas. Maman allait venir me chercher, je devais donc rester éveillée. J'aurais peut-être continué de me tenir assise là, si ma nouvelle mère, la femme qui m'avait souri depuis le siège passager d'une voiture, n'était pas venue me gifler d'un revers de la main. Je m'effondrai au sol, en voyant des étoiles, mais pas les mêmes que celles du diorama de Ben.

— Tu apprendras.

De fait, j'appris.

On tira la chasse d'eau à l'étage. S'ensuivit le bruit de pas étouffés, puis le léger grincement d'un lit qui s'affaissait. J'attendis une minute, puis je rouvris l'album.

Où en étions-nous ?

Ah, c'est vrai, Jenny croulant sous les cadeaux chez *Chuck E Cheese*, assez de chevaux à présent pour remplir l'hippodrome de Pimlico. L'un des copains de défonce de maman avait un faible pour les courses ; je m'en souvenais seulement parce qu'il avait claqué tout leur argent de dope sur le circuit, et maman avait hurlé et lui avait jeté un tas d'objets au visage avant de s'effondrer par terre en sanglotant.

Je n'étais jamais montée sur un cheval, je n'avais même jamais eu l'occasion d'en voir un de près.

Pas de Breyer pour l'anniversaire de la petite Jobeth non plus.

Je galopai jusqu'à l'anniversaire numéro quatre, passant quelques photos de Jenny à l'aire de jeux – essentiellement Jenny assise toute seule dans un bac à sable –, Jenny portant ce chapeau de cow-boy rose durant son premier tour de poney, Jenny en maternelle, jouant avec des Lego dans un coin, Jenny debout au milieu de l'une de ces piscines de jardin en plastique, Jenny à l'air maussade sur les genoux du Père Noël.

L'anniversaire numéro quatre avait de nouveau lieu à la maison et s'avérait tristement identique aux trois précédents. La seule chose paraissant changer était le gâteau – un monticule couleur citrouille –, et, bien sûr, Jenny elle-même, qui avait perdu ses joues de bébé pour aborder sa phase blonde et jolie.

Je me demandai l'espace d'un instant à quoi j'avais ressemblé à cet âge. Maman avait prévu léger comme bagages le dernier jour où je la vis ; elle ne m'avait laissé aucun souvenir. Les photos que Mère et Père prirent de moi plus tard n'entraient pas dans la catégorie tout public.

OK, mon ange, écarte un peu les jambes. Ça, c'est une gentille fille…

Je tournai la page.

Il y avait Jenny déguisée en Indienne avec un Ben de sept ans, coiffe de plumes et compagnie. Quelque part dans le nord de l'État, devinai-je. Ben en avait parlé sur sa page Facebook, ce lieu de villégiature où ils avaient cessé d'aller pour lui préférer Montauk, où ils creuseraient des trous pour dénicher des palourdes et enterrer des souvenirs.

Nous aimions tous Montauk, pas vrai ?

Il y avait d'autres photos de Jenny là-bas : tenant une canne à pêche au bout de laquelle était attaché un pitoyable vairon, assise en tailleur autour d'un feu de camp, debout devant une falaise, le regard dans le vide avec une expression curieusement indifférente. Puis Ben planté à côté d'elle exactement au même endroit, paraissant regretter de ne pas se trouver n'importe où ailleurs, ce qui n'avait rien de surprenant ; des années plus tard, son expression n'avait pas changé.

Il restait une année entière, je le savais. Le film toucherait bientôt à sa fin.

Mais pas avant un petit voyage dans cet endroit où les rêves deviennent réalité. Il y avait Jenny qui faisait un câlin à Mickey en personne, et une photo de papa et maman grimaçant sur une espèce de radeau. Peut-être celui-ci voguait-il vers l'île de Tom Sawyer, c'est en tout cas ce qu'indiquait le panneau en carton-pâte sur la photo suivante. Ben et Jen posaient d'un air maussade en dessous. Surtout Ben, qui semblait à présent vraiment furax ; c'est dans cette grotte qu'il s'était perdu, n'est-ce pas ? Je m'étais assurée de faire part de cet épisode à l'inspectrice Mary en lui racontant mes précieux souvenirs d'enfance à l'ère pré-disparition de la surface de la terre, en lâchant juste la bonne quantité de détails pour boucler l'affaire.

Ben arborait encore cet air traumatisé, comme si l'on venait de le sortir de cette grotte sombre pour l'amener sous le soleil aveuglant de la Floride une seconde plus tôt. Peut-être était-ce le cas. Jenny avait son bras autour de lui – copains pour toujours –, seulement, on avait l'impression que Ben essayait de le dégager d'un coup d'épaule pour se diriger vers ce gigantesque cône de glace qu'on lui avait promis.

Il y avait deux ou trois photos de Ben et Jenny emmenant Dumbo faire un tour.

Nous avons attendu genre deux heures pour monter sur Dumbo, et ça n'a duré qu'à peu près six secondes…

Et aussi une attraction qui s'appelait le Country Bear Jamboree, où les ours étaient habillés comme des ploucs consanguins. Puis toute la bande : Laurie, Jake, Jenny, Ben, grand-père et grand-mère faisant coucou à bord d'un wagon, comme tous les autres membres de la famille, d'ailleurs, exception faite de Ben, qui était peut-être encore en train de revivre son quasi-ensevelissement, et ne se prêtait pas au jeu. Qui prenait la photo ? me demandai-je. Un autre papa qui avait prié sa bonne étoile et fini par attendre deux heures pour une attraction à la con. Probablement reconnaissant de prendre les photos de famille de quelqu'un d'autre, au lieu de river les yeux sur tous ces gros culs poireautant devant lui.

Nous y arrivions vite. À la fin.

Encore un Noël, ho-ho-ho : Jenny de retour sur les genoux de Papa Noël, l'air aussi indifférent que sur cette falaise dans le nord de l'État. Puis l'indispensable cliché de Jenny devant sa chaussette de Noël, surmontée de deux sucres d'orge rayés. Et encore plus de dadas sous le sapin.

Profite, Jenny..., me dis-je. Seulement, je m'entendis prononcer les mots à voix haute.

J'espère que tu en as profité... Je l'espère de tout mon cœur...

J'avais foncé d'un anniversaire à un autre par pure jalousie, pensai-je. Mesurant à quel point Jenny avait été gâtée et me rappelant par la même occasion tout ce dont j'avais été privée. Les chevaux Breyer, les jolies fêtes et toutes ces réunions de famille à Noël. Et une autre chose qu'elle avait eue, contrairement à moi : une mère qui n'était pas accaparée par la méth toute la sainte journée.

Je n'étais plus jalouse.

Je savais ce qui se profilait. Je sentais que le drame se précisait, comme une nausée qui monte.

Peut-être n'allait-on pas l'amener en poussette sur le parking d'un motel bas de gamme et décrépit pour la larguer comme un vieux déchet, mais elle allait franchir la porte d'entrée pour sombrer dans l'oubli. Le film se terminait.

Son dernier anniversaire.

Six ans, à présent, et l'entourage s'amenuisant vite. Peut-être la mère de Jake avait-elle déjà filé en Floride. Tante Gerta était absente. Ainsi que Trude. Peut-être est-ce ce qui se produit lorsque ce n'est plus votre premier ou deuxième anniversaire : la liste d'invités se réduit peu à peu. Personne n'est obligé de faire le voyage jusqu'à Maple Street, les bras chargés de cadeaux. Ils glissent juste un chèque dans la boîte aux lettres, et basta. Je n'ai pas vraiment d'avis sur la question.

Toutefois, autre chose en dehors des gens paraissait manquer à son dernier joyeux anniversaire. La partie *joyeuse*, précisément. Ou peut-être était-ce une projection de ma part. Tout était empreint de ce que je savais sur le point d'arriver. Jenny ne se contentait pas d'éteindre six bougies ; elle le faisait avec ses derniers souffles. Elle éventrait des emballages de cadeaux avec lesquels elle n'aurait jamais l'occasion de jouer. Mais pourquoi chaque sourire semblait-il forcé, comme s'ils étaient tous les figurants de ce qui fut le dernier anniversaire de Jenny ? Probablement parce que c'était le milieu de la nuit et que j'étais au cœur d'un mystère qui m'échappait.

Il restait cette photo à la plage.

Le château des Kristal. Maman et sa fille formant la garde du palais, et dont les ombres follement longues s'étiraient sur le sable, parce que le soleil allait sûrement se coucher sous peu. Celle de Jenny telle la promesse bidon d'un avenir qui n'arriverait jamais. Plus de croissance pour elle ; elle resterait pour toujours une enfant.

Je savais ce qui manquait dans le dernier anniversaire de Jenny.

Je savais.

Ce n'était pas la joie.

C'était autre chose. Pas seulement dans son dernier anniversaire, d'ailleurs. Dans tout ce putain d'album photo.

Je le feuilletai de nouveau pour m'assurer que ce n'était pas une vue de l'esprit.

Jenny se tenant dans des aires de jeux, dans des classes, dans des piscines, et dans des jardins. Dans des centres commerciaux bondés, sur des trottoirs l'été, sur des poneys et sur les genoux des gens, mais aussi dans sa propre chambre, entourée de gros éléphants roses.

Jenny ici, Jenny là, et Jenny partout.

Mais jamais en compagnie d'un autre enfant, à part Ben.

Jamais.

Jenny, Jenny, Jenny.

Et toujours, toujours seule.

Chapitre 27

Ben

Ils avaient roulé jusqu'à Hunter Park pour décompresser, mais Ben fulminait toujours, alors bon courage.

— Putain, mais qu'est-ce qui cloche chez toi ? demanda Zack, qui venait de tirer une énorme taffe de sa vapoteuse.

Darla lui posa la même question. Darla était une fille avec laquelle Ben sortait à une fréquence semi-régulière, ce qui la laissait penser qu'elle pouvait l'interroger sur ce qui « déconnait » chez lui. Elle ne l'avait pas lâché de la soirée : dans la voiture, au parc, lui prenant la main, quand elle ne réclamait pas un câlin ou, disons-le, lui promettait une fabuleuse pipe, ce qui, il le savait, n'était pas exactement son activité préférée, puisqu'il fallait vraiment qu'elle soit déchirée pour l'envisager. Tous ces roucoulements ayant probablement un rapport avec le fait qu'il soit soudain devenu indirectement une espèce de célébrité, à cause de sa sœur qui était partout aux infos.

Sauf que, bien sûr, ce n'était pas sa sœur : sa célébrité était donc doublement usurpée. Ce qui ne faisait que le mettre encore plus en rogne chaque fois que Darla lui attrapait la main ou chuchotait à son oreille, et Ben le lui fit savoir en la tenant à distance, comme il se débarrassait des chenilles flippantes qui tombaient des branches des érables tous les étés. Ce fut à ce moment qu'elle lui demanda ce qui « déconnait » chez lui.

— Il n'y a rien qui déconne chez moi, lui répondit-il. Qu'est-ce qui déconne chez toi ?

Darla en fut vexée, rejoignant d'un pas militaire le groupe de filles qui traînait à côté de l'arbre à rencards, qu'on appelait ainsi non pas parce que vous y aviez des rencards, mais parce que les gamins y gravaient leurs prénoms pour l'éternité ; vous savez, « Jimmy aime Shari », « Tony aime Maria ». Il n'aurait pas été surpris qu'il y ait aussi un « Darla aime Ben » quelque part, aimablement gravé dans l'écorce par les bons soins de Darla, sans aucun doute. Elle parlait à présent à l'ex de Ben, Jamie, qui profitait probablement de cette occasion pour le dénigrer. Elles seraient donc deux à affirmer qu'il était un odieux connard.

Alors, dans l'ensemble, il n'avait pas besoin que son meilleur pote, Zack, lui prenne aussi la tête.

— Il faut te calmer, suggéra Zack.

Une chose que Ben disait aux filles en général, ce qui rendit le propos encore plus contrariant.

— Il me faut d'autres parents, déclara Ben.

— Tu ne crois pas que moi aussi, il m'en faudrait d'autres ?

Les parents merdiques étaient une notion que Zack pouvait saisir, puisque son père avait déménagé à Scottsdale, Arizona, et ne le voyait qu'une fois par an l'été. « Voir » n'étant pas tout à fait exact, car il laissait son fils traîner seul dans l'appartement toute la journée sans rien à faire, pendant qu'il partait travailler. Et sa mère – ne le lancez pas là-dessus – était toujours en vadrouille avec son dernier petit ami en date, qui était un trou du cul de première avec une Mercedes décapotable et une mèche rabattue sur sa calvitie, ce qui ne faisait pas très bon ménage.

— Ils sont bons pour l'asile, putain, maugréa Ben. Je veux dire… sérieusement.

— Hein ? Qu'est-ce qu'ils ont fait ?

Si Zack pouvait comprendre ce qu'étaient des parents de merde, il considérait que ceux de Ben avaient des années-lumière d'avance sur les siens. Sa réaction le laissait donc perplexe.

Ben s'était à moitié confié à Zack sur sa sœur disparue, en ne disant absolument rien sur elle au départ, puis en reconnaissant enfin sa présence lorsqu'ils l'avaient vue dans tous les journaux télévisés ce matin-là. Puis en faisant part de ses doutes sur le fait qu'elle soit réellement sa sœur, ce que Zack avait trouvé plutôt cool, même si Ben n'était pas certain que son ami le croie – que sa sœur n'était pas sa sœur –, mais la possibilité qu'elle ne le soit pas était plutôt cool.

— Qu'est-ce qui te fait penser que ce n'est pas ta sœur ? lui demanda Zack.

— J'en suis convaincu, c'est tout, répondit Ben.

OK, ce n'était peut-être pas la réponse la plus persuasive du monde. Surtout marmonnée depuis la banquette arrière d'une voiture enfumée à l'herbe.

— Est-ce qu'elle ne se rappelle pas un tas de trucs sur ta famille, genre qui est qui, tout ça ? Si ce n'est pas ta sœur, mec, comment est-ce qu'elle saurait ces trucs ?

Ce fut le moment où la vérité sauta brusquement aux yeux de Ben.

— Elle l'a lu.

— Hein ?

— Sur ma page.

Il n'avait jamais parlé à Zack de la page commémorative ni de toutes les conneries qu'il y avait déversées, comment toutes les choses anodines – ou pas – dont il ne cessait de se souvenir sur Jenny avaient atterri là, et comment, par conséquent, tout ce dont cette fille paraissait se souvenir n'était pas remémoré, mais mémorisé.

Cette révélation fit de Zack un semi-croyant.

— Waouh, alors c'est, genre, une mytho, ou un truc comme ça ?

Et lorsque Ben revint à la maison, que trouva-t-il sur son écran d'ordinateur, exposé là au grand jour comme une sorte de farce cosmique, voire de jugement divin ? Sa page commémorative, qu'à l'évidence elle avait étudiée de près pendant que tout le monde s'était absenté.

Il attendit que ses parents rentrent pour leur assener le coup de grâce.

Sa mère arriva la première, et Ben envisagea de s'y prendre peut-être en deux étapes… D'abord lui dévoiler le secret, et ensuite à son père. Mais puisqu'elle devenait dingue concernant Jenny ces jours-ci – carrément stupide –, et semblait un peu distraite à son retour, ne réagissant même pas au bonjour enjoué de Ben, mais disparaissant dans sa chambre en fermant la porte, il estima préférable d'attendre son père et de procéder simultanément. Papa était le plus logique des deux, et tout ceci n'était qu'une question de faits, qui étaient *incurables*, putain. Ou était-ce *irrécusables* ? Ouais, un truc du genre. L'affaire semblait limpide, en tout cas.

Il attendait en bas quand son père passa la porte d'entrée, l'air épuisé, mais Ben avait juste ce qu'il lui fallait pour le réveiller – pour les réveiller – de cette illusion dans laquelle ils vivaient l'un comme l'autre.

— Salut, papa.

— Salut, Ben.

Jake lâcha son sac à bandoulière sur la table de l'alcôve, puis manqua de trébucher sur l'une des chaussures de son fils.

— Seigneur, Ben, combien de fois je t'ai dit de ranger tes baskets ?

— Des centaines. Toutes mes excuses.

Son père le regarda.

— Est-ce que ça va ?

— Affirmatif. Peux-tu demander à maman de descendre ?

— Hein ?

Son père continuait de l'observer comme s'il ne reconnaissait pas tout à fait qui il était.

Ton fils unique, papa. Voilà qui je suis.

— Il y a une chose grave dont je dois vous parler à tous les deux.

— Grave ? Une raison particulière pour que tu t'exprimes comme ça, Ben ?

Oui, il y avait une raison particulière pour qu'il parle ainsi. Il s'agissait d'un sujet grave, aux conséquences graves. Il employait donc un langage adapté à cette grave occasion. Ils comprendraient bien assez vite.

— Est-ce que tu t'es fait exclure, Ben ? Est-ce encore pour avoir fumé de l'herbe ?

— Non, je ne me suis pas fait exclure. Je n'ai pas refumé d'herbe.

OK, l'une de ces deux affirmations était mensongère, mais l'heure n'était pas à la vérité, ou en réalité elle l'était, mais seulement sur la question bien plus grave de l'usurpatrice qui squattait leur bureau à l'étage. Où était-elle, d'ailleurs ? Il n'avait pas entendu un mot de sa part depuis qu'il lui avait laissé ce message sur l'ordinateur.

— OK, de quoi dois-tu nous parler à tous les deux qui soit si urgent ?

— Oh, tu verras. Est-ce que tu peux demander à maman de descendre ?

— Bien sûr, Ben. Tu peux m'accorder une minute ?

Son père monta à l'étage, où Ben put l'entendre entrer dans la chambre de ses parents. Il alla tranquillement dans le salon et s'assit sur la banquette devant le canapé, là où d'habitude il posait ses pieds quand il regardait *The Walking Dead*, ce qu'était précisément la fille là-haut, une morte-vivante. C'était la position parfaitement stratégique pour lui, face à eux deux, à qui il demanderait de s'asseoir sur le canapé. Ils auraient besoin d'être assis pour ce qui allait suivre.

Il sentait la nervosité le gagner, se maudissant de ne pas avoir pris des forces avec un peu de cette Skywalker OG qu'il lui restait. Les nouvelles qu'il était sur le point de leur annoncer étaient capitales. Du genre déchirant et tout ça. Mais ce n'était rien comparé à ce qu'elle avait commis – se faire passer pour sa sœur morte –, une chose dingue, sacrilège, une chose qui était peut-être même passible de prison. Il n'en savait rien, mais il verrait ça en temps voulu.

La porte de la chambre s'ouvrit, et il entendit ses parents commencer à descendre l'escalier.

Alors, papa et maman, je sais que ça va être un choc pour vous…

J'ai besoin que vous vous armiez de courage…

Devinez quoi ?

Il essayait de choisir une phrase d'accroche. En cours de débat, où il était nul personnellement, le prof disait que votre phrase d'accroche était la plus importante, juste après la phrase de conclusion, qui l'était plus encore.

Ses parents entrèrent dans le salon.

— OK, Ben, dit son père, on t'écoute.

— Je pense que vous devriez vous asseoir avant.

— Ça va aller, Ben, le rassura sa mère. Qu'est-ce qui se passe ? Est-ce que c'est le lycée ?

— Non, ce n'est pas le lycée. Ça, c'est ce qu'a dit papa. Le lycée, ça va très bien. Fantastique. Fabuleux.

— Ravi de l'entendre, déclara papa. Alors, quel est le problème ?

— Je crois vraiment que vous devriez vous asseoir.

— Seigneur, Ben. (Son père soupira et secoua la tête.) OK, nous allons nous asseoir. Laurie, tu veux t'asseoir ?

Il esquissa un signe vers le canapé, sur lequel maman prit place sans tarder, mais lui-même s'affaissa sur la causeuse dans l'angle à droite.

— Ici, dit Ben.

— Quoi ? protesta papa.

— Ici. Je pense que tu devrais t'asseoir ici, avec maman.

— Pour l'amour du ciel. Peu importe où on s'assoit, non ?

Ben toussa, gigota nerveusement, puis regarda par terre. Son cœur tambourinait, et il se sentit soudain en nage.

— Le truc, lâcha-t-il, c'est que Jenny n'est pas Jenny.

Il releva les yeux, s'attendant à constater le choc et l'effroi sur leurs visages, mais ce qu'il vit à la place, ce fut à peu près rien. Les mêmes expressions avec lesquelles ils avaient descendu l'escalier, et qui, s'ils affichaient la moindre émotion, semblaient se résumer à une légère irritation.

— Tu peux répéter ? demanda papa.

— Jenny n'est pas Jenny. Je déteste devoir vous l'apprendre, parce que je sais… enfin, combien elle vous manque, et tout ça. Je le sais. Mais ce n'est pas elle.

À présent, leurs traits paraissaient en effet trahir un peu d'inquiétude. Cool… il les atteignait, et sentit sa nervosité s'apaiser. Comme si son cœur n'essayait plus de s'échapper de ses côtes.

— Écoute, Ben…, dit sa mère. Je sais que tu as du mal à encaisser son retour… Qui n'en aurait pas ? C'est totalement naturel que tu aies l'impression d'avoir été, eh bien… usurpé. Mais là, ça va trop loin…

Hein ?

L'inquiétude qu'ils manifestaient n'était pas due au fait qu'une tarée de mytho soit assise dans le bureau à l'étage. C'était pour lui. Il lui fallut une minute pour l'assimiler, puis une autre pour que la colère commence à monter en lui, tandis que sa mère secouait la tête et que son père soupirait comme si le problème, c'était bien qu'il avait encore merdé au lycée.

— Est-ce que vous m'entendez ? Je veux dire, sérieux… Est-ce que vous pigez ce que je dis, putain ?

— Nous pouvons nous passer des jurons, Ben, le réprimanda son père.

— Oh, vraiment ? Qu'est-ce que tu penses de ça, alors ? La putain de fille assise là-haut dans votre putain de bureau n'est pas votre putain de fille. Est-ce que je suis assez clair, putain ?

— Ça suffit, Ben, intervint de nouveau son père, l'air véritablement hors de lui. Je ne te le dirai pas deux fois, compris ?

— Eh bien moi, je vais vous le répéter. Ce n'est pas Jenny, déclara-t-il avec un geste en direction du bureau à l'étage. Cette fille là-haut n'est pas votre fille. Ce n'est pas ma sœur. C'est personne, putain ! Elle est bidon. C'est une espèce de cinglée, une connasse. Est-ce que vous me recevez ?

— Tout d'abord, dit sa mère, tu baisses d'un ton. C'est assez déplorable que tu nous le dises, mais je n'ai pas besoin que Jenny l'entende. Tu es contrarié, Ben, c'est compréhensible. Tu es resté enfant unique pendant longtemps, et subitement tu ne l'es plus. Ta sœur est de retour, et tu es perturbé et en colère. Je te l'accorde, ça n'arrive pas tous les jours. Tu as le droit d'être perturbé. Et je comprends aussi que ce soit difficile à vivre pour toi. Mais je ne peux tolérer que tu profères de telles accusations, et que tu les hurles alors que Jenny peut les entendre. Compris ?

— Jenny n'entend pas. Parce que Jenny n'est pas ici. Vous captez ? Désolé si vous trouvez que ça craint, mais c'est la vérité. OK, écoutez… Tous les trucs qu'elle prétend savoir, sur notre famille, Disney World et tout le reste, elle les a lus. Compris ? Elle les a lus, putain.

Papa soupira. Maman soupira. Tous deux soupirèrent.

— Je ne plaisante pas, poursuivit-il. Écoutez, je n'invente pas toute cette histoire…

Il remarqua le gémissement plaintif dans sa voix, qui était son intonation par défaut quand il s'était fait choper par ses parents au fil des années et qu'il avait tenté d'éviter l'une de leurs sanctions, et ce n'était vraiment pas l'intonation qu'il voulait avoir à cet instant précis. En général, quand il avait essayé d'esquiver une punition pour avoir fumé de l'herbe ou des conneries de ce genre, il avait menti, et ce n'était absolument pas le cas à présent.

— Je ne vous l'ai jamais dit… Mais j'ai mis en ligne cette page en hommage à Jenny, sur Facebook.

Deux regards vides braqués sur lui.

— C'était… Je ne sais pas… juste un truc que j'ai fait parce que ça a toujours été bizarre pour moi, que ma sœur ait été kidnappée. Je veux dire, vous ne vous êtes jamais éternisés sur le sujet, et j'ai eu du mal à me souvenir de certaines choses… à me souvenir de ce jour-là. Et à me souvenir d'elle. Je sais que ça m'a fait flipper à l'époque et tout ça, et que vous m'avez foutu dans ce putain d'asile…

— Pour l'amour de Dieu, Ben, protesta maman, c'était une école catholique. Nous ne t'avons pas mis dans un hôpital psychiatrique.

— Ah ouais ? Alors pourquoi est-ce que tout le monde était défoncé aux médocs ? Je devais prendre des cachets tous les jours. Je me rappelle très bien. Je ne me souviens pas de grand-chose, mais je me souviens de ça. Je n'arrivais pas à avaler, à l'époque, vous vous souvenez ? Je n'arrivais pas à avaler les cachets, alors les nonnes devaient les écraser dans de la compote de pommes, ce qui les foutait en rogne.

— Du Dépakote, Ben, précisa sa mère. C'était... juste de quoi t'aider à retrouver ton état normal. Le thérapeute chez qui nous t'avons amené après que Jenny... après sa disparition, a dit que tu souffrais d'un traumatisme. Tu ne te rappelles pas ça – tu te rappelles peu de chose de cette période –, mais tu refusais d'aller à l'école. Tu refusais catégoriquement. Je devais t'y traîner, et ensuite je devais y retourner une heure plus tard pour te ramener à la maison. Tu étais un élément perturbateur, tu te battais avec les autres enfants. Tu ne voulais pas y aller, et quand tu y allais, tu ne voulais pas rester. Je ne te le reproche pas, Ben, vraiment... La perte de Jenny nous a tous bouleversés. J'étais une épave, à l'époque. Tu ne te souviens sans doute pas de ça non plus. Mais je l'étais. Une vraie loque. Peut-être que si ça n'avait pas été le cas, j'aurais pu t'aider plus que je ne l'ai fait. Je suis désolée...

— Je ne réclame pas d'excuses. C'est moi qui suis désolé pour toi... et papa. C'est ce que je m'efforce de vous dire. Si j'ai créé cette page Facebook, c'est parce que j'ai l'impression qu'il me manque des pans entiers de cette époque, comme si quelqu'un les avait effacés. Et pas seulement les souvenirs de Jenny, mais toute mon enfance. Alors j'ai créé cette page, OK ? Et j'ai simplement écrit tout ce qui me venait à l'esprit. Vous savez, sur Jenny et moi...

sur nous. Toutes les conneries qui pouvaient me revenir en mémoire. N'importe quoi, vous savez, comme le fait que Jenny refusait de me laisser jouer avec son cheval à la con, et comment je m'étais perdu à Disney World… Tout ce qui me passait par la tête, vous voyez ? Et cette page Facebook a environ mille abonnés maintenant. Surtout des gens qui ont perdu des sœurs et des frères comme moi, mais d'autres aussi. Et elle l'a lue… Cette fille, là-haut, l'a lue, et elle a appris son rôle par cœur pour se faire passer pour Jenny. Auprès de vous, et auprès de la police aussi, j'imagine. OK ? Comme ça, maintenant, vous savez…

Il attendait que sa démonstration soit entendue par ses parents. Il espérait voir sur leurs visages les signes d'une prise de conscience ; que son père arrête de le regarder comme s'il allait lui foutre une raclée et que sa mère n'ait plus l'air de penser qu'il avait besoin d'être réexpédié à l'asile. Quoi qu'ils en disent, c'était bel et bien un hôpital psychiatrique…

— Écoute, Ben, déclara maman, en se penchant sur le canapé, comme le faisait la conseillère d'orientation lorsqu'elle tentait de lui témoigner de l'empathie. Je crois que j'ai eu tort de croire que tu pouvais perdre ta sœur comme ça, en être absolument traumatisé, puis t'en sortir. Tout comme j'ai eu tort de croire que tu t'adapterais à la nouvelle donne, maintenant qu'elle est revenue dans nos vies.

— Est-ce que vous avez entendu ce que je viens de vous dire ? Sur le fait qu'elle avait lu ma page commémorative ? Je l'ai surprise en train de la consulter. C'est comme ça qu'elle est au courant de toutes nos histoires…

Seulement, sa mère lui adressait ce sourire, le genre qu'on adresse aux gamins des Jeux paralympiques lorsqu'ils franchissent la ligne d'arrivée – les sélections régionales s'étaient tenues à son école l'année précédente, et Ben avait apporté son aide –, le sourire à cinquante pour cent « Bravo, mon garçon », cinquante pour cent « Putain, tu me fais trop pitié ».

— Ben, ce que je t'explique, c'est qu'à l'évidence tu as encore des… soucis à régler, chéri… Des difficultés liées au fait d'avoir perdu ta sœur et de la retrouver du jour au lendemain. Et je comprends ça, vraiment. Nous devons les surmonter. Nous devons résoudre cela ensemble, et nous réussirons. Nous sommes là pour toi.

Ben n'en revenait pas. Il leur avait tout exposé, comme l'une de ces stupides séries criminelles à la télé, quand l'enquêteur vous explique le meurtre pas à pas et que tout le monde hoche la tête en disant : « Bien joué, vous avez élucidé cette affaire. » Mais ses parents ne hochaient pas la tête ; ils lui servaient des sourires apitoyés en lui répétant combien ils avaient tous besoin de surmonter cette situation. Il avait l'impression d'être dans ce film de science-fiction qu'il avait vu enfant, où les extraterrestres débarquaient sur Terre et prenaient possession des corps des êtres humains, et ils devenaient tous des espèces de pantins souriants.

— Est-ce que vous délirez, putain ? Est-ce que je parle chinois ? Je l'ai chopée en train de lire ma page Facebook, dit-il, en insistant sur chaque mot. Je suis allé à l'étage alors qu'elle était sortie de la maison et j'ai vu ma page sur l'ordi. Je l'ai coincée. En flagrant délit. Quelle est la partie que vous ne captez pas ?

— Eh bien, ne serais-tu pas curieux à sa place ?

— Quoi ?

— Ne serais-tu pas curieux si tu étais Jenny ? De savoir ce que ton frère a écrit sur toi ?

— Hein… Qu'est-ce que ça vient faire là-dedans ? Je suis en train de vous expliquer que toutes ces anecdotes qu'elle vous a racontées sont précisément répertoriées sur ma page Facebook. Parce que je l'ai écrit, putain. Tout. Concernant oncle Brent, mamie, la plage, les feux d'artifice du 4 Juillet, et… tout le reste. Elle l'a juste mémorisé.

— Toutes les choses que tu décris sur ta page se sont produites, Ben, intervint de nouveau maman. Évidemment que Jenny se rappellerait les mêmes, elles lui sont arrivées aussi. Je comprends que tu sois contrarié… Je comprends quel énorme effort d'adaptation cela représente pour toi. Il faut laisser tout ça décanter, chéri. Nous avons juste besoin de temps…

Ce fut à ce moment précis que Ben en eut assez. Parce que ce n'était pas de temps qu'ils avaient besoin. Ils avaient besoin que le putain de réalisateur de ce film de SF crie « Coupez ! » afin qu'ils puissent tous revenir à la réalité. Afin que ses parents puissent cesser d'être des pantins extraterrestres affirmant des absurdités comme : « Nous avons juste besoin de temps » et s'enlèvent la merde qu'ils avaient dans les yeux. Et il sentait à présent des larmes lui couler sur les joues. Vingt ans, et voilà qu'il chialait devant eux, qui le dévisageaient, un sourire débile imprimé sur leurs traits.

— Vous débloquez complètement, putain ! hurla Ben.

Puis il bondit de la banquette et se rua vers la porte d'entrée, qu'il passa en détalant, s'assurant de la claquer derrière lui, avant de sauter dans sa voiture pour se rendre à Hunter Park.

Chapitre 28

— Qu'est-ce que tu veux ?
Bonne question.

— Je voulais juste te dire que j'étais désolée, répondis-je.

Même si je n'avais aucune envie de reconnaître mes torts. Je voulais dire : « J'ai un petit conseil diététique pour toi : la laitue. » Je voulais demander comment allait son pote journaliste, Max ; s'il était encore son pote d'ailleurs, étant donné qu'elle était rentrée sans scoop ni selfie de sa visite chez la fille kidnappée de Maple Street.

— Hein ?

OK, d'accord. Toni Kelly ne s'était clairement pas attendue à ce revirement.

— Je te présente mes excuses, dis-je, en grinçant des dents, découvrant par la même occasion qu'il ne s'agissait pas de quelque expression idiote, mais d'une chose que vous vous surpreniez vraiment à faire lorsque vous prononciez des paroles sur lesquelles vous auriez préféré vous étouffer.

— Oh.

Un soupçon d'intérêt, à présent. Elle essayait peut-être de se rappeler le numéro de téléphone du journaliste, et ce qu'il lui avait fait miroiter exactement.

— J'ai besoin de temps pour digérer tout ça…, expliquai-je. (Que m'avait dit maman/Laurie ce premier soir à la maison ?) Tu sais… Je reviens à moi, petit à petit.

— Bien sûr, acquiesça Toni, avec sa gentillesse de pacotille. Je comprends.

— Vraiment ? Je suis contente.

J'avais cherché son numéro en ligne, inspecté sa page Facebook et son compte Instagram, où elle avait pompé ses cinq minutes de gloire jusqu'à la dernière goutte, qui se réduisait en gros à de la merde.

Oh, mon Dieu, elle avait publié un post le jour de mon retour. Le jour après mon retour, en fait, après que, par inadvertance, j'avais vendu la mèche à ce journaliste à 1 heure du matin.

Jenny Kristal est en vie ! Ma meilleure amie quand j'avais six ans. Elle venait me rendre visite quand c'est arrivé. Je ne peux pas le croire. Dieu est bon !

Elle n'avait pas l'air de quelqu'un qui plaçait Dieu au centre de ses réflexions, vu que son tee-shirt disait « Bouffe-moi » sur l'une de ses photos de vacances cette année.

— Alors… hum… tu veux traîner un peu avec moi ? proposa Toni.

— Carrément.

Je ne voyais pas ce que j'aurais pu avoir moins envie de faire. Mais j'étais en mission. Nom de code : Jenny.

J'avais passé les quelques dernières années à redouter jour après jour d'être démasquée, ce moment précis où les drôles de regards cessaient d'être drôles, et où je finissais sur la sellette, devant des parents atterrés et des assistantes sociales en colère.

Exposons-le sous cet angle.

Il y avait ce jeu télé des années 1960, intitulé *Truth or Consequences*. Comment je le sais ? Parce que j'avais effectué des recherches après avoir lu un article sur cette ville du Nouveau-Mexique qui avait été baptisée d'après l'émission en gagnant une compétition – je le jure devant Dieu –, Truth or Consequences, Nouveau-Mexique. Une fille de six ans avait disparu là-bas en 2007, et j'avais essayé sa panoplie pour voir si elle m'allait. Je trouvai des épisodes de l'émission sur YouTube : un présentateur en costume de polyester à carreaux qui posait les questions d'un quiz débile et obligeait tous ceux qui séchaient sur les réponses à faire des pitreries encore plus débiles. Seulement, sur cet épisode que je vis, il s'agissait plus d'un exploit médiatique qu'acrobatique, où la fille qui n'avait pas su qui était le chanteur de *Don't Be Cruel* finissait par être réunie avec la mère qui l'avait abandonnée des années auparavant. Au lieu de se gondoler de rire devant la nana qui n'avait jamais entendu parler d'Elvis Presley, les téléspectateurs avaient pleuré toutes les larmes de leur corps, moi y compris. Bref, l'idée du programme était que si vous ne disiez pas la vérité, vous vous exposiez à des conséquences.

Je pourrais écrire un bouquin sur le sujet.

Ces règles ne s'appliquaient pas chez les Kristal. Je n'avais pas fourni la vérité, mais il n'y aurait aucune conséquence.

Pourquoi ?

C'était comme être de nouveau enfermée dans un placard obscur, priant pour apercevoir la moindre lumière. Imaginez ces sueurs froides multipliées par un million.

Quelque chose était arrivé à Jenny.

Il fallait que je découvre quoi.

Lorsque j'ouvris la porte, Toni était tout sourires.

— Bienvenue, l'accueillis-je.

J'essayai de l'égaler dans ce concours d'hypocrisie, avec un sourire assorti au sien. De jouer la fille trop impatiente de renouer avec son ancienne meilleure amie. À ce propos…

— Comment se fait-il que tu ne sois jamais venue à mes anniversaires ? lui demandai-je une fois dans ma chambre.

— Quoi ?

— Je feuilletais un vieil album de photos. Il n'y avait que ma famille à mes anniversaires. Je me demandais juste…

Toni haussa les épaules.

— Bah… Qu'est-ce que j'en sais ?

— On aurait pu penser qu'il y aurait aussi ma bande de copines.

— Peut-être que j'étais déjà prise. À une autre fête, ou un truc du genre.

— C'est sûr. Et Jaycee ?

— Hein ?

— Jaycee Klein. Elle était prise aussi ?

— Attends… Tu me fais, genre, une scène parce que je ne suis pas allée à ton anniversaire ou quoi ?

— Bien sûr que non, la rassurai-je en souriant. Ce serait vraiment naze.

— Bon. Parce que j'avais six ans, hein.

— Moi aussi.

— C'était il y a douze ans, je te signale, alors je vois mal comment je pourrais me souvenir.

— Exactement. C'est plus ou moins ce que j'essaie de faire, là. Me souvenir.

— Te souvenir de quoi ? Pourquoi je ne suis pas allée à ton anniversaire ?

— De quoi que ce soit. N'importe quoi. J'espère que le fait de te parler fera remonter le passé à la surface. Tu peux sans doute m'aider à me remémorer certaines choses…

— Oh, dit-elle, son intérêt soudain ravivé. Pigé. Bien sûr.

Le fait de s'improviser thérapeute atténuerait probablement sa culpabilité de m'avoir trahie en échange d'un peu de cash et de deux minutes de gloire. Peut-être que le journaliste qui l'envoyait écrirait même tout un article là-dessus. Elle se pencha en avant.

— Qu'est-ce que tu veux savoir ?

— Des détails sur toi et moi, comment on est devenues amies, tout ça…

— On n'est pas juste amies, objecta Toni, on est meilleures amies.

— Oui. Meilleures amies. Mais ma meilleure amie n'était pas à ma fête d'anniversaire. À aucune d'elles.

— Purée, Jen. Comme je disais… peut-être que j'étais déjà prise. Ou que maman était trop effondrée à cause de papa et qu'elle a zappé de m'amener à ta fête.

J'avais remarqué qu'il n'y avait plus de Mr Kelly dans le cadre. Littéralement. Aucune photo de famille sur sa page Facebook. Quelques-unes de Toni et lui, et une autre avec lui et une plus jeune femme à faux nichons, la pauvre Toni remisée sur le côté.

— C'est peut-être ça. Est-ce qu'on jouait beaucoup ensemble ?

— Carrément. Tout le temps.

— Vraiment ?

Jenny et Toni… Elles ne jouent pas vraiment tant que ça ensemble. Voilà ce que dit Mrs Kelly à l'inspecteur Looper. C'est peut-être pourquoi la mère de Toni n'y avait pas accordé deux secondes de réflexion quand Jenny ne s'était pas présentée chez elle ce jour-là. Elle ne s'était pas attendue à la voir débarquer.

— Ouais, vraiment. Pourquoi ?

— J'ai entendu dire qu'on n'avait peut-être pas joué tant que ça ensemble. Pas depuis qu'on était toutes petites.

— Qui t'a raconté ça ?

Ouais, qui ?

— Maman.

— Ta mère a dit qu'on ne jouait pas ensemble ?

— Elle l'a laissé entendre.

Avez-vous déjà laissé échapper l'air d'un ballon pour produire un bruit de pet ? Ça, c'était Toni, le bruit en moins. J'étais en train de menacer son nouveau statut d'actrice majeure dans l'histoire de Jenny Kristal. La meilleure amie loyale. Peut-être menaçais-je tous les dollars qui dansaient dans sa tête, ceux qu'elle recevrait pour son scoop.

— Tu venais chez moi ce matin-là, affirma Toni avec emphase. Pour jouer. Nous avions rendez-vous pour jouer toutes les deux.

— Je crois plutôt qu'on se débarrassait de moi en m'envoyant chez toi. Pour que je lâche la grappe à Ben. Il avait le bras cassé.

— On ne se débarrassait pas de toi chez Jaycee, n'est-ce pas ?

— OK, tu marques un point. C'était clairement toi, le vide-ordures.

— Quoi ?

— Laisse tomber. Aide-moi à me souvenir, Toni.

— Te souvenir... de quoi ?

— N'importe quoi. Je me disais que tu pourrais peut-être m'aider à me rafraîchir la mémoire. Alors, raconte-moi quelque chose qui puisse réveiller le passé. Sur toi et ta meilleure amie.

— Eh bien... laisse-moi réfléchir... (Son visage s'illumina.) Je me rappelle vos barbecues du 4 Juillet.

Quand le frère de ton père lançait ces fusées. C'était trop cool…

— Ouais. C'était avec tout le monde, par contre. Les barbecues. Mais juste toi et moi ? Quand on passait des après-midi à jouer. Qu'est-ce qu'on faisait ? Un petit souvenir, Toni. Juste un.

— Tes chevaux, dit-elle.

— Et alors ?

— On… jouait avec.

— Super. Lequel était mon préféré, tu te rappelles ?

— Hein ?

— J'avais un cheval préféré. Lequel c'était ? Je crois m'en souvenir, mais je ne suis pas sûre. C'était Flicka ?

— Exact. Ouais, c'est ça. Flicka.

— En réalité, je crois plutôt que c'était Prince noir.

— Exact. Prince noir. C'est ça.

— Attends une minute, là. Comment est-ce que j'ai pu être aussi stupide ? Goldy. C'était son nom.

Toni devint écarlate.

— OK, et alors, je ne me rappelle pas le nom de ton joujou préféré. Comment je me le rappellerais, de toute façon ?

— Bonne remarque. Sinon, autre chose ?

— Comme quoi ?

Toni commençait à paraître mal à l'aise, comme si son jean trop petit de deux tailles lui remontait dans la chatte.

— Film préféré. Dessin animé préféré. Couleur préférée. Tu étais mon amie préférée, donc tu te rappelles peut-être certaines de mes choses préférées.

— Je ne sais pas.

— D'accord.

— Je ne me souviens pas.

Toni s'était mise à tripoter le bracelet tressé autour de son poignet.

— Je suis en train de me dire que maman avait peut-être raison.

— Hein ?

— Qu'on avait arrêté de jouer ensemble. (Toni se contenta de me dévisager.) Pourquoi, tu penses ?

— Pourquoi je pense quoi ? demanda-t-elle.

— Pourquoi on avait arrêté de jouer ensemble ?

Son visage arborait la même expression que lorsque je l'avais virée de la maison l'autre jour. Elle commençait à avoir peur que je l'éjecte de l'histoire. De devoir reprendre sa morne existence de Toni la Truie, avec une vie sociale frisant le vide sidéral.

— Tu étais, genre… violente, déclara-t-elle.

Soudain, ce fut mon tour de la fermer. J'ignore pourquoi j'eus l'impression qu'elle m'avait giflée. Comme si elle le disait de moi, et non de la fille dont j'usurpais l'identité. J'eus simplement cette impression.

— Violente ? finis-je par répéter. Qu'est-ce que tu veux dire ?

— Tu as besoin d'un dico ? Violente. Un putain de danger public. Tu t'en étais prise à moi, et à Jaycee aussi. Tu m'as poussée des barres de singe un jour. Je me suis cassé une dent. Eh ben quoi ? Tu voulais un souvenir, non ?

— Tu te souviens de moi en train de te faire du mal ?

— Plus ou moins. Ma mère oui, clairement. Elle était en boucle là-dessus quand tu t'es repointée. Tu étais une gamine dangereuse.

Et moi qui pensais que c'était le rayon de Ben, eus-je envie de dire. Je faillis d'ailleurs le faire.

— C'est pour ça qu'on a arrêté de jouer ensemble ? insistai-je. C'est pour ça que tu n'étais pas à mes fêtes d'anniversaire, que personne n'y était ?

Toni haussa les épaules.

— J'imagine.

— Pourquoi est-ce que je t'ai poussée des barres de singe ?

— Tu me poses une colle.

— On n'était pas en pleine dispute ou autre ? À s'insulter. Tu sais, des trucs de gamines ?

— J'étais là à m'occuper de mes oignons. Tu m'as juste poussée, putain. Je me suis cassé une dent. C'est le genre de saloperies que tu as commencé à faire. Agresser les autres mômes… L'histoire, c'était que tu avais même poussé…

Toni s'interrompit et se cura un ongle.

— L'histoire ? Quelle histoire ? J'ai même poussé qui ?

— Oublie.

— C'est ça, le problème. C'est oublier, le problème. J'essaie de me rappeler, tu te souviens ?

— Ouais. Enfin, peut-être pas ça.

— Qui est-ce que j'ai poussé ?

— Je te l'ai dit. Oublions ça.

— Non. L'histoire, c'était que… Allez ! J'ai même poussé qui, Toni ?

— OK, si tu y tiens… Ben.

— Ben ? Mon frère ? Je l'ai poussé où ?

— Dans l'escalier. Il a fini avec un bras cassé, tu te souviens ?

— J'ai poussé Ben dans l'escalier et je lui ai cassé le bras ? D'après qui ?

— Tout le monde.

— Tout le monde ? C'est qui exactement, tout le monde ?

— Mes parents. D'autres gens.

— Pourquoi j'aurais fait un truc pareil ? Pourquoi je pousserais Ben dans l'escalier ?

— Je te l'ai dit. Tu es devenue cette espèce de petit monstre. Genre Chucky.

— Ils ne m'ont jamais raconté ça. Mon père et ma mère. Ni même Ben. Il n'a jamais dit que j'avais fait ça. Ni personne.

J'étais sur le point d'ajouter que Ben ne l'avait jamais écrit non plus, ça ne figurait pas sur sa page consacrée à la mémoire de sa sœur disparue. Je me rappelais avoir lu qu'il avait voltigé en bas de l'escalier, bien sûr, mais jamais que c'était arrivé par ma faute.

Toni haussa à nouveau les épaules.

— Peut-être qu'ils ne veulent pas te perturber. Ça se comprend, après tout ce que tu as subi.

— Donc, si je demandais à Ben, il dirait : « Ouais, tu m'as poussé. »

— Comment je peux savoir ce que Ben dirait ? Demande-lui. Peut-être qu'il n'en est pas sûr. Parce que tu l'as fait par-derrière. Mais on a suspecté que c'était toi.

— Donc, les gens pensaient que je l'avais poussé ?

— Ma mère a dit que tu l'avais fait.

— Et la mienne ?

— Ta mère ? Comment je le saurais ? Écoute, ce n'est pas comme si ta mère l'avait crié sur tous les toits. Je suis sûre que les gens n'allaient pas, genre, aborder le sujet avec elle dans la rue.

Eh, il paraît que votre tarée de fille a poussé son frère dans l'escalier.

Je tenais une piste à présent. Me semblait-il.

Quelque chose s'énonçait en clignotant comme sur l'une de ces enseignes lumineuses qui recouvrent les façades de buildings à Times Square, alors même que je raccompagnais à la porte une Toni vénère, une fois de plus sans photo, mais avec peut-être une histoire croustillante qu'elle pourrait monnayer.

Normale. Juste une adorable et gentille petite fille de six ans.

Pourquoi trois mères des amies de Jenny répondraient la même chose mot pour mot quand on leur demandait comment était Jenny ? Et pourquoi ces mots-là ? Ces mots-là, en particulier.

Normale. Prenons celui-là.

Jugez par vous-même.

La fille de vos amis vient d'être kidnappée.

Et ces amis – Laurie et Jake – perdent la boule. Ils sont sous le choc et ils ont peur de tout ce qui peut traverser l'esprit des parents (hormis les miens) lorsque leurs enfants sont enlevés. Et la communauté est en mode total soutien : le QG Jenny, la hotline Jenny, les affiches de Jenny et les recherches organisées pour retrouver Jenny. Alors, quand l'inspecteur local passe chez vous (et peut-être le journal local) pour vous demander comment était Jenny, vous avez deux options : lui dire qu'elle est complètement cintrée, limite criminelle, ou lui dire que c'est « juste une adorable et gentille petite fille de six ans ». Un pieux mensonge pour le bien de ses parents.

Ils avaient dû se réunir ce jour-là pour en discuter.

Si on nous pose des questions sur Jenny, nous dirons ceci, et cela. Tous. Nous devons rester cohérents.

Le même bobard avait sans doute été servi à J. Pennebaker, qui avait envoyé ce compte-rendu aux Kristal. Trois parents différents avaient dit exactement la même chose dans ce rapport. Ça avait dû le laisser perplexe au départ.

J'avais fini par me rappeler pourquoi son nom m'était si familier. Il figurait dans cet article de magazine que j'avais trouvé en ligne, pendant que je cherchais mon nouveau moi, celui marquant le dixième anniversaire de la disparition de Jenny. L'inspecteur Looper y apparaissait, ainsi qu'un détective privé, et même une voyante bidon que les Kristal avaient un jour consultée pour essayer de retrouver Jenny. Et quelqu'un d'autre.

Un inspecteur en affaires classées du nom de Joe Pennebaker, qui allait scrupuleusement réétudier chacune des preuves. Une tâche qui semblait plus fastidieuse qu'elle ne l'était, puisqu'il n'y avait aucune preuve, du moins aucune preuve physique.

J. Pennebaker = Joe Pennebaker.

Mais pourquoi Joe Pennebaker les appelait-il encore ?

Qui sait ?

Mais je savais pourquoi il avait appelé. Pour prévenir qu'il allait arrêter d'appeler. Fastoche.

Parce que j'étais rentrée à la maison.

Alors, à présent, c'était mon tour, j'imagine, d'être l'enquêtrice en affaires classées.

Chapitre 29

— Peut-être pouvons-nous parler à Jenny en privé cette fois ?

— Pourquoi ? demanda Laurie.

Bonne question.

Le duo comique était revenu faire un rappel. Je n'avais cessé d'inventer des excuses – « Est-ce que je suis obligée ? Je leur ai tout dit la dernière fois… Je ne veux pas remuer les souvenirs » –, mais c'était le FBI, le putain de FBI, on ne pouvait pas lui dire non éternellement.

— Il serait peut-être plus facile pour Jenny de se confier en l'absence de sa mère.

Pas de souci, eus-je envie de lancer, *ce n'est pas ma mère.*

Ce qui ne serait un scoop que pour deux personnes sur les quatre qui se tenaient dans le salon.

— Ça te convient, ma chérie ? s'enquit Laurie.

— Parfaitement, dis-je.

Mon antenne était clairement dressée. Surtout parce que Hesse et Kline avaient beaucoup plus le look FBI cette fois, comme s'ils avaient l'intention de me jeter un imper par-dessus la tête et de m'offrir des bracelets argentés tout neufs. Comme s'ils avaient laissé leurs pincettes au vestiaire aujourd'hui.

— Vous savez ce qu'est l'ADN, Jenny ? demanda Hesse, une fois que Laurie se fut retirée dans la cuisine.

— Non. Je vivais sur Mars jusqu'ici, donc je n'en ai aucune idée.

— Pardon ?

— Oui, je sais ce que c'est.

— Nous avons effectué des analyses des fibres capillaires retrouvées à l'intérieur de la caravane.

— Génial.

— Nous avons identifié votre ADN, évidemment.

C'est vrai, ils m'avaient fait un prélèvement buccal après le premier interrogatoire.

— Pas très surprenant, dis-je.

— Peut-être pas là..., répliqua Kline. Nous avons récolté des fibres capillaires masculines et féminines dans le reste de la caravane.

— Rien de surprenant là non plus.

— Nous avons retrouvé la trace des personnes auxquelles appartenaient ces fibres capillaires.

— Super.

— Il s'agit d'un couple d'Afro-Américains âgés de plus de quatre-vingts ans.

Ils me dévisageaient en attendant une réaction.

Qu'ils attendent.

— Vous voyez, Jenny, dit Hesse, c'est ça qui est surprenant. Ça ne colle pas.

— Je ne vous suis pas.

Elle soupira. De la même manière que tante Trude lorsque Sebastian fit un caprice et cassa l'iPhone de sa sœur.

— Nous essayons de déterminer comment vous avez pu vivre dans cette caravane avec vos ravisseurs, alors qu'il n'y a aucune preuve physique qu'ils aient un jour occupé ces lieux.

— Hein ?

Je jouais l'abrutie.

— Les anciens propriétaires, Mr et Mrs Washington, ont quitté la caravane il y a quatre ans. Une importante quantité de leur ADN y a été retrouvée. Et puis, il y a le vôtre. Mais pas la moindre trace de Père et Mère. Comment expliquez-vous cela ?

Très simple. Ils n'étaient pas là, bien sûr. La caravane désertée était une escale miteuse entre les Greer et les Kornbluth, six bons mois après avoir passé le portail de chez Père et Mère. L'idée était de les maintenir le plus possible à distance de Hesse et Kline. Vous comprenez ; il se poserait sinon le léger problème que nos histoires ne concordaient pas exactement.

Voilà pourquoi ils avaient voulu m'interroger seule aujourd'hui, me dis-je. Afin que Laurie ne leur demande pas d'arrêter de harceler le témoin qui, après tout, avait vécu l'enfer. Afin qu'elle ne les oblige pas à rentrer chez eux avec leurs questions sans réponse.

— L'ADN de Père et Mère, répéta Hesse. Pourquoi pensez-vous qu'il n'y en avait pas une once dans cette caravane ?

— Aucune idée, je ne suis pas généticienne.

— Je ne crois pas qu'il vous faille vraiment un doctorat pour résoudre le problème, Jenny. Nous voulons juste que vous nous aidiez à comprendre. Vos souvenirs sont peut-être un peu confus. Peut-être pourriez-vous nous redonner le détail de la chronologie ?

— La chronologie ?

— Oui. Quand vous viviez avec eux… vos ravisseurs… et quand vous êtes partie ?

Difficile de ne pas relever la manière dont Hesse avait prononcé le mot « ravisseurs ». Exactement comme les gardiens de prison disaient « mesdames », c'est-à-dire sans y croire une seconde.

— Je vous l'ai peut-être bien expliquée dix fois déjà.

— C'est juste que ça ne colle pas, Jenny.

— Ils étaient dans la caravane. Avec moi. Me faisaient des choses… (*Je t'ai dit de ne pas bouger…*) J'ignore pourquoi vous ne retrouvez pas leur ADN là-bas, poursuivis-je, en prenant un ton indigné, ce que je savais faire à la perfection. Peut-être qu'ils ont vraiment bien nettoyé avant de partir.

— Donc, ils auraient réussi à faire le tri entre leurs propres fibres capillaires et celles des Washington qui sont restées sur place ? Ça vous paraît logique, Jenny ?

— Bien sûr. Pourquoi pas ?

— Parce que c'est techniquement impossible. Ça ne peut pas arriver.

— Si vous le dites.

— Oui. Je crains que ce soit ce que nous disons.

Je haussai les épaules à la Toni Kelly. Genre : « Qu'est-ce que vous voulez que j'y fasse ? » Même si je savais, évidemment, ce qu'ils voulaient que je fasse : leur raconter la vérité. Désolée, pas mon point fort.

— Et puis, il y a l'absence de témoin corroborant, intervint Kline de nouveau.

— Corroborant ?

Dans une langue qui existe, SVP, eus-je envie de dire.

— Des gens qui les auraient vus traîner autour de la caravane. Ils devaient bien sortir de temps en temps. Pour aller fouiller dans ces bacs de friperies, ou passer prendre à manger. Pourquoi est-ce que personne ne les a jamais aperçus ?

— La caravane était sur un terrain déserté, argumentai-je. Personne ne vit là-bas. Ce n'est pas pour rien qu'on dit que c'est déserté.

—Le terrain, OK. Mais autour ? Autour du voisinage, même ?

—Il n'y avait pas de voisinage. Il n'y avait pas de voisins.

Une blague nulle dont je me souvins subitement. Que dit la pouliche à l'étalon quand il essaie de l'embrasser ? Arrête, ça pourrait *jockey* les voisins…

—Marchez quelques centaines de mètres, et il y en a. Des maisons. Des rues. Des gens. Aucune de ces personnes n'a jamais vu qui que ce soit répondant à votre description de Père et Mère. Ils n'ont vu que vous.

—Peut-être que j'étais la seule qui valait la peine d'être remarquée.

Je lui adressai le regard auquel je m'étais entraînée à partir d'Instagram : yeux plissés, lèvres boudeuses, menton relevé. Un regard qui disait : « Vous n'êtes pas d'accord ? »

Kline esquissa un sourire en coin. Je ne correspondais pas au profil type des victimes de kidnapping. J'avais envie de leur dire que *victime* était mon deuxième prénom, il fallait qu'ils me fassent confiance là-dessus. J'avais gagné mon statut de victime ; je me ferais un plaisir de leur montrer les entailles dans un cellier puant la pomme de terre crue s'ils doutaient de moi. On pourrait même les compter ensemble, comme pour un projet de groupe.

—Jenny, est-ce que vous nous avez raconté toute la vérité ?

Hesse jouant l'empathie, une prestation qui s'avérait moins convaincante que moi jouant l'indignation, mais passable.

—Et rien que la vérité, renchéris-je.

J'avais eu ma dose. J'avais des trucs à faire. Des personnes à qui parler. Une, en particulier, me disais-je. Et ne m'avait-on pas accordé une espèce d'immunité contre toute accusation, là ? Même si je ne comprenais pas pourquoi.

Je me fermai comme une huître.

Non, Laurie, rien à voir avec notre pêche à la palourde imaginaire à Montauk.

D'une manière qui me valut des regards exaspérés de Hesse et Kline, surtout Hesse, qui lâcha l'empathie comme une patate chaude, optant plutôt pour l'amour vache, essentiellement la partie vache.

— Nous avons besoin de réponses, Jenny, et tôt ou tard nous allons les obtenir, menaça-t-elle.

Je gardai le silence.

— Nous croyons qu'il y a des choses que vous ne nous dites pas. Des choses qui ne collent pas avec votre récit.

« Mon histoire », faillis-je rectifier à voix haute. Mon histoire. Ils semblaient toujours vouloir esquiver les termes les plus courants.

— Nous reviendrons, conclut Kline. Et nous nous entretiendrons avec votre mère.

Mais je vous en prie.

Chapitre 30

Je rencontrai Jenny dans un rêve.

Nous étions sur le perron, c'était l'été. Ce fameux jour, celui où elle disparut. Elle était habillée exactement comme les articles l'avaient décrite. Short rose et tee-shirt blanc rayé.

Nous étions face à face, assises à l'indienne. Je me disais que je devrais avoir peur d'être là toute seule avec elle – du genre Chucky, me nargua Toni –, mais voilà : je n'avais pas peur.

Je me sentais plutôt sereine.

Jenny était juste une petite fille de six ans. Qui me tendit les bras pour m'y serrer. Et me chuchota quelque chose à l'oreille.

Sauve-moi. Tu peux. Tu dois…

Lorsque je me réveillai, en nage, je sautai dans la douche et me frottai de la tête aux pieds, comme pour me laver d'elle. Pas moyen. Alors j'allai chercher un numéro. Vous vous demandez quel numéro, n'est-ce pas ? Celui de J. Pennebaker.

Le gars qui avait dit : « Dites à Mrs Kristal que je suis désolé, je n'appellerai plus. »

C'était lui que je devais interroger pour commencer.

Je trouvai facilement son numéro. Je n'eus qu'à parcourir le courrier.

West Elm, *Target*, et les catalogues de *Victoria's Secret*. Un prospectus du bureau électoral. Un appel aux dons au profit d'une association pour la protection des jeunes diabétiques.

La facture de téléphone.

Pas d'inconvénient à ce que j'y jette un coup d'œil, papa et maman ? Non ? Super.

Je repérai aussitôt cet étrange indicatif régional : 404. Google me confirma qu'il provenait de l'État de Géorgie.

Autre fait plus étrange : il y avait au moins trente appels passés par J. Pennebaker aux Kristal.

Je les comptai.

Trente en un mois, ce qui paraissait énorme. À moins d'être un membre à part entière de la famille. Or, J. Pennebaker, lui, tentait de retrouver un membre de la famille. C'est du moins ce qu'il avait fait, plus de deux ans auparavant.

Pennebaker avait appelé quasiment non-stop.

La plupart des appels duraient exactement une minute. Pourquoi cela ? Sans doute parce qu'ils avaient atterri directement sur la messagerie. Il avait appelé, mais les Kristal n'avaient jamais répondu.

Un autre détail me tracassait : ce n'était pas seulement le fait que Pennebaker appelle pour prévenir qu'il n'appellerait plus. C'était ce « désolé » qu'il avait glissé. Désolé pour quoi, au juste ?

Le déluge d'appels, probablement. Bien sûr.

Une série de trente, bouclée avec l'ultime trentième, juste après mon retour à la maison. Puis une idée me vint à l'esprit.

Si tous ces appels ont été basculés sur la messagerie… peut-être qu'ils y sont encore.

Vous voyez ?

Ce job d'enquêtrice en affaires classées n'était pas si compliqué qu'il en avait l'air.

Chapitre 31

« Hum… bonjour, Mrs Kristal. Joe Pennebaker à l'appareil. Comme j'essayais de vous l'expliquer ainsi qu'à votre mari au téléphone, eh bien, j'ai fini par prendre ma retraite et m'installer au pays du coton. J'essaie encore de m'habituer au fait que les gens disent *s'il vous plaît* et *merci*. Bref, cette affaire me trotte toujours dans la tête, celle de votre fille. Le truc, c'est que chaque inspecteur digne de ce nom en a une de ce genre. Vous savez, cette affaire qui ne vous lâche pas tant que vous ne l'avez pas résolue. Celle qui vous empêche de dormir la nuit. Celle de Jenny… je ne sais pas, peut-être est-ce parce que j'ai perdu ma fille moi aussi. Un cancer, je sais, ça n'a rien à voir, bien que la douleur vous ronge de la même manière, mais je sais ce que c'est de perdre une fille. Bref, il y a des éléments que j'ai creusés, et j'aurais juste quelques… »

Clic.

Le répondeur des Kristal semblait être un vestige datant de l'époque où Jenny disparut, attendant des messages de leur fille qui n'arrivèrent jamais. Il avait déclaré : « Temps écoulé ». Comme la psy que l'on m'avait fait consulter en maison de correction, qui vous accordait exactement quinze minutes et pas une nanoseconde de plus. J'avais l'habitude de lui faire une grande révélation précisément à la quatorzième minute, juste pour voir si elle m'interromprait en plein milieu de ma phrase. « Reprenons ça la prochaine fois », disait-elle d'une voix assez ennuyée.

La prochaine fois pour Pennebaker se révélait être quelques secondes plus tard.

« Hum… c'est encore Joe. Désolé d'insister. Ce que j'allais dire, c'est que j'aurais quelques questions à vous poser, si ça ne vous dérange pas ? Merci de me rappeler au 404-672-8579. »

De toute évidence, personne ne rappela Pennebaker.

« Salut… Joe Pennebaker de nouveau. Si vous ou votre mari pouviez me rappeler, j'apprécierais sincèrement. Comme je le disais, je me suis repenché sur l'affaire, et je suis tombé sur deux ou trois éléments singuliers. Des points que vous pourriez peut-être m'aider à éclaircir… une ou deux questions, c'est tout. Mon numéro est le 404-672-8579. Merci. »

Ils n'avaient pas répondu à celui-là non plus. Lors de son appel suivant, Pennebaker semblait un peu angoissé.

« Encore Joe. Joe Pennebaker. Je sais que je ne suis plus officiellement sur l'affaire de votre fille, mais j'aimerais pouvoir vous poser quelques questions. Quelques minutes de votre temps, c'est tout ce dont j'ai besoin, promis. Mon numéro est le… eh bien, vous avez déjà mon numéro. S'il vous plaît, rappelez-moi dès que possible. »

J'étais en bas dans le salon, prêtant une oreille à Joe Pennebaker, l'autre à la porte d'entrée, que le plus grand sécheur de cours de Long Island pouvait franchir à tout instant. En se demandant ce que je faisais avec le téléphone de la maison scotché à l'oreille, sans que je dise quoi que ce soit dans le combiné.

Pennebaker avait dû attendre quelques jours avant d'effectuer une nouvelle tentative.

« Pennebaker à l'appareil. J'espérais avoir des nouvelles de l'un de vous depuis le temps. Écoutez, puisque visiblement je n'arrive pas à vous joindre… je comprends que vous soyez très occupés, vraiment… mais cela concerne votre fille… »

Il oscillait entre la politesse et la colère, et avait du mal à se décider. C'était assez drôle ; si je n'avais pas été au bord de la crise de nerfs, je crois même que ça m'aurait fait rire. J'attendais avec impatience que Pennebaker dise enfin quelque chose d'intéressant.

OK, tu as fait une découverte, alors crache le morceau…

« … juste quelques questions au sujet de… je ne sais pas, appelons ça la dynamique familiale. Je veux dire, à l'époque. Ça pourrait avoir un rapport avec ce qui est arrivé à votre fille. Alors, si vous pouviez juste me rappeler, s'il vous plaît. »

Son insistance avait dû payer. Enfin, ils le rappelèrent, et laissèrent un message.

« Euh… Joe Pennebaker à l'appareil. J'ai bien eu votre message. Écoutez, je comprends votre déception face à l'enquête qui piétine. Je comprends à quel point c'est dur, à quel point vous avez envie de jeter l'éponge et de dire basta… mais… »

Clic.

« Foutus téléphones. Donc, je comprends que vous ayez envie de tout laisser tomber et de dire : “Je ne veux plus rien entendre, ça fait douze ans que je parle à des inspecteurs, et où est-ce que ça nous a menés ?” Je pige ça, vraiment, mais c'est précisément pour cette raison… »

Clic.

« Seigneur… ces machines ne peuvent-elles pas vous accorder plus de temps ? Je disais que c'est exactement pour cette raison que j'appelle. Je ne peux pas renoncer à cette affaire. Je refuse. J'ai repris le dossier depuis le début avec un regard neuf. Le compte-rendu de l'enquête initiale, pour commencer… »

Le rapport qu'il leur avait envoyé par courrier. Celui que j'avais lu l'autre nuit.

« Il y a quelque chose là-dedans qui se détache du reste. Qui m'avait complètement échappé à la première lecture… »

Sans déconner.

Je me félicitai, moi, moi et rien que moi. Pennebaker était peut-être passé à côté d'une piste la première fois qu'il avait parcouru le compte-rendu, mais pas moi.

« Dans les interrogatoires de certains de vos amis dans votre quartier. Je les ai retrouvés pour les réinterroger. Et puis j'ai creusé un peu après ça… »

Pennebaker avait donc parlé avec quelques voisins. Voilà peut-être pourquoi Mrs Kelly ne pouvait s'arrêter de parler de moi après mon retour. Parce qu'elle avait déjà parlé de moi avant mon retour. Tout comme les Mooney et les Shapiro. En déballant tout à Pennebaker. En lui racontant comment cette petite fille de six ans « normale », « adorable » et « gentille » avait été en réalité cette garce miniature tout droit sortie de l'enfer.

Pennebaker ne se découragea pas après cet appel. Il essaya au moins dix fois de plus, parfois en raccrochant sans laisser de message, parfois en laissant un long message qui l'obligeait à passer trois appels successivement. Il se montrait tantôt amical, tantôt menaçant, et parfois les deux. Le dernier coup de fil qu'il leur passa – le dernier avant celui que je pris, où il me demanda de les informer qu'il était désolé et ne les appellerait plus –, il avait fini par jouer franc jeu sur les questions exactes auxquelles il voulait des réponses.

« Écoutez, j'ai besoin de vous demander deux ou trois choses au sujet de votre fils, avait-il conclu. Au sujet de Ben. »

CLIC.

Chapitre 32

J'allai au *Roosevelt Field Mall* avec Tabs.

J'avais eu envie de fuir Maple Street et d'aller dans un endroit avec beaucoup de gens autour de moi. Parce que, OK, je commençais à me sentir un peu en maison de correction chez moi. Moins l'odeur d'ammoniaque, la bouffe de merde et la camarade de chambre cafteuse.

Ils laissaient le couloir allumé vingt-quatre heures sur vingt-quatre, là-bas. Impossible d'échapper à cette lumière d'un jaune bileux, parce que, même avec la porte fermée, elle s'infiltrait par les fentes comme un organisme vivant.

Le message était clair : « Je te surveille. »

Je m'étais réveillée au milieu de la nuit parce que j'avais entendu une porte se fermer.

Ma porte.

Au moment même où j'allais l'ouvrir, la lumière s'éteignit. Je ne pus déterminer à qui elle appartenait. Mais j'en devinai la persistance dans mon champ de vision.

Quelqu'un avait pénétré dans ma chambre pendant que je dormais.

M'avait regardée.

Je n'avais jamais pu me rendormir.

J'ai besoin de vous demander deux ou trois choses au sujet de votre fils, avait-il conclu. *Au sujet de Ben.*

Pourquoi Pennebaker ne posait-il pas de questions sur Jenny ? Qui aimait pousser ses meilleures copines des barres de singe et son grand frère dans l'escalier… Je commençais à me souvenir d'autres détails de la page Facebook de Ben.

Comme cette cicatrice qu'il avait toujours sur la jambe, datant du jour où sa sœur l'avait poussé sur un tuteur dans le jardin. Cette fois où il était dans l'océan et se rappelait avoir été entraîné vers le fond par une vague, à moins que ce soit l'œuvre de Jenny ? C'est bien la personne qu'il se rappelait avoir vue là au moment où il était remonté à la surface, après avoir failli se noyer, non ? Sa petite sœur. Et puis il y avait cette autre fois, où il s'était perdu dans la même grotte dont Jenny était facilement repartie. Peut-être avait-elle délibérément essayé de le désorienter. Et il y avait ces photos qu'il avait vues dans la chambre de Jenny après une dispute, celles avec des cibles sanglantes dessinées sur le front de son frère. Au bout d'un moment, d'autres enfants étaient tenus à distance de Jenny dans une logique de protection. Mais pas Ben. Il était là. Dans l'océan. Dans la grotte.

Dans la maison.

— Tu veux faire un peu ton top model ? proposa Tabs.

Nous passions devant l'un de ces Photomatons dans lesquels vous mettez un dollar pour en ressortir avec des faux Polaroïd, probablement un truc de ouf avant que vous puissiez faire exactement la même chose avec votre iPhone. La cabine était sans doute là depuis toujours, et ils n'avaient jamais trouvé le temps de la bazarder.

Aujourd'hui, le centre commercial tout entier semblait mûr pour la décharge. Vieillot et décrépit. Je n'avais pas remarqué tous ces magasins avec des panneaux À LOUER le jour où Laurie m'y avait emmenée. J'avais dû être trop occupée à faire le plein de jeans slim et de hauts décolletés. C'était comme si une jolie fille vous souriait et que, soudain, vous découvriez dans sa bouche d'affreux chicots.

Pas de trous entre les dents pour Tabs et moi. Nous posâmes devant l'objectif avec nos visages collés ensemble, changeant d'expressions entre les flashs. Ça me rappela ce jour au poste de police avec l'inspectrice Mary.

Ça vous pose un problème si je vous prends en photo, Jenny?

Nous nous les partageâmes en quittant la cabine: une pour toi, une pour moi. Tabs avait un faible pour celles où nous avions l'air complètement débiles, tirant la langue, faisant des moues exagérément boudeuses, plissant les yeux.

Tes yeux… ils se plissaient quand tu riais…

Personnellement, j'aimais celles où nous ne posions pas, où le flash nous avait peut-être prises au dépourvu, et qu'il s'agissait juste de nous, normales. Tabs et Jobeth au centre commercial.

Je me sentais ainsi avec elle.

Comme Jobeth.

Celle que j'aurais pu devenir si ma mère ne m'avait pas préféré Crystal.

— Qu'est-ce que tu comptes faire maintenant? me demanda-t-elle, après que nous eûmes dévoré deux cônes de *Ben & Jerry's* et fûmes tranquillement retournées au parking chercher la voiture de Tabs.

— Je ne sais pas. Une sieste.

— Je veux dire, du reste de ta vie?

Le débat cerise versus cookie s'était mué en une sérieuse discussion existentielle.

— Rester tranquille.

J'étais sincère.

Cette psy en maison de correction m'expliqua que je n'avais jamais cessé d'essayer de récupérer mon enfance volée en m'appropriant celle d'autres filles. Peut-être. Mais que se passe-t-il lorsque vous cessez d'être une enfant ? Quelle est la suite des événements ?

Ceci.

Jenny m'avait demandé de la sauver dans un rêve. Elle avait chuchoté que j'étais la seule à le pouvoir.

OK. J'essaie, ma puce.

Je le lui devais, estimais-je. À cette Jenny en tee-shirt rayé et short rose. Celle qui n'avait jamais eu la possibilité de grandir. Et peut-être me le devais-je, à moi aussi.

Quand je l'avais trouvée, que j'avais examiné attentivement la photo de cette blondinette souriante qui me ressemblait beaucoup, que je m'étais entraînée à dire son prénom devant un miroir de salle de bains fêlé, il ne m'avait pas paru très différent du mien.

Jenny… Jobeth… Jenny… Jobeth. Vous voyez ?

Quand j'avais enfilé le costume de Jenny, il s'était révélé à ma taille.

Nous étions membres du même club des enfances volées. Peut-être essayais-je de récupérer la sienne. Pour nous deux.

Je me rapprochais de quelque chose. D'une réponse. De ce qui lui est vraiment arrivé ce fameux matin, douze ans plus tôt.

Jusque-là, je restais pour moi.

Désormais, je restais pour elle.

Même avec un nœud qui se resserrait lentement dans mon ventre. Comme si j'étais de retour dans cette maison verrouillée, craignant le bruit de pas lourds montant l'escalier.

Chapitre 33

— J'ai oublié de te transmettre un message, dis-je à Laurie.

— Quoi donc ?

On était en train de dîner : du KFC plutôt qu'un repas maison, l'un de ces gigantesques seaux servis avec différentes sortes de poulet, afin qu'il y en ait pour tous les goûts. Une option qui ne fonctionne que si tout le monde n'a pas les mêmes préférences. Jake et moi tendîmes tous les deux la main vers l'Extra Crispy, et après un bref bras de fer, je lâchai l'affaire en disant : « Je te le laisse. » Le KFC, c'était bon sur le moment, mais après coup, ça vous donnait la gerbe. En vérité, ça me donnait envie de vomir avant même d'en manger, car j'associais le KFC à ma première nuit dans cette maison verrouillée, quand je persistais à penser que maman viendrait me chercher, mais que je m'étais pris une gifle à la place.

Jake me demanda :

— Tu es sûre que tu ne le veux pas ?

— Je serais ravie de te signer une déclaration sur l'honneur, répondis-je. Je déconne, ajoutai-je, parce qu'il oublia de sourire.

Puis je parlai à Laurie du message que j'avais négligé de lui transmettre.

— Il y a un type, Joe Pennebaker, qui a appelé pour dire qu'il était désolé et qu'il n'appellerait plus.

Ils échangèrent un bref regard, du genre qui pouvait passer inaperçu si vous n'étiez pas aux aguets. Papa s'était arrêté de rogner son os de poulet. J'aurais dû préciser que Ben était une fois de plus aux abonnés absents.

— Oh…, dit Laurie. Quand ça ?

— Genre, la semaine dernière. Désolée. J'ai complètement oublié de vous le dire.

— Pas de souci, me rassura Jake.

— Qui est-ce ? demandai-je.

— Quoi ? bredouilla Laurie.

— Joe Pennebaker. Qui est-ce ?

— Pourquoi ?

— Pure curiosité. Je veux dire, pourquoi est-il si désolé ?

Silence.

— Aucune idée, chérie, mentit Jake.

— Aucune idée de la raison pour laquelle il est désolé ? Ou de qui il est ?

— C'est un policier.

— Tu veux dire un policier du coin ?

— Non. Il a pris sa retraite.

— Alors pourquoi est-ce qu'il vous appelait ?

Nouveau silence. Maman remua sur sa chaise. Papa essuya le gras qui ornait sa lèvre supérieure.

— Il travaillait sur ton affaire, expliqua Laurie.

— Mon affaire ?

— Il enquêtait sur ta disparition.

— J'imagine qu'il n'a pas brillé par son efficacité, ironisai-je.

— J'imagine que non, dit Jake.

— Est-ce qu'il avait, genre… une théorie ?

— Une théorie ? répéta maman, comme s'il s'agissait d'un terme qui ne lui était pas familier.

— Ouais. Genre une hypothèse sur ce qui avait pu m'arriver ?

— Comme tu le disais, intervint Jake, il n'a pas brillé par son efficacité.

Poker, me dis-je.

Nous, les jeunes délinquants, on y jouait après l'extinction des feux, en misant des paquets de biscuits. J'étais douée pour dissimuler mes émotions – il faut dire que j'avais de l'entraînement –, alors j'avais souvent raflé la mise et j'aurais pu ouvrir ma propre épicerie.

Ceci était une partie de poker où chacun connaissait les cartes des autres.

Seulement, nous avions interdiction de les poser sur la table. Règlement intérieur.

— J'essaie de me souvenir, insistai-je. Est-ce que Ben et moi on se disputait souvent quand nous étions enfants ?

Laurie racla sa fourchette sur son assiette, produisant un bruit aussi insupportable que des ongles griffant un tableau en ardoise.

— Je ne sais pas, répondit-elle. Il y avait les chamailleries habituelles, rien d'extraordinaire.

— À quelle fréquence on se chamaillait ?

— De temps en temps.

— Et tu te souviens qui commençait ?

— Quoi ?

— Les disputes. Qui les déclenchait ? Ben ou moi ?

Laurie haussa les épaules.

— Je ne sais plus.

Moi, me dis-je.

— Comment est-ce qu'on se disputait ? Comme les petits robots en plastique de Ben qui se battaient sur un ring ? (*Merci, Facebook.*) On se disputait comme ça ? Est-ce qu'on commençait à se donner des coups de poing ?

— Je ne sais pas, Jenny. Parfois, vous vous battiez, comme tous les frères et sœurs.

— Je me demande juste pourquoi Ben a l'air de m'en vouloir.

À vrai dire, je savais pourquoi : parce qu'il savait que je n'étais pas Jenny.

Mais je ne pouvais pas décemment poser cette carte sur la table : savoir qu'il était allé les voir pour déblatérer sur mon compte. *Je sais que tu sais que je sais...* Ma tête commençait à palpiter.

— Je pense que Ben se sent juste... mis de côté, dit Laurie.

— C'est tout ?

— Je suis sûre que les choses finiront par rentrer dans l'ordre avec le temps.

— Je me demande si je ne lui ai pas fait du mal. À l'époque, je veux dire. Quand on était enfants.

— Comment ça ?

— Je l'ai peut-être frappé... J'étais peut-être une gamine violente. Si ça se trouve, il se souvient de ça.

Le silence, encore. Puis :

— Tu étais parfaitement normale.

Normale. Une adorable et gentille petite fille de six ans.

— Mais je me disputais sans arrêt avec mon frère. Comment Ben s'est-il cassé le bras ?

Quelle est cette expression, déjà... Le silence était tel qu'on aurait entendu une aiguille tomber ? J'entendais autre chose tomber, ou presque : les faux-semblants. Aussi pesamment qu'une serviette de plage détrempée.

— Il a trébuché, chérie, finit par dire Jake.

— Juste comme ça ? Il a trébuché et il a dégringolé jusqu'en bas de l'escalier ?

— Je croyais que tu ne savais pas comment il se l'était cassé.

— Je n'étais pas certaine.

— C'est bien ça. Dans l'escalier. Il ne regardait pas où il allait.

Jake se demandait visiblement où je voulais en venir. Et il n'avait manifestement aucune envie que je poursuive sur cette voie.

— Qu'est-ce qui s'est passé après… ma disparition ?

— Qu'est-ce que tu veux dire ? demanda Laurie.

— Pour Ben. Tu m'as raconté qu'il était parti en vrille. C'est pour ça qu'il est encore au lycée, pas vrai ? Vous l'avez placé quelque part ?

— Ben était traumatisé par ta disparition, répondit Laurie. Il avait besoin d'aide.

— C'est sûr. Il a dû en chier. Pas autant que moi. Mais je comprends. Où ?

— Où quoi ?

— Où est-il allé ? Où est-ce que vous avez envoyé Ben ?

— Dans une école.

— Une école ? Mais quel genre d'école ? Une école pour gamins traumatisés ?

— En quelque sorte.

— Tu veux dire, comme un hôpital psychiatrique ?

— Comme une école.

— Comment elle s'appelait ?

Tu pourrais lâcher l'affaire ? Arrêter cet interrogatoire à la con. Cette comédie. Le jeu du « Tu es notre fille et nous sommes tes parents ». Laisser tomber. Arrêter. En finir.

Voilà ce que je devinais sur le visage de Jake

— Le centre St Luke, répondit Laurie.

Elle baissa les yeux sur son assiette, mais lorsqu'elle les releva, elle était subitement redevenue la mère parfaite, avec ce sourire de pub pour dentifrice. Elle me demanda si je voulais bien l'aider à faire la vaisselle. Est-ce que j'étais accro à une série Netflix en ce moment ? Avais-je besoin d'un blouson d'hiver plus chaud ?

Je sentis soudain une brise froide, mais lorsque je jetai un coup d'œil aux fenêtres de la salle à manger, elles étaient toutes fermées.

Chapitre 34

Mon ami Facebook m'avait envoyé un nouveau message. Lorem.

Ce matin même.

Ça faisait longtemps.

Je l'avais brièvement supprimé de ma liste d'amis.

Et si ce n'était pas un cinglé qui me retournait le cerveau ? m'étais-je demandé.

Alors je l'avais redemandé en ami.

Puis je l'avais supprimé à nouveau quelques secondes plus tard.

Parce que c'était forcément un cinglé. Qui d'autre ferait ça ?

Un ami. Voilà qui.

De ceux qui veillent sur vous. Un ami que je ne connaissais pas, mais un ami quand même. Il écrivit :

Ravi que vous soyez de retour.

Merci bien.

Demandez-leur.

À qui ?

À votre avis ? Laurie et Jake…

C'était la première fois qu'il mentionnait leurs prénoms.

Carrément. Leur demander quoi ?

Est-ce que vous êtes prudente ?

Absolument. Méga prudente. Parole de scout.

Demandez-leur où ils ont envoyé leur fils.

Comment ça ?

L'année où vous avez disparu. Demandez-leur où ils ont envoyé Ben.

Alors c'est ce que j'avais fait.

Chapitre 35

— Je ne me suis jamais paluchée à l'école, déclara Tabs.

J'approchai mon verre de vodka-orange du sien, prête à trinquer. Est-ce que la maison de correction était une école ? Oui et non. J'optai pour non et je reposai mon verre. Nous étions dans la chambre de Tabs, une pièce d'une taille assez agréable, signifiant que ses matérialistes de parents avaient dû assurer dans leur compétition de standing avec les voisins.

— À toi, dit Tabs.

— Je n'ai jamais gerbé en baisant.

Tabs prit une gorgée de son Greyhound.

— Genre… À qui ce n'est jamais arrivé ?

— Moi, avouai-je.

Si vous essayez de vous faire de nouveaux amis, voici une merveilleuse façon de vous y prendre ! Quelle meilleure manière d'apprendre à connaître quelqu'un qu'en découvrant ses expériences passées, aussi futiles soient-elles ?

Les parents de Tabs avaient l'édition collector de *Je n'ai jamais*, qui vous fournissait les affirmations, vous n'aviez donc pas à en trouver vous-même. La plupart étaient assez assommantes, genre « Je n'ai jamais trempé deux fois mon bâtonnet de carotte dans un bol de sauce en soirée » et

« Je n'ai jamais dansé sous la pluie ». La proposition la plus osée était : « Je ne suis jamais sorti(e) sans sous-vêtements ».

Nous avions décidé de pimenter le jeu et d'inventer notre propre catégorie.

— À toi, dis-je.

— Je n'ai jamais pissé dans mon froc.

Maman s'éloignait de moi sur le parking du motel, passait l'angle, et ensuite, elle était partie.

Bon Dieu, mais qu'est-ce que tu viens de faire, putain ?

Je vidai mon verre.

Tabs avait un poster de Kurt Vile placardé sur son mur, à côté d'un autre des Brooklyn Nets et de l'incontournable affiche de Che Guevara. Sa chambre était un curieux mélange d'influences. Exactement comme elle. Nous étions seules dans la maison ; sa mère était une avocate fiscaliste et son père un « connard professionnel ». Ils travaillaient tard tous les deux, nous avions donc pris tout notre temps pour piller le bar.

— Je n'ai jamais utilisé deux fois la même serviette hygiénique.

— Beurk, s'exclama Tabs. J'espère pour toi !

— Moi, non.

— Est-ce que quelqu'un le ferait ?

Oui. Une fille dans la première maison de correction, où l'on avait du mal à se procurer des protections périodiques. Je gardai le silence.

— Je n'ai jamais envoyé de photo à poil sur Snapchat.

— Je n'ai jamais été avec deux mecs le même jour.

— Je n'ai jamais eu de plan à quatre.

— Je n'ai jamais eu d'aventure avec le père d'un de mes potes.

On dévia vers le sexe, et on resta sur ce terrain. Sans doute était-ce un effet de la vodka.

Confession. J'avais peut-être été « sexualisée » à un âge précoce comme l'affirmait cette assistante sociale, mais comme la plupart du temps avec Jobeth, j'avais fait semblant, dès cette époque lointaine. J'avais fait semblant d'aimer ça. Fait semblant d'être ailleurs. Sous le pont des Trois Boucs bourrus dans cette aire de jeux, ou en train de faire de la barque sur le lac Shanshaw. Ou même en orbite autour de Pluton.

N'importe où, sauf dans cette maison. Dans une chambre avec des taches d'humidité couleur merde sur le mur.

Le sexe était mon système de troc personnel. Si je l'accomplissais sans essayer de fuir par la porte d'entrée, ou celle de la cave, que j'acceptais sans un mot de m'allonger docilement sans qu'ils aient à m'attacher au lit, j'obtenais le droit de rester à distance de ce cellier noir d'encre. Merci Père, merci Mère.

Si je m'exhibais devant Mr Charnow en prenant ma douche, je décrochais le droit de séjourner un peu plus longtemps chez eux. Ou du moins je l'aurais décroché, si sa femme ne m'avait pas surprise et réexpédiée illico en maison de correction. Dans la rue, il arrivait que grâce au sexe je sois nourrie, vêtue, et à l'abri de la pluie. C'était une monnaie d'échange dont je me servais si nécessaire.

En cas d'urgence, appuyez ici.

Mon cerveau commençait à nager. Plutôt la nage du chien avec un seul bras, et le risque évident de couler. Je n'avais jamais été une grosse buveuse ni toxico notoire, même si j'avais essayé à peu près toutes les substances répertoriées, et d'autres qui ne l'étaient pas. Je craignais de perdre le contrôle, probablement parce que je l'avais totalement perdu quand j'avais six ans. À cette peur, il fallait ajouter celle de me faire foutre dehors, or difficile de rester hypervigilante en s'imbibant de vodka à quarante degrés.

Toutefois, la situation paraissait sûre avec Tabs, assez pour siphonner deux des meilleures bouteilles de ses parents.

— Je n'ai jamais mélangé coke et taz, dit Tabs.

C'était son tour.

Je bus une gorgée.

Le texto de Tabs était soudain apparu sur mon iPhone, gracieusement fourni par Laurie ainsi que le nouveau forfait famille de Verizon.

Tu veux faire un truc ?

Je lui avais renvoyé un emoji pouce en l'air.

Elle me fit visiter la maison pour rigoler, en tournant l'ameublement en dérision, genre : « Mes parents ont vu cette horreur dans la baraque de Martha Stewart dans un magazine, alors évidemment, il a fallu qu'ils courent se l'acheter. » Et : « Ceci est la conception de l'humour de mes parents », en désignant le panneau au-dessus du bar : *pourboires acceptés.*

Je m'esclaffais pour donner le change, mais en réalité, je trouvais la maison assez impressionnante. Peut-être parce que celles dans lesquelles j'avais grandi étaient décorées différemment : canapés vendus sur catalogue, tapis à poils longs dégueulasses, cellier glauque où vous deviez cogner à la porte pendant des heures pour qu'on vous laisse sortir.

Après avoir vidé le bar, on ratissa le tiroir de jeux : *Cluedo*, *Trivial Pursuit*, *Boggle*. « Je n'ai jamais joué à *Je n'ai jamais* », avait dit Tabs.

— À qui le tour ? demanda-t-elle, en commençant à manger ses mots.

— Je ne me rappelle plus.

Elle gloussa.

— Je n'ai jamais été aussi bourrachée.

— Ça n'existe pas.

— Comment ça ? « Tabs est bien bourrachée. »

— Bien bourrée.

— Tu es qui, l'animateur de *Jeopardy* ?

— J'ai passé beaucoup de temps dans les bibliothèques.

— Pourquoi ?

— C'était le genre d'endroits où je pouvais me poser sans me faire éjecter.

Tabs était vautrée sur le tapis dans son jean slim et son tee-shirt Alice Cooper.

— La vache… la chambre tourne vraiment, bredouilla-t-elle. Genre : arrêtez le manège, je veux descendre.

— On arrête de jouer ? proposai-je.

— Non. Je n'ai jamais voulu arrêter de jouer.

— OK. Alors, à toi.

— Ma bonne vieille carcasse ?

— Ouais.

— OK, voyons voir. J'en ai une. Je ne me suis jamais fait passer pour quelqu'un d'autre.

Je faillis tendre la main vers mon verre.

— Sûre ? insista Tabs. Genre, tu es sûre de ton coup ?

Mon cœur s'emballait.

— Oui.

— Sérieux, tu n'as jamais, jamais fait semblant d'être quelqu'un que tu n'étais pas ?

— Non.

— Même quand tu avais, genre, six ans ? Tu n'as jamais fait semblant d'être Ariel, ou Dora l'Exploratrice ? Vraiment ?

— Carrément pas.

— *Biiip*. Si tu es prise en flagrant délit de mensonge, tu dois boire deux fois. Un coup de sifflet, deux coups de sifflés.

— Hein ?

Ce jeu commençait à me taper sur les nerfs.

— Ce sont les règles.

— OK. Très bien.

Je pris deux gorgées, deux lichettes de feu.

— Et quand tu n'avais pas six ans ?

— Quoi ?

— Une fois que tu es devenue plus vieille. Tu ne t'es jamais fait passer pour quelqu'un d'autre ?

— Je t'ai dit que non.

— Je sais ce que tu as dit...

— Allez, on arrête. Ce jeu est pourri.

— Je n'ai jamais été rabat-joie. Vas-y, là, tu dois boire un coup, parce que tu casses l'ambiance.

— Je rentre.

Je me levai. La pièce tournait follement.

— Je n'ai jamais fait semblant d'être une fille kidnappée qui revenait chez elle, insinua Tabs.

Et tout vira au noir.

Une compresse froide.

Quand j'avais quatre ou cinq ans, pendant l'une des périodes « Je deviens clean » de ma mère – dont la durée ne dépassait généralement pas celle de mes règles plus tard –, j'avais attrapé la grippe. « Je pourrais faire cuire un œuf sur ton front », dit ma mère lorsqu'elle y posa sa main, mais sa paume me faisait le même effet que l'eau froide, comme lorsque vous plongez votre tête dans une fontaine d'aire de jeux en plein mois d'août.

Ça me donnait une impression d'amour. Ce qui s'en rapprochait le plus, en tout cas. Par la suite, je feignis d'être malade dans l'espoir de l'inciter à poser de nouveau sa main sur mon front.

« Lève-toi, tu vas bien », maugréait-elle, à court de patience, en plein flip, ou quand elle planait sur le canapé, sur le point de lâcher la pipe avec laquelle elle venait de se défoncer.

Il y avait une compresse froide sur ma tête.

Et la main de Tabs au bout de la compresse.

J'étais allongée par terre.

— Merde, grogna-t-elle. Désolée. C'est moi qui t'ai mise dans cet état-là ? Tu m'as foutu grave les jetons.

Je secouai la tête.

— Overdose de vodka.

— Vraiment ? Juré craché ? Ce n'est pas ce que j'ai dit ?

Je secouai de nouveau la tête. J'avais la gorge en papier de verre. J'attendis de distinguer plus nettement les contours de la chambre. J'avais besoin de reprendre mes esprits, et vite.

— Comment est-ce que tu as su ?

Tabs soupira.

— J'ai fait des recherches. Tu peux lancer une appli de reconnaissance faciale avec la photo de quelqu'un. J'ai utilisé une des photos prises au Photomaton du centre commercial. L'appli te donne un résultat sur tout ce qui y ressemble. Tu sais, quelquefois, ça foire. Et quelquefois… bingo.

— Pourquoi ?

— Pourquoi quoi ?

— Pourquoi avoir effectué une recherche ?

— Je ne sais pas. Une intuition. Désolée.

— Pas grave.

— Si, ça l'est. Je… t'aime bien. Je veux dire, nous sommes amies. Je suis trop nulle.

— Quelle photo s'est affichée ?

Becky avait-elle mis cette photo en ligne, celle de nous assises sous le porche ? Laurie l'avait envoyée balader avec ces conneries de test ADN, mais peut-être que Becky y avait vu clair. Peut-être qu'elle était rentrée chez elle et avait posté ma photo sur quelque site web, comme on punaise un avis de recherche sur le mur du bureau de poste.

Non.

— Elle remontait à plus de deux ans. Cette famille, les Greer ? C'était sur un site d'infos locales.

Les Greer. Ceux qui avaient laissé la veilleuse allumée dans la chambre de leur fille pendant plus de dix ans dans l'espoir fou qu'elle reviendrait un jour. Jusqu'à ce qu'elle revienne. En quelque sorte.

— Je veux dire, tu étais plus jeune, poursuivit Tabs. Mais plus je la regardais, plus je réalisais que c'était toi. Et puis, il y avait les circonstances… Je veux dire, ce serait une sacrée coïncidence que l'appli fasse matcher ta photo avec une autre fille kidnappée qui est rentrée chez elle, non ?

Je fermai les yeux.

— Qu'est-ce que tu comptes faire ?

— Comment ça ?

— Donne-moi une longueur d'avance, OK ? Un jour. C'est tout ce que je demande. Un jour pour dégager, ensuite tu pourras le dire à qui tu voudras.

— Pourquoi je le dirais à qui que ce soit ?

— Parce que… bah… je suis une putain d'imposture.

— Et alors ?

— Et alors, quand les gens découvrent la vérité sur moi, en général ils ne le gardent pas pour eux.

— Je ne suis pas les gens.

— Donc tu ne vas en parler à personne ?

— Pourquoi je le ferais, putain ? Je t'ai raconté que j'avais piraté le site de la NRA, pas vrai ? Est-ce que tu vas me dénoncer ?

— C'est différent.

— Pourquoi ?

— Je ne sais pas. Ça l'est, c'est tout. Je me fais passer pour la gamine kidnappée de quelqu'un.

— Je me fais passer pour une citoyenne qui respecte la loi. Tu vois, un point partout.

Je la regardai. Ma première vraie… quoi… confidente… complice… amie ?

J'opterais pour *amie*.

Une autre que mon mystérieux correspondant sur Facebook, bien sûr.

Est-ce que vous êtes prudente ?

— Tu ne veux même pas savoir comment ça a commencé ? Combien de fois ? Pourquoi je l'ai fait, putain ?

— Si, évidemment. Est-ce que tu me prends pour une pauvre fille dépourvue de curiosité intellectuelle ? Pourquoi… tu as envie de m'en parler ?

— Ouais, dis-je. Ouais, j'en ai grave envie.

Chapitre 36

— Putain de merde ! lâcha Tabs.

Ça vous arrive de jeter un coup d'œil vers une personne qui mate un film d'horreur avec vous ? Comment elle essaie de regarder tout en cherchant à échapper aux images les plus insoutenables ?

Ceci n'était pas un film. Un de ces navets pourris. Non, c'était plutôt des patates pourries dans le cellier où j'étais séquestrée.

Une histoire pourrie. Une vie pourrie. Pourriture de moi.

Le récit déferla comme du vomi.

Je ne pouvais pas m'arrêter, ni reprendre mon souffle.

Nous allons rejoindre l'ami de maman.

Qu'est-ce que tu entends au juste par « ami », maman ?

L'homme que tu as retrouvé sur le parking d'un motel pour lui vendre ta fille de six ans ?

Mets des mots là-dessus. Admets l'énormité de ce que tu as fait.

Je te présente mes nouveaux parents, Tabs. Les tiens sont des blaireaux sans âme. Les miens étaient des fossoyeurs d'enfance sans âme.

Je sais, tu garderas ça pour toi. Motus et bouche cousue. Génial. La mienne a été cousue avec du fil noir ; on pique et on faufile.

Ne détourne pas les yeux, Tabs. Non. C'est moi qui peux faire ça. Détourner les yeux. L'enfouir si profond que ça ne peut plus faire mal. Qui peux regarder dans le miroir et y voir Karen Greer. Alexa Kornbluth. Terri Charnow. Sarah Ludlow. Jenny Kristal. Moi, et personne d'autre.

C'est toi qui as demandé. C'est toi.

— Je suis désolée, compatit Tabs lorsque j'eus fini de me purger.

— Pour quoi ?

— Pour tout. Ce qui t'est arrivé. C'est monstrueux, putain.

— Certains pensent que c'est ce que je suis. Un putain de monstre. Je veux dire, quand ils s'aperçoivent que je ne suis pas la fille qu'on leur a enlevée il y a des années.

— Je vois à peu près à quel moment ça peut coincer.

— Mais c'est différent au départ. Avant qu'ils le découvrent.

— Précise ta définition de « différent ».

— Comme si je venais de leur rendre leur vie entière.

Pourquoi tu pleures, Becky ? Tout va bien…

C'est justement ça. Tout va bien. Enfin…

— Est-ce que c'est comme ça en ce moment ? Tes nouveaux parents, ils ne suspectent rien ? Ils te prennent vraiment pour Jenny ?

J'hésitai. Un jour, nous étions une poignée de voyous à être entrés en douce dans un parc aquatique fermé pour l'hiver, tous perchés sous taz, et j'étais sortie tranquillement pour grimper sur le plus haut plongeoir, le genre dont les champions olympiques plongent en salto arrière aux JO d'été. La piscine vidée disait : « Saute, Jobeth, saute… » J'y avais longtemps songé.

Saute, Jobeth... saute...

— Je pense qu'ils veulent que je pense qu'ils pensent que je suis Jenny.

— Hein ? Pourquoi est-ce qu'ils voudraient que tu penses qu'ils pensent que tu es leur fille s'ils savent que tu ne l'es pas ? Bon Dieu, Jo... Est-ce que je devrais commencer à t'appeler comme ça maintenant ? J'ai mal au crâne rien que de le dire.

Bonne question.

— Tu es une hackeuse de quel niveau ? demandai-je à Tabs.

C'était plus tard, une fois que nous nous fûmes endormies, des suites a) des deux bouteilles de vodka de premier choix et b) d'un pur épuisement émotionnel, puis réveillées, désorientées et la vue trouble, du moins c'était mon cas, comme lorsque je me réveillais le premier matin dans quelque maison dont j'avais revendiqué l'appartenance, imaginant toujours que c'était celle dont je venais d'être expulsée.

Tabs m'observa d'un seul œil ouvert et déclara :

— Il faut que je me fasse un Russe blanc.

— Quoi ?

— Traiter le mal par le mal. Rien ne t'éclaircit mieux les idées qu'un Russe blanc.

Je me levai pour aller faire pipi. Tabs entra en titubant dans la salle de bains tandis que je terminais, et remplit d'eau les bouteilles de vodka. Je l'entendis les replacer dans le bar en bas.

— Ils préfèrent les regarder que les boire, expliqua-t-elle lorsqu'elle fut parvenue à remonter l'escalier.

Ce fut alors que je lui demandai de s'autoévaluer en tant que hackeuse.

Voici ma seconde confession de la journée, si vous vous demandiez pourquoi j'avais tout raconté à Tabs.

Ce n'était pas seulement parce qu'elle avait deviné qui j'étais en réalité ou, pour être plus précise, qui je n'étais pas. Ni parce que j'avais besoin d'une bonne purge, même si c'était effectivement le cas.

Appelez ça une décision tactique. Ou peut-être un grand acte de foi.

J'étais en mission, vous vous souvenez ?

Nous sommes amies…

OK. C'est dans le besoin qu'on reconnaît ses vrais amis.

— Où tu te situes, disons, sur une échelle de un à dix ? lui demandai-je.

— Difficile à dire.

Le Che me dévisageait avec ce béret noir incliné sur sa tête, comme s'il voulait m'enrôler parmi les révolutionnaires.

— Essaie. Allez… entre un et dix ?

— Merde… Huit.

— OK.

— Trois quarts.

— Excellent.

— Disons sept huitièmes. Huit et sept huitièmes. Ce type que je connais… il a piraté le Commandement central des États-Unis. Sans déconner. Lui, c'est un neuf, à l'aise.

— Huit et sept huitièmes, c'est suffisant.

— Suffisant pour quoi ?

— Tu as déjà hacké une école ?

— Une école ?

— Ou un hôpital ?

— Lequel ?

— Une école-hôpital. Plus hôpital, je pense. Ça t'est déjà arrivé de t'attaquer à ce genre d'établissements ?

Chapitre 37

Le deuxième prénom de Ben était Horace. Benjamin Horace Kristal. Une bénédiction que je m'en souvienne, car Ben Kristal n'avait rien donné du tout. Et nous ne touchâmes le jackpot qu'après avoir tapé Benjamin. C'était du sérieux, au centre St Luke.

Nous étions allées à la bibliothèque de Bellmore, un nouvel ajout au circuit de Tabs. La bibliothécaire avait l'air à demi momifiée, mais reprit vie à notre arrivée, probablement parce qu'elle n'avait pas l'habitude de voir entrer qui que ce soit de moins de quatre-vingts ans. Elle nous examina comme des spécimens dans un zoo, jusqu'à ce que nous dépassions la section thrillers pour atteindre la rangée d'ordinateurs complètement déserte.

— Tu sais que Nancy Drew était mon premier crush fille, chuchota Tabs.

Elle utilisa ce truc appelé BackBox – le meilleur ami du hackeur, m'expliqua-t-elle – en branchant une clé dans le port USB.

— Ça devrait me permettre d'accéder au système de l'hôpital, dit-elle. À mon avis, ils ne s'inquiètent pas beaucoup des cyberpunks.

Je rapprochai ma chaise derrière elle.

Ses doigts volaient sur le clavier, comme s'ils savaient avant elle où ils allaient. Les chiffres et les lettres s'accumulèrent sur l'écran, comme des insectes sur le pare-brise d'une voiture roulant dangereusement vite.

— Qu'est-ce que ça veut dire ? murmurai-je.

— Par ici l'entrée.

Elle ne racontait pas de conneries.

En moins de dix minutes, nous avions sous les yeux le portail de fournisseur du centre St Luke. C'était écrit en toutes lettres. Elle cessa de taper, se retourna, et haussa un sourcil qui réclamait une séance d'épilation.

— Et maintenant ? demanda-t-elle.

— Les dossiers des patients, je suppose. Ce qu'on cherche, c'est l'année 2007-2008.

Elle tapa sur les touches à quelques reprises, puis sourcilla à nouveau.

— C'est un peu comme être dans une grotte sombre, dit-elle. Tu peux aller dans un sens ou dans l'autre, et tu avances au petit bonheur la chance. Tu as vite fait de te perdre.

Comme c'était arrivé à Ben. J'imaginai Benjamin Horace Kristal, sept ans, se frayant un chemin dans la grotte tortueuse de Tom Sawyer. Et puis soudain, ne sachant plus où il était, cherchant à agripper l'obscurité de ses deux mains, entouré de bavardages de fantômes.

Plus tard, Ben avait écrit sur sa page hommage :

Est-ce que c'était comme ça pour ma sœur ? Être perdue dans un trou obscur et profond, mais sans jamais être retrouvée ?

Ça prenait un bon moment à Tabs de naviguer dans les impasses. La bibliothécaire n'arrêtait pas de faire sa ronde comme une sentinelle, sans doute pour s'assurer qu'on n'était pas en train de mater un porno.

Tabs releva les yeux et lui adressa un sourire innocent, du genre : « Pensez-vous que ma petite personne commettrait un jour un acte qui soit même semi-illégal ? »

Manifestement, non. La bibliothécaire poursuivit son chemin en grinçant, ses grosses chaussures orthopédiques couinant à chaque pas, ce qui apparaîtrait comme un interdit absolu dans une bibliothèque, mais peut-être pas, puisque c'était globalement devenu une maison de retraite.

— Nous y voilà…, chuchota Tabs. Liste des utilisateurs… Dictionnaire… Sous-dossier…

Elle parlait toute seule, à présent. Perdue dans la tâche à accomplir. Les doigts dansant, les yeux zigzaguant du haut en bas de l'écran. En soupirant beaucoup, aussi.

— L'accès est protégé par un mot de passe, marmonna-t-elle.

— Qu'est-ce que c'est ? lui demandai-je en désignant des mots affichés juste en dessous de *Centre St Luke*, dans une langue que je ne reconnaissais pas.

Sinite parvulos venire ad me et nolite eos vetare…

— Du latin, répondit Tabs. J'ai été assez stupide pour choisir cette matière en première année. « Laissez venir à moi les petits enfants, et ne les en empêchez point. » C'est bien un hosto catholique, non ?

Du latin, OK, bien sûr. Dont je connaissais un mot : celui gravé sur ma hanche gauche à l'encre écarlate. *VIDI*, « j'ai vu ».

Et soudain, je vis.

Que je connaissais peut-être bien deux mots en latin.

Un autre terme en dehors de *VIDI* qui, curieusement, sonnait et ressemblait beaucoup à ceux figurant à l'écran.

— Et si c'était justement du latin ?

— Quoi ?

— Le mot de passe.

Je lui dis d'essayer ce mot-là, celui qui m'était venu à l'instant à l'esprit.

— Hein ?

Tabs haussa les épaules, puis s'attaqua de nouveau au clavier. Dix secondes plus tard, elle ricana bruyamment. Trop bruyamment, car la bibliothécaire se mit à nous regarder de travers.

— Quand j'ai annoncé que je voulais faire du latin, mon père a dit : « Mais putain, à quoi ça sert ? Tu comptes sortir avec Marc Aurèle ? »

— Et c'était ton plan ?

Sa tête cachait l'écran.

— En vérité, j'étais plutôt branchée Sappho. J'imagine qu'on vient de découvrir à quoi sert le latin. Le mot de passe pour accéder aux dossiers des patients. Le mot que tu m'as donné, ça veut dire « thérapie » en latin. Voilà. C'était aussi simple que ça, putain. OK, comment tu pouvais savoir ça ?

Je ne lui répondis pas.

J'étais trop occupée à étudier l'écran. Ce mot de passe qui venait de déverrouiller les dossiers des patients du centre St Luke.

L-O-R-E-M.

Chapitre 38

OK, ami Facebook numéro 1371. (Qui n'était pas le nom d'un garçon ni d'une fille, mais, surprise, surprise, un mot de passe.)

Je suis là.

Mon estomac ne coopérait pas, j'avais besoin d'un sac pour vomir.

J'avais l'impression qu'il se trouvait là quelque chose que je ne voulais pas voir. Quelque chose que je ne devrais pas avoir sous les yeux. On m'avait enfermée deux fois pour être entrée par effraction – entrée dans des familles qui ne tenaient plus qu'à un fil, en fracturant des cœurs –, mais là, c'était du sérieux. Comme si on s'était introduites à St Luke en brisant une fenêtre de la cave, qu'on avait ôté les toiles d'araignée collées à notre visage, qu'on avait atterri discrètement sur un sol de ciment froid, puis promené une lampe torche sur les armoires à dossiers rouillées, pour parcourir les noms listés par ordre alphabétique jusqu'à la lettre K.

Benjamin Horace Kristal.

Comme tu as raison, Tabs, St Luke était un hôpital catholique. Qui s'avérait également être une école catholique (genre école pour enfants traumatisés ?). Ou une école qui était aussi un hôpital catholique.

Avec l'accent sur catholique, la plupart des noms de docteurs et d'enseignants étaient précédés du titre « père ». Dommage pour Ben qu'aucun de ces pères n'ait été Jake. Pendant que les profs gavaient les mômes des bases scolaires, les médecins les gavaient de Dépakote, Thorazine et lithium – « La vache, c'est du lourd », murmura Tabs –, les dosages étant inscrits dans le dossier de Ben. Peut-être avais-je été mieux lotie que je ne l'avais cru en maison de correction : viandes d'origine mystérieuse, codétenues goudous (désolée, Tabs), assistantes sociales vénères, et tout le reste.

Pourquoi un institut catholique ? Les Kristal ne me paraissaient pas particulièrement religieux, Laurie semblait vénérer davantage les cabines UV que Jésus.

Mais peut-être pas à l'époque.

Lorsque votre fille vient d'être kidnappée, vous voulez probablement assurer vos arrières. Choper un chapelet musulman, vous coller une kippa sur la tête, et prier la Vierge Marie… Il faut ce qu'il faut. J'avais remarqué une bible du roi Jacques dans leur bibliothèque qui n'avait vraisemblablement pas été ouverte depuis des années, quand il avait dû devenir évident que leurs prières n'étaient pas exaucées.

Le thérapeute de Ben était père Krakow.

— Les prêtres peuvent être psys ? chuchota Tabs. Dis donc, je ne savais pas qu'ils pouvaient être polyvalents.

Krakow avait méticuleusement consigné ses comptes-rendus, à partir du jour où un enfant de huit ans, traumatisé, arriva devant sa porte. Alors que je commençais – que nous commencions – à lire, ce fut comme si tout le reste disparaissait : l'écran d'ordinateur, les rangées de tables, la bibliothèque, les années.

PATIENT : BENJAMIN HORACE KRISTAL

Je frissonnai subitement, mon corps entier se lançant dans une espèce de danse en ligne.

— Tu as vu un fantôme ? demanda Tabs.

— Oui, dis-je. Celui de Jenny.

Chapitre 39

PATIENT : BENJAMIN HORACE KRISTAL

CONTEXTE

Entretiens menés avec les deux parents. La jeune sœur du patient (Jenny, six ans) a disparu du foyer familial. Enlèvement présumé. Toujours portée disparue, l'enquête est au point mort. Laurie Kristal (mère du patient) manifeste une détresse émotionnelle sévère et une culpabilité psychodynamique. Elle déclare avoir autorisé sa fille à se rendre à pied toute seule chez une voisine. « Dieu ne me le pardonnera jamais. » Jake Kristal (père du patient) montre des symptômes de refoulement, de repli, d'isolement. Usure émotionnelle clairement visible entre les époux.

Laurie Kristal raconte que le patient a été un élément perturbateur à l'école. Aucune expression verbale dans la maison familiale. Aucune réaction émotionnelle. Châtiments corporels fréquents.

Incident 1 : Les parents ont découvert le lit de leur fille déchiqueté, avec le matelas retourné et quelques-unes des lattes en bois brisées. Certains oreillers avaient été éventrés. Le patient a nié être l'auteur de ces dégradations.

Incident 2 : Le patient s'est couvert de peinture rouge à l'école. Il s'est montré violent dans la cour avec les autres enfants, le conseil scolaire envisage l'expulsion. Le patient n'a fourni aucune explication pour ces comportements.

Incident 3 : La mère du patient a découvert que celui-ci avait soigneusement disposé les vêtements de sa sœur disparue sur son propre lit. Elle déclare qu'il s'agit de la manière dont elle le faisait pour sa fille chaque matin avant l'école. Elle précise que la tenue était de couleur différente, mais similaire au genre que Jenny portait le jour de son enlèvement. Le père conteste : « Juste des habits qu'il a trouvés dans le panier à linge sale. » (Trouble dissociatif de l'identité ?)

Laurie déclare que le patient ne manifeste presque aucun souvenir du matin où sa sœur a été enlevée, c'est comme si son souvenir de ce jour-là avait « été effacé ». Le patient souffre d'un cauchemar récurrent : être enfermé dans un placard en feu avec des serpents venimeux. Le patient est terrifié par ce rêve récurrent. Sa peur de devoir endurer sans cesse ce cauchemar clairement traumatisant le pousse à résister au sommeil.

PREMIÈRE SÉANCE

Benjamin a une attitude renfermée. Semble privé de sommeil (cauchemars ?). Insuffisance pondérale notable, la mère dit que le patient ne mange pas bien depuis l'enlèvement de sa sœur. Peu de contact visuel. Aucune expression verbale. Aucune réaction.

Instauration d'une psychothérapie par le jeu axée sur l'introspection. Le patient empile des cubes, puis les fait constamment tomber. Mouvements automatiques. Réponses monotones aux questions.

« Que construis-tu, Ben ? »

« Rien. » Ou : « Je sais pas. »

« Pourquoi fais-tu tomber les cubes, Ben ? »

« J'ai envie. »

Quand on lui propose des animaux en peluche, il ne manifeste aucun intérêt. Aversion visible pour les figurines de chevaux. Refuse même de les toucher. (Suite.)

« Tu n'aimes pas les chevaux, Ben ? »

« Non. »

« Pourquoi ça, Ben ? »

(Hausse les épaules.)

« Ta sœur n'aimait-elle pas les chevaux, Ben ? »

(Silence.)

Le dessin est agressif. Casse deux crayons de couleur. (Technique de relaxation ?) Son trait est indistinct, des tourbillons noirs.

« Qu'est-ce que tu dessines, Ben ? »

« La chambre de Jenny. »

« Pourquoi as-tu dessiné la chambre de ta sœur ? »

(Hausse les épaules.)

« Est-ce que la chambre de ta sœur est noire, Ben ? »

« Non. » (Le patient déchire le dessin.)

« Pourquoi as-tu détruit un si beau dessin, Ben ? »

(Patient sans réaction.)

Durant le jeu de puzzle, le patient a choisi une scène de dîner en famille. Le patient laisse de manière notable la sœur/fille hors du puzzle.

« Pourquoi as-tu laissé la sœur en dehors, Ben ? »

« Elle n'est pas là. »

« Où est-elle, Ben ? »

« À l'école. »

« Pourquoi est-elle à l'école quand son frère est à la maison ? »

« Elle nage au lac. »

« Sans sa famille ? »

« Elle est allée jouer chez une copine. »

— Qu'est-ce que vous regardez, jeunes filles ?

La bibliothécaire était entrée dans la pièce où je me trouvais avec père Krakow et le Ben de huit ans.

Qu'est-ce qu'elle faisait là ?

Elle regardait par-dessus nos épaules. C'était comme si j'avais été soudain aspirée à travers une faille temporelle, depuis cette pièce du centre St Luke où un prêtre thérapeute se demandait ce qui se passait avec ce détraqué de huit ans – pas si différent du détraqué de vingt ans qui s'amusait à poster des phrases d'une demi-page sur Facebook –, pour revenir dans le présent. Où une clé dépassait clairement du port USB de l'ordinateur de la bibliothèque.

— Des recherches pour l'école, mentit Tabs, la main stratégiquement recourbée autour de la clé.

La bibliothécaire hésita, essayant de jeter un coup d'œil derrière le barrage de nos corps.

— OK.

— On révise pour un examen, ajouta Tabs. De ouf.

La bibliothécaire acquiesça, comme si elle saisissait la notion d'« examen de ouf », même si la dernière fois qu'elle avait passé un examen remontait au temps de l'encrier et de la plume d'oie.

Elle s'éloigna d'un pas traînant.

— Pfffiou, lâcha Tabs, en feignant d'essuyer la sueur sur son front.

— On devrait peut-être fermer ça.

J'espérais qu'elle dirait « Bonne idée », retirerait cette petite clé noire du port USB, et qu'on bougerait de là toutes les deux. J'avais encore cette impression, d'être sur le point de voir quelque chose que je n'étais pas censée voir. Que j'agissais mal et que j'allais prendre très cher. Qu'on allait me renvoyer dans le lieu de punition pour ne plus jamais me laisser en sortir.

— Ne fais pas ta fiotte, se moqua Tabs. Elle est aussi aveugle qu'une taupe. Dis-moi… Qu'est-ce que tu cherches au juste dans le dossier de Ben, d'ailleurs ?

Je cherchais ce que Pennebaker avait besoin de savoir quand il avait dit : « J'ai besoin de vous demander deux ou trois choses au sujet de votre fils. » Parce que dans une maison qui s'était avérée chaleureuse et accueillante, avant que l'ambiance devienne flippante, Ben était la zone froide. Parce que mon ami Facebook sans visage m'avait dit de me renseigner sur l'endroit où Laurie et Jake l'avaient fait interner douze ans plus tôt.

Demandez-leur où ils ont envoyé leur fils.

— Il faut que je sache pourquoi tout le monde joue la comédie. Que je comprenne ce qui s'est passé à l'époque. Je pense que c'est en rapport avec lui.

— Ben ? Il avait huit ans.

— Le jour où je suis rentrée chez les Kristal – ce soir-là –, il est passé devant ma porte et il avait l'air de dire : « Je sais que tu n'es pas celle que tu prétends être. Je sais que tu n'es pas Jenny. »

— Et alors ? Tu n'es pas Jenny.

— Comment est-ce qu'il pouvait le savoir ? Je veux dire, avec une telle certitude ? C'était avant que je merde en oubliant de me déconnecter de sa page hommage.

— Je te le répète. Tu n'es pas sa sœur. Et elle était comme morte depuis douze ans. Ça a dû lui paraître impossible.

— Il savait.

La deuxième séance de Ben fut encore plus improductive que la première.

Le patient était non communicatif, non réactif, non coopératif. Juste un gros *non*. Apparemment, Ben resta assis, les mains sur les genoux, en regardant par la fenêtre.

« N'aimes-tu pas cet endroit, Ben ? »

(Pas de réponse.)

« Ne voudrais-tu pas jouer avec quelque chose, Ben ? »

(Pas de réponse.)

« Que voudrais-tu faire, Ben ? »

(Pas de réponse.)

Le patient réagissait à un « déplacement extérieur », selon les notes de Krakow, une manière sophistiquée de dire qu'il avait été largué dans un hôpital catholique pour gamins siphonnés. L'infirmière du service avait noté des signes d'agitation, de détresse émotionnelle, et de possibles sueurs nocturnes. Rien d'étonnant. Moi-même, j'avais essayé de hurler ce premier matin où je m'étais réveillée dans un lit étranger. Les cicatrices de mes lèvres en témoignaient.

Ben avait eu la vie bien plus facile. Il avait simplement dû passer du temps avec un thérapeute compréhensif qui le suppliait de bien vouloir jouer avec des cubes.

(Besoin de favoriser une alliance confiante, investigatrice, empathique et thérapeutique avec le patient.)

Le patient n'avait pas l'air de se chercher des alliés.

Ni à l'époque, ni maintenant. Je me souvins de lui, naufragé sur cette causeuse orange mon premier soir à la maison.

« OK, Ben, nous pouvons juste rester assis là sans parler, si c'est ce que tu veux. Nous pouvons juste passer du temps ensemble et en silence. Ça te va ? »

Apparemment oui, car c'est ce que fit Ben.

« Aucune autre communication avec le patient aujourd'hui », avait écrit Krakow à la fin de la séance.

Et ce n'était pas tout.

Un paquet de séances au cours desquelles le père Krakow posait des questions auxquelles Ben ne répondait pas. Beaucoup portaient sur son fameux rêve, celui où il était enfermé dans un placard en feu avec des serpents. Ben restait muet. Il ne prononçait pas un mot.

À ce stade, Krakow avait hasardé un diagnostic : Ben souffrait d'un deuil traumatique infantile.

> Réticence à parler de la personne décédée (ou disparue), ou à faire des choses associées à cette personne (refus de toucher les figurines de chevaux). Perturbation de l'apprentissage (insolence en classe, incident de la peinture). Indifférence (non-communication et repli). Excitation accrue (destruction du lit, bagarres avec des camarades d'école). Cauchemars (spécifiques et récurrents).

Il les cochait comme l'une de ces check-lists que Mrs Greer dressait avant des sorties familiales. En-cas. Mouchoirs. Répulsif à moustiques. Jus de fruits. Lingettes. Sauf que nous, les Greer, on allait généralement dans des endroits marrants comme le parc d'attractions Oky-Doky, qui avait un toboggan aquatique de dix étages, pendant que Ben pataugeait dans son cauchemar.

EMDR?

Krakow l'avait écrit en lettres capitales, puis tapé de nouveau un peu plus loin, en négligeant cette fois le point d'interrogation.

Je googlai ce sigle.

— « Technique d'intégration neuro-émotionnelle par les mouvements oculaires ».

— Eh bien, voilà qui est plus limpide, chuchota Tabs.

— « Thérapie permettant la remise en route de l'accès et du traitement adaptatif naturel de souvenirs traumatiques. Avec une thérapie EMDR réussie, la détresse affective est soulagée, les convictions négatives sont redéfinies, et l'excitabilité psychologique est réduite. Durant une thérapie EMDR, le patient se penche sur des éléments émotionnellement perturbants par séries brèves et successives en se concentrant simultanément sur un stimulus externe, le plus communément utilisé étant des mouvements oculaires latéraux dirigés par le thérapeute. »

— Désolée, s'excusa Tabs, je ne parle pas couramment le grec.

Non, juste le latin.

— Je pense que c'est un genre d'hypnose, dis-je à voix basse. Un moyen de ramener Ben.

— Le ramener… à quoi ?

— À ces éléments émotionnellement perturbants. À ce qui est arrivé ce jour-là.

Chapitre 40

Voici comment je me l'imaginai.

Un Ben muet qui entrait en traînant les pieds dans le bureau du père Krakow, les yeux rivés au sol, l'esprit je ne sais où, et s'affalant sur une chaise pour enfant. Ou peut-être pas pour enfant, une chaise de taille parfaitement normale qui engloutissait un Ben sous-alimenté. Le genre de siège en bois qui finissait par faire palpiter mon cul dans le bureau de la psy à la maison de correction. Je pouvais tenir à peu près quinze minutes, c'était peut-être l'idée. La thérapie fast-food dépendait du principe que l'on nous fasse entrer et sortir au plus vite.

Donc, il y a Ben d'un côté.

Et il y a le père Krakow de l'autre.

Je le googlai pour voir s'il existait une photo, mais le seul que je trouvai à New York était un dentiste exerçant sur Madison Avenue, spécialisé dans les implants. J'improvisai. Je fis de Krakow une version masculine de Becky qui, lorsqu'elle ne me pourchassait pas dans notre rue ou n'essayait pas de débouler à l'étage, avait un visage gentil et compatissant.

« Nous allons essayer un petit jeu, Ben. »

« Quel genre de jeu ? »

« Un jeu de mémoire. »

(Pas de réponse.)

« Je sais que tu ne te rappelles pas beaucoup ce qui s'est passé quand ta sœur a disparu, Ben. »

(Pas de réponse.)

« Voudrais-tu jouer à ce jeu afin que nous puissions nous souvenir ? »

(Le patient fait non de la tête.)

« Tu vois, Ben, je pense que la raison pour laquelle tu ne te souviens pas, c'est parce que ton esprit fait tout son possible pour s'en empêcher. »

(Pas de réponse.)

« Nos esprits... je sais que ce sera peut-être dur à comprendre pour toi, mais je vais essayer de t'expliquer. Nos esprits sont nos "amis" la plupart du temps. Alors, s'il y a un mauvais souvenir, quelque chose qui nous embête, qui nous rend tristes, notre esprit dit : "Je vais juste aller bloquer ce souvenir, pour que nous ne soyons plus tristes, angoissés ni en colère." Tu comprends, Ben ? »

(Pas de réponse.)

« Mais voilà : quelquefois, quand nous dormons, notre esprit, eh bien... il baisse un peu sa défense. Parce que c'est difficile de garder ces désagréables souvenirs enfermés ainsi. Comme d'essayer de retenir ta respiration sous l'eau. Alors il laisse échapper des bribes dans nos rêves, parfois de mauvais rêves. Je sais que tu fais le même mauvais rêve depuis un bout de temps, et je sais qu'à cause de ça tu ne dors pas bien, car tu as peur de refaire ce cauchemar. Et je sais que tu es un peu triste et un peu en colère, et que tu as fait des choses à l'école et chez toi, peut-être dans le but d'alerter tes enseignants et tes parents. Et peut-être que tu ne sais pas vraiment pourquoi tu es si triste et en colère, et c'est la raison pour laquelle tu es ici, Ben. Pour nous aider à le découvrir. Pour t'aider à être plus heureux. Pour redevenir Ben. Est-ce que tu peux comprendre ça ? Au moins un peu ? »

(Pas de réponse.)

« Voilà pourquoi je veux essayer ce jeu de mémoire, Ben. Pour voir si nous ne pourrions pas découvrir ce qui te perturbe autant. Je sais que c'est peut-être un peu effrayant pour toi, Ben. Je comprends ça. As-tu déjà été vraiment malade au point de devoir aller chez le docteur pour avoir une piqûre ? »

(Le patient acquiesce.)

« Je sais que les piqûres, bon, ce n'est pas très drôle. Ça fait peur, et parfois même un peu mal, et qui a envie de ça ? Mais essaie de te rappeler comment tu t'es senti soulagé après, grâce à cette piqûre. Comment elle a fait partir ta fièvre, et la douleur dans ta gorge. En un rien de temps, tu allais mieux. Est-ce que tu te rappelles ça, Ben ? »

(Le patient acquiesce.)

« OK. Eh bien, là, c'est un peu pareil. Comme recevoir une piqûre. Ça peut effrayer de regarder des choses que notre esprit veut nous empêcher de regarder. Ça peut même faire un peu mal. Mais après un moment, on commence à se sentir mieux. On n'est plus malades. Est-ce que c'est ce que tu voudrais, Ben ? Ne plus être malade ? Tu vas oublier beaucoup de choses que tu m'auras dites pendant ce jeu de mémoire. Je sais, oublier semble plutôt bizarre pour un jeu de mémoire. Mais du fait de t'en souvenir seulement ici, dans ce bureau, tu commenceras à te sentir beaucoup mieux. Je te le promets. Ça te va ? »

(Le patient acquiesce.)

« OK, alors. Voici comment on joue à ce jeu. D'abord, je vais bouger mes doigts d'avant en arrière devant ton visage comme ceci, Ben. Et toi, tu les suis des yeux. C'est bien, super, exactement comme ça. Tu vois, c'est tout ce que tu as à faire. Continue juste à suivre mes doigts. Tout le jeu est là. Tu penses pouvoir continuer à faire ça, Ben ? »

(Le patient acquiesce.)

« Super. Et pendant que je bouge mes doigts d'avant en arrière. Bien, c'est ça, continue de les suivre. Je vais te demander de te rappeler ce rêve que tu fais sans arrêt. Nous allons commencer par là, OK ? Et quand tu t'en souviendras, tu le verras exactement comme tu le voyais pendant que tu rêvais. Comme si tu dormais et que tu refaisais le cauchemar en entier. Et tu vas ressentir exactement ce que tu ressentais à ce moment-là. Comme s'il se produisait maintenant, OK ? »

Chapitre 41

BENJAMIN KRISTAL. PREMIÈRE SÉANCE D'EMDR

Il fait noir.

Comme au lac quand c'est la nuit et qu'il n'y a aucune lumière de lampadaire ni rien.

Mais je ne suis pas DEHORS.

Je le sais.

Je suis à l'intérieur, quelque part.

Il y a des vieux habits ici. Je les sens contre ma figure, comme s'ils me recouvraient. Ça pue.

Comme ce truc que maman frotte sur ma poitrine quand j'ai un rhume.

Comme… des BOULES ANTIMITE.

Est-ce que je suis dans le PLACARD de la cave ? Il y a des boules antimite là-dedans et des vieux habits…

Il faut que je sorte de là. (Gémissements.)

J'ai peur.

Quand j'essaie d'ouvrir la porte, il n'y a PAS de poignée. Comme s'il n'y avait rien là.

Je ne peux pas l'ouvrir en la poussant non plus.

Je suis enfermé à l'intérieur.

« LAISSEZ-MOI SORTIR ! »

Je crie pour que quelqu'un ouvre la porte et me libère, mais aucun mot ne franchit mes lèvres. C'est comme si je ne pouvais pas PARLER.

J'entends quelque chose bouger.

Dans les vêtements.

Je ne vois pas ce que c'est. Mais je sais que c'est là. JE LE SAIS. J'entends que ça rampe là-dedans.

« LAISSEZ-MOI SORTIR ! S'IL VOUS PLAÎT... » (Gémissements.)

Je hurle à mort – vraiment –, mais il n'y a TOUJOURS aucun son. Juste le silence. Sauf ce bruissement qui agite les vêtements. Un animal.

Et ensuite, je le VOIS.

UN SERPENT.

Sa grosse tête glisse hors des habits. Il me fixe du regard.

Ses yeux, ils sont jaunes et brillants. Sa longue langue noire n'arrête pas de rentrer et de sortir.

Je COGNE à la porte.

« S'IL VOUS PLAÎT, PAPA ET MAMAN ! S'IL VOUS PLAÎT, LAISSEZ-MOI SORTIR. S'IL VOUS PLAÎT... »

Le serpent rampe hors des habits. Il est gigantesque, comme cette espèce d'Amérique du Sud qui vit dans les rivières et peut avaler une vache entière. Il se laisse tomber sur le sol du placard. Il commence à ramper vers moi. Sa bouche s'ouvre... Je vois ses deux énormes crochets.

« S'IL TE PLAÎT... NON... »

J'entends d'AUTRES sons maintenant. D'AUTRES serpents. Dans les habits. Ça grouille là-dedans.

« J'AI PEUR... AIDEZ-MOI... S'IL VOUS PLAÎT... »

Le serpent s'enroule autour de moi. Autour de mon cou. Il me serre. Il est froid et gluant, et sa gueule est grande ouverte, et je sais qu'il va me manger. Il va m'avaler tout cru.

J'étouffe. Je ne peux pas respirer.

Les autres serpents. Ils sortent des vêtements. Retombent sur le sol du placard. Viennent vers moi.

Je ne peux pas RESPIRER… JE NE PEUX PAS… JE…

Puis il y a cet autre bruit. On dirait…

Quelqu'un qui craque une ALLUMETTE.

Je sens la fumée.

Les YEUX du serpent sont en feu.

Le placard, il brûle.

Il est en FEU.

« ÉTEIGNEZ-LE ! S'IL VOUS PLAÎT, ÉTEIGNEZ-LE… » (Cris.)

Le feu crépite tout autour de moi. Il enflamme les serpents.

Je m'enflamme.

« ÇA FAIT MAL. ÇA FAIT MAL ! AU SECOURS… »

Chapitre 42

Je l'entends dans la maison. Ben.

Il est dans sa chambre, en train de passer un morceau sur son iPhone. Un riff sinistre d'orgue. L'un de ces groupes électro chelou.

Lorsque notre opération criminelle de piratage toucha à sa fin, tandis que Tabs refourrait la clé USB dans sa poche et qu'on repassait tranquillement devant la bibliothécaire qui ne se doutait de rien, on respecta le règlement, pour une fois, et on ne prononça pas un mot.

Dehors, où le froid mordant me parut aspirer tout l'air de mes poumons, Tabs dit :

— Ça, c'était un rêve bien naze.

Il y avait autre chose de naze : les comptes-rendus semblaient s'arrêter là, juste après cette première séance. On avait dû se farcir tous les plus assommants où il ne se passait à peu près rien, et dès que Krakow endort enfin Ben avec ces histoires d'hypnose et que les choses deviennent intéressantes : rien. Un mur de briques.

— Je fais des cauchemars de ouf moi aussi, dis-je à voix basse.

Comme si je voulais, sans le vouloir vraiment, que Tabs m'entende. Le rêve de Ben avait touché une corde sensible : le placard verrouillé.

Se sentir enfermé dans un placard est une manifestation symbolique de l'impuissance du patient, avait écrit Krakow. *Sa sœur a disparu, sa famille est en crise, et son traumatisme ignoré. Il est, en un sens, coincé dans un cauchemar éveillé, qui se manifeste comme un cauchemar nocturne. Le feu représente presque toujours une grande colère, à l'encontre de son impuissance perçue. Cette colère a précédemment cherché à s'exprimer dans les bagarres avec ses camarades, la destruction du lit de sa sœur, et à présent dans ce rêve très spécifique et récurrent.*

— Pourquoi les comptes-rendus s'arrêteraient juste comme ça ? demandai-je. Il disait qu'ils allaient commencer l'EMDR par le rêve de Ben. Où est passé le reste ?

— Putain, mais ouais, je veux être remboursée. C'est comme si on retirait des épisodes d'une série Netflix en cours de saison.

On passa une bonne minute à souffler sur nos mains, nos haleines se mêlant en un seul nuage, comme si on concluait un pacte. Un pacte secret sur des secrets. On allait garder les secrets et résoudre l'énigme.

Lorsque j'ouvris la porte qui menait à la cave, je fus frappée par une odeur de souterrain moisi, le genre de puanteur que j'associe aux macchabées.

Je descendis les marches au ralenti. La lumière en haut de l'escalier était faible et jaune pisse, pas de taille face au noir insondable qui régnait au sous-sol.

Après avoir foulé la dernière marche, je sentis quelque chose me gifler le visage. Une vieille toile d'araignée ? Ou pire… Une récente ? Ben détestait peut-être les serpents, moi c'était les araignées. Si vous avez déjà vu en gros plan les yeux de dingue d'une araignée, vous comprendriez.

C'est comme de regarder dans un kaléidoscope où une image se multiplie par huit.

J'avais marché dans un câble de lumière, qui se balançait d'avant en arrière comme un métronome.

Je tirai dessus.

On n'avait pas pris la peine de faire les finitions. Le sol était en lino abîmé, mais les murs en béton gris et grêlé. Il faisait froid. Je pouvais voir mon propre souffle.

Ainsi que d'autres choses.

On se serait cru dans un vide-greniers désert; et pour cause : qui achèterait ces trucs ? Une table de ping-pong hors d'usage. Deux ballons de foot dégonflés, posés sur un filet de volley déchiré. Des cartons défoncés remplis de vieilleries. Des fripes défraîchies.

Une grosse chaudière couleur rouille poussait de profondes éructations, et un meuble plus loin dans l'angle était jonché d'outils – des tournevis, un marteau et des tenailles qui semblaient ne pas avoir été touchés depuis des années –, comme une espèce d'exposition de musée avec pour légende : *Établi de père périurbain, vers 2000.*

Il y avait un placard de cave à droite de la chaudière.

Celui dans lequel Ben était enfermé, dans son cauchemar.

Mes jambes refusaient d'aller là-bas.

Marchez jusqu'à ce placard, ordonnai-je, *hop-hop-hop.*

Mais elles étaient soudain en grève.

C'était la faute de Mr Scotch.

Incapable de faire son boulot, une fois de plus. Ignorant mes instructions explicites, et autorisant deux psychopathes à revenir dans les locaux.

Ils me faisaient aller moi-même dans le placard.

Se gavant de *Domino's Pizza*. Se gondolant de rire devant une sitcom débile sur la télé de la cuisine.

Tu sais où aller…

Un million de fois pire que lorsqu'ils m'y traînaient et que je donnais des coups de pied, hurlais, pleurais, implorais…

Non, s'il vous plaît, Mère, non…

Ce qui se produisait avant que j'apprenne que les mettre plus en colère signifiait être ensuite enfermée plus longtemps.

Tu sais où aller…

Dans un placard dont la porte se verrouillerait toujours derrière moi, parfois pas immédiatement, pas avant qu'ils aient pris tout leur temps pour s'enfiler une part de pizza, ou que leur émission soit terminée. Restant là à attendre le clic de cette serrure et priant désespérément pour qu'il ne se produise pas. Que je ne finisse pas emprisonnée dans un endroit si noir que je ne pouvais même pas voir mes mains essayer d'agripper la porte. Peut-être est-ce pourquoi je dors si mal. Parce que être enveloppée d'obscurité, c'est comme être piégée dans un putain de placard dont je ne pourrai jamais sortir.

Vous voyez ces images d'archives de la Seconde Guerre mondiale qui apparaissent toujours à la télé ? Des clichés en noir et blanc granuleux de nazis forçant des Juifs à creuser leurs propres fosses, celles dans lesquelles ils seraient bientôt alignés et mitraillés. Ces affreuses photos-là sont aussi montrées à la télé. Mais ce sont celles prises avant que tous ces corps soient allongés nus et criblés de balles qui me donnaient la nausée. Les nazis exerçant un pouvoir total, complet, désinvolte, immortalisés en train de fumer des clopes et de plaisanter pendant que des Juifs condamnés creusaient sans relâche en arrière-plan.

Tu sais où aller…

Pourquoi utiliser la force quand vous pouvez utiliser la peur ?

Je l'éprouvais à présent, cette terreur qui refusait de partir. Je venais d'être fourrée dans une cave qui puait les trucs morts ; et parfois, malgré tous vos efforts, il vous fallait quand même descendre l'escalier et y faire face.

Le placard me paraissait très, très loin.

Comme si j'avais besoin de me lancer dans une espèce de marche athlétique pour l'atteindre, d'être l'un de ces sacs d'os que vous voyez tous les quatre ans aux JO, qui se déplacent par saccades comme des marionnettes sous speed.

Ceci est le placard de Ben et Jenny. Pas le tien.

Il n'y a pas de patates pourries dedans. Pas de Jobeth non plus.

Et soudain, je fus capable de bouger.

Mais lorsque j'ouvris la porte du placard, je me surpris à chercher des marques de griffures. Celles causées par les ongles d'une petite fille. Celles que j'avais comptées… *quarante et une, quarante-deux, quarante-trois…* avant de décamper pour de bon. Elles ornaient une autre porte de placard. Dans une autre maison. Faites par une autre petite fille.

Aucune entaille ici.

L'éclairage du néon chétif était limité. Je pouvais distinguer les contours des vêtements, mais je n'aurais su dire à qui ils appartenaient. Le placard puait le vieux.

J'allumai la lampe de mon téléphone.

J'ignorais pourquoi j'étais descendue là ou ce que je cherchais. Les décors de rêves, j'imagine.

Des serpents venimeux ?

Un Ben de huit ans blotti contre la porte ?

Non, Ben écoutait de la musique à l'étage.

Je voulais juste voir de mes yeux le placard du cauchemar de Ben. Son cauchemar. Et le mien.

Admettons que c'était décevant.

C'était un placard de cave rempli d'affaires ordinaires. Le genre de merdes qui schlinguent le moisi : vieux manteaux, chemisiers passés, un uniforme de scout (celui de Ben ?), des fringues usées jusqu'à la corde qui n'auraient pas pu être revendues dans les friperies où Père et Mère m'achetaient mes vêtements. Si vous étiez disposé à croire la Jenny tout juste revenue de l'enfer, ce qui n'était pas le cas de Hesse et Kline.

Plus maintenant.

Nous avons besoin de réponses, Jenny, et tôt ou tard nous allons les obtenir.

Ouais, moi aussi.

Il y avait un gant noir par terre. Une écharpe déchirée. Une ceinture en cuir craquelée, enroulée dans le coin.

C'est tout. À l'exception de…

Qu'est-ce que c'était ?

Aucune idée. Je dus m'agenouiller – un truc que personne n'aime faire dans une cave, et encore moins dans une cave comme celle-là – pour regarder de plus près. J'avais cru qu'il s'agissait d'ombres au départ, là où la porte rejoignait le fond du placard. Sauf qu'au moment où je bougeai la porte, elles ne bougèrent pas.

Le noir s'effrita sous mes ongles. Le genre de traces contre lesquelles le détergent ne peut rien : jus d'orange renversé, éraflures, pisse ; la merde quotidienne que je devais nettoyer quand on m'avait collée aux corvées de cuisine en maison de correction.

Ceci ne serait pas listé sur les flacons de détergent.

Les particules de bois noires et séchées.

Des marques de brûlure.

Vous savez, ce qui reste une fois qu'un feu s'est éteint.

Chapitre 43

— Réveillée ?

— Hein ?

La réponse était : « Pas vraiment. »

J'avais passé une nuit pénible.

Des rêves tordus où je discutais avec mon ami Facebook. En face à face avec lui. Qui ressemblait plus ou moins à papa, ce qui n'avait aucun sens, sauf que c'était un rêve, donc pourquoi pas ? J'étais encore sur le canapé dans mon short en jean évasé, et j'écartais les jambes comme quand papa essayait de regarder son match, mais que je voulais que ce soit moi qu'il regarde. *S'il te plaît, papa, REGARDE-MOI.* Et j'éprouvai de nouveau cette nausée, parce que avant de se détourner, il avait regardé.

Seulement ce n'était pas papa, dans le rêve en tout cas. C'était l'ami Facebook qui m'avait envoyée de l'autre côté du miroir. Il voulait que je lui parle du placard au sous-sol. Du feu. Il me demandait si j'étais prudente.

Puis il avait chuchoté : « Chuuut... J'entends un bruit. »

Moi aussi.

Une porte qui s'ouvrait.

Et parce qu'il s'agissait d'un rêve où vous pouvez être à un endroit puis soudain à un autre, nous n'étions plus dans ma chambre – ou peut-être était-ce celle de Tabs ? –, mais dans la véritable cave de St Luke. Comme si nous nous y étions introduites.

Une porte s'ouvrait, et j'étais en panique.

On allait se faire choper.

Je me réveillai en sueur, m'assis d'un bond dans le lit – il me fallut une ou deux secondes pour prendre conscience que c'était là que j'étais, au lit –, avec cette sensation de soulagement du genre « Merci, mon Dieu ». Qui ne dura pas, car une porte s'était ouverte. Vraiment. Et je savais que c'était la mienne.

Comme quelques nuits plus tôt.

J'entendis une autre porte claquer alors que je sortais dans le couloir en chancelant.

Le parquet me sembla gelé sous mes pieds nus, ou peut-être était-ce moi. Comme si je m'étais aventurée dans cette zone froide et que je m'apprêtais à déclarer cette maison hantée.

— Qui est là ?

N'arrivant pas à trancher entre cri et chuchotement, j'avais opté pour un compromis. Une voix étouffée, mais résolue.

Personne ne répondit.

— QUI EST LÀ ?

Le couloir était sombre. La faible lumière filtrant des stores du rez-de-chaussée permettait de voir que les autres portes de chambre étaient fermées.

J'attendis de ne plus haleter comme un toutou.

De pouvoir reprendre mon souffle.

Je retournai dans ma chambre, fermai la porte, et me remis au lit. Je tirai les couvertures par-dessus ma tête et finis sans doute par me rendormir.

Jusqu'à ce que mon portable sonne.

— Réveillée ? répéta la personne à l'autre bout du fil.

C'était Tabs.

Elle semblait ébranlée.

— Maintenant oui. Quelle heure est-il ?

Tôt. La faible lueur qui peinait à s'intensifier avait une couleur d'eau de vaisselle sale.

— Je ne sais pas. Je crois que je n'ai pas dormi de la nuit.

— Bienvenue au club. Pourquoi étais-tu debout ?

— Je fouinais à St Luke.

— Hein ?

— J'y suis retournée, Jo. Je n'ai pas pu m'en empêcher. Ni cesser de me demander pourquoi le dossier de Ben s'interrompait ainsi. Ça me paraissait louche.

— Tu as encore piraté le système ?

— Écoute un peu. Ouais. J'ai encore piraté le système.

Elle parlait plus vite que d'habitude, comme lorsque vous craignez que la messagerie sur laquelle vous parlez ne soit sur le point de couper. Comme Pennebaker.

— Le dossier de Ben ne s'arrêtait pas là, annonça-t-elle.

— Je ne comprends pas. Il n'y avait rien d'autre, on a bien regardé.

— Crois-moi. Le reste du dossier est là-dedans. Seulement pas là, là.

Soit j'étais trop fatiguée pour bien comprendre, soit elle était trop fatiguée pour bien s'exprimer.

Ou les deux à la fois.

— C'est classé dans un autre endroit, Jo. *Capisce ?* Les dossiers dans lesquels nous avons pénétré étaient protégés par un mot de passe. Cinq lettres. L-O-R-E-M. Tu te souviens ?

— Ouais, je me souviens, la suggestion venait de moi.

— Traduction : « thérapie », poursuivit-elle. OK, parfaitement logique, hein. Mais ils ont mis le reste de son dossier ailleurs. Il fallait que j'aille explorer, pas vrai ?

— Pourquoi est-ce qu'ils le déplaceraient ?

— Parce que sa place n'est pas là. Parce que… écoute, suis-moi. Il existe une autre section, avec un autre mot de passe. Encore du latin, évidemment. Ce n'était pas sorcier, je devais juste découvrir quel mot. Je veux dire, combien de mots latins pourrait-il y avoir pour désigner des termes psychiatriques, hum ? C'est ce que j'ai essayé en premier, tu sais : traitement, traumatisme, deuil, n'importe quoi. Rien ne fonctionnait. Alors je suis partie dans l'autre direction.

— Quelle autre direction ?

— La catholique. C'est là que je l'ai trouvée. L'autre section.

— Je comprends que dalle. Quel genre de section ?

— Celle que personne n'est jamais censé voir. Tu n'es même pas obligée de connaître le latin pour deviner le mot de passe de celle-ci : C-O-N-F-E-S-S-I-O. C'est le mot de passe. C'est là qu'était la deuxième séance d'EMDR de Ben. Je viens de te l'envoyer par e-mail. C'était dans la partie « Confession ». Pigé ?

Elle avait la voix tendue comme une corde de guitare juste avant de casser.

— Jo, barre-toi de cette putain de baraque.

Chapitre 44

J'essayai.

Promis.

Je ne mis pas un seul vêtement dans un sac. Je me contentai de partir.

Il faisait encore nuit. La voie était libre.

Je descendrais et je passerais la porte d'entrée pour rejoindre Forest Avenue. Je me ferais prendre en stop par le premier routier en rut. Je repousserais ses avances au moins jusqu'à Albany. Ou Pittsburgh. Ou Nimportequeltrouville.

Jusqu'à présent, j'étais restée tranquille. Mais là, il était temps de dégager.

De faire mes adieux à la maison Kristal.

Et à Jenny Kristal. Ouais, à elle aussi. La gamine qui ne cessait de m'agripper la manche.

Sauve-moi.

Trop tard, ma belle.

Je la vis sur le trottoir ce matin-là, marcher à l'envers, en arrière, franchir la porte d'entrée, monter l'escalier et retourner dans sa chambre.

Il fallait que je me sauve moi-même.

Le couloir était encore noir. On aurait cru que la maison retenait son souffle. Un drap mortuaire suspendu au-dessus comme lors de funérailles.

Avec des années de retard.

Amen.

Quelqu'un avait attaché la chaîne du verrou sur la porte d'entrée.

Je ne l'avais vue verrouillée qu'une fois, le jour où les journalistes s'étaient attroupés devant la maison.

Ç'aurait dû être mon premier indice.

L'ordinateur portable de Jake ouvert à la vue de tous sur le plan de travail de la cuisine fut le deuxième.

Le téléchargement était affiché sur l'écran.

Le reste du dossier de Ben.

Tabs m'avait conseillé de créer ce qu'on appelait un « trou dans le mur » ; une cachette sur l'ordi de l'étage, puisque je n'avais pas d'ordi personnel (prochain ajout sur la liste d'envies de Jenny). Tabs m'avait envoyé les instructions pour le planquer dans les programmes, à l'intérieur d'une image ou d'un fichier de jeu. J'avais été trop paniquée.

Ouais, c'était exactement comme en maison de correction.

Ils m'avaient surveillée.

En ligne. Et en dehors.

— Entre, dit Laurie.

Jake et elle étaient entièrement habillés, comme si j'étais en retard pour un rendez-vous. Comme si j'avais oublié que nous étions censés nous mettre en route pour aller quelque part à cette minute même.

C'était le cas.

— Nous allons au lac, annonça Jake. Il faut que nous parlions.

Vous vous demandez pourquoi je les suivis sans résister ?

Pourquoi je passai la porte, parcourus l'allée et grimpai sur la banquette arrière de leur voiture, comme j'entrais dans ce maudit placard ? Probablement pour cette raison précise : parce que j'y étais conditionnée. Parce qu'ils suscitaient la peur.

Lorsque je leur fis savoir que j'envisageais de ne pas les accompagner, ils me firent savoir qu'ils envisageaient d'appeler la police.

Je dis :

— Pas si je les appelle la première.

— Qui penses-tu qu'ils croiront ? demanda calmement Jake. La reine des arnaqueuses, qui a monté une nouvelle escroquerie, usurpant l'identité d'une personne disparue pour en tirer profit – nouvelles fringues, nouveaux meubles, nouvelle vie sans loyer –, quelqu'un qui s'est déjà fait coffrer, qui s'attaque aux gens dévastés par une tragédie personnelle ?

Ou bien eux, les parents éplorés qui avaient été victimes d'une terrible imposture ?

C'était une question rhétorique.

Chaque accusation était assenée comme un coup de marteau. Imaginez celui que j'avais repéré sur cet établi au sous-sol. Jake l'abattant ici, puis là, et bien assez tôt, vous êtes bousillé. Fracassé.

Parce que c'est ce que vous êtes. Cette personne-là. C'est vous.

— Écoute, dit Laurie, avec le même sourire trop large qu'elle arborait lors de nos séquences nostalgie, sauf qu'à présent il me glaçait le sang au lieu de me réchauffer le cœur. Nous voulons juste discuter de tout ça tranquillement, OK ?

Ce premier jour où elle avait sorti l'album de photos sur le canapé, pensai-je. Ce n'était pas pour évoquer tendrement des souvenirs avec sa fille fraîchement retrouvée.

C'était une séance d'antisèches.

Afin de me préparer pour la visite de tous ces proches le lendemain.

Tu te rappelles qui c'est, Jenny ? Et elle ? Et lui ?

Et si je ne me rappelais pas, elle était là pour aider.

Là, c'est ton oncle Brent...

Elle me préparait pour les agents du FBI aussi, veillant à interrompre ce premier interrogatoire comme une mère inquiète qui n'allait pas tolérer qu'ils harcèlent sa fille. Pas après l'enfer qu'elle avait vécu.

Nous restâmes silencieux durant la majorité du trajet jusqu'au lac, comme si la mélancolie qui imprégnait la maison avait décidé de monter en voiture avec nous.

Sauf au moment où Jake demanda si j'avais lu l'intégralité de ces histoires sur l'ordinateur, ce que Ben raconta au docteur sur ce fameux matin de juillet 2007.

— Ouais, dis-je. Impossible de m'arrêter.

Chapitre 45

BENJAMIN KRISTAL. DEUXIÈME SÉANCE D'EMDR

Fais gaffe à toi.

Mon bras m'a réveillé. Il me gratte à mort.

Fais gaffe à toi.

Ça démange sous le plâtre, là où je ne peux pas gratter. Maman dit que je vais devoir le porter encore quatre semaines. La maîtresse a demandé à toute la classe d'écrire des trucs dessus au marqueur – genre « J'espère que tu guériras vite » et « Désolé pour ton bras », et John a écrit : « Arrête de tomber dans l'escalier, TROUDUC » –, mais il pèse deux tonnes, et ça me rend dingue comment ça gratte.

Fais gaffe à toi.

Papa a dit : « Il faut que tu fasses plus ATTENTION en descendant l'escalier. » Que je ne regardais pas où j'allais. Maman aussi. Pendant que Jenny se la jouait SYMPA.

« Pauvre Ben, laisse-moi te faire un dessin pour te consoler », et papa et maman qui s'extasiaient : « OOOH, dis MERCI à ta sœur, Ben. »

Le dessin, c'était MOI qui tombais dans l'escalier, et devinez qui elle a dessiné debout en haut des marches, en train de sourire ? Juste là où j'ai perdu l'équilibre et que j'ai piqué une tête jusqu'en bas. C'est là que je me suis souvenu. J'avais SENTI une présence derrière moi.

Fais gaffe à toi.

J'ai essayé d'en parler à papa. Que j'ai eu l'impression que quelqu'un m'avait POUSSÉ avant que je tombe, or il n'y avait qu'une seule personne là-haut. Et il a dit : « Qu'est-ce que tu es en train de raconter, reproches-tu à ta SŒUR d'être un empoté ? De ne pas avoir regardé où TU allais ? » Et j'ai répondu que je REGARDAIS où j'allais, mais que j'aurais peut-être dû regarder DERRIÈRE moi.

Pas la PREMIÈRE fois.

On jouait au « Sentier indien » l'été dernier au lac, et je dirigeais les éclaireurs, et on marchait jusqu'à Eagle Cliff, d'où vous pouvez examiner toute la vallée pour voir si des colons arrivent, et j'ai marché jusqu'au bord de la falaise parce que Jenny m'avait plus ou moins défié de le faire. Et je me suis retourné pour jeter un coup d'œil en bas, et soudain elle était juste derrière moi, genre à me BOUSCULER, et j'ai agrippé une branche de ce gros arbre mort et j'ai dit : « Tu es TIMBRÉE ou quoi ? », et elle a prétendu qu'elle avait GLISSÉ. Mais le sol n'était pas mouillé ni rien, pas du tout, alors comment est-ce qu'elle aurait GLISSÉ, hein ?

Fais gaffe à toi.

Le frère de Jaycee m'a dit que Jenny n'avait plus le droit d'aller chez eux.

Les autres enfants aussi. Jenny a mis des Lego dans la bouche de Jaycee, et Jaycee a commencé à s'étouffer, et elle a fait un truc à Toni aussi. Je ne sais pas quoi, mais QUELQUE CHOSE. Quand j'ai posé la question à maman, elle a dit que ces filles étaient des chipies et qu'elles inventaient des histoires.

Fais gaffe à toi.

Une nuit, je rêvais que je ne pouvais pas respirer et je me suis réveillé, et devinez quoi ? Je ne POUVAIS PAS respirer, parce que j'avais un oreiller sur la figure, et Jenny était là sur moi et le tenait. Quand je lui ai hurlé dessus, elle a dit qu'elle commençait une BATAILLE D'OREILLERS, mais genre je DORMAIS, et il n'y a pas que ça, il y avait aussi la façon dont elle me REGARDAIT quand j'ai enfin réussi à la dégager de moi, comme si elle me détestait ou quoi. Comme si elle voulait me tuer.

Fais gaffe à toi.

Je serais mort si j'étais tombé de la falaise, elle fait genre cent millions de mètres de haut. J'aurais pu mourir en dégringolant l'escalier aussi, c'est ce que maman a dit, que j'aurais pu me BRISER LE COU.

Jenny est plus jeune, et c'est une FILLE, alors bonne chance pour leur faire croire UN SEUL truc méchant sur elle. Ils ne le croiront pas. Ils ne le croiront pas, c'est tout. JAMAIS.

Fais gaffe à toi.

Mais ce matin, j'ai oublié.

Chapitre 46

Ben

Il était rentré du lycée et avait immédiatement tiré sur le reste de joint que Zack et lui avaient allumé derrière les gradins, marchant sur des capotes usagées et des canettes de *Budweiser* écrasées.

L'herbe l'aidait à se rappeler certaines choses.

Il menait une sorte d'expérience.

Tirer une taffe lui permettrait de retourner sur la scène du crime. Enfin, techniquement, le crime s'était déroulé à l'extérieur, quelque part entre leur maison et ce qui avait été celle de Toni Kelly. La scène de ce qu'il ne parvenait pas à se rappeler, quoi que ce fût.

Des bribes avaient commencé à percer dernièrement. Rien qu'il puisse vraiment saisir. C'était comme trouver ces pièces de puzzle qu'il avait oublié de remettre dans la boîte étant enfant, celles qui finiraient sous son lit ou mélangées avec ses figurines plastique de *L'Âge de glace*. Scrat, Stu et Diego, le tigre à dents de sabre. Cette pièce de puzzle bleue faisait-elle partie du ciel ou de l'océan ?

Une fois qu'on l'eut retiré de l'asile, il lui avait fallu un moment pour sortir du brouillard. Pour arrêter ce traitement de cheval qui avait semé la confusion dans son esprit.

C'était un peu comme ça, à présent : le brouillard se levait, pour ainsi dire. Depuis qu'elle s'était pointée.

L'expérience se déroulerait comme suit :

Il se chargerait la cervelle du restant de Skywalker OG –*fait*–, entrerait dans la chambre de sa prétendue sœur –*fait*–, puis il verrait si quoi que ce soit lui revenait en mémoire.

OK, il avait déjà essayé ça sans l'aide de substances illégales. *Chuuut*… Un coup d'œil dans la chambre la nuit pendant qu'elle dormait, comme si la regarder allait lui révéler un secret qu'il avait désespérément besoin de savoir.

Elle était quelque part hors de la maison aujourd'hui, il se rappelait vaguement les avoir tous entendus partir tôt ce matin-là. Des voix, des portes qui se fermaient, et le vrombissement d'une voiture qui roulait dans l'allée. Ils étaient partis à l'aube, interrompant son rêve de bonne heure. Ce qui était peut-être providentiel – l'un des mots de vocabulaire de la semaine précédente –, vu que son rêve était naze. Même s'il lui semblait familier, comme ceux qui rêvent qu'ils arrivent tout nus à l'école. Ce rêve-là n'était pas pareil, c'était un rêve bien à lui, mais il pouvait jurer qu'il l'avait déjà fait. Rempli de serpents. Et de feu.

Voyons voir…

Le truc, c'est que la pièce n'était pas comme à l'époque. Il ne manquait pas simplement la télé grand écran et le bureau encombré, mais le lit était différent et, il en était à peu près sûr, se trouvait à un autre endroit. Ouais, le lit de Jenny était disposé face à la porte, avant – de telle manière que quand vous ouvriez sa porte, elle regardait droit vers vous –, mais ce nouveau lit était plutôt latéral à la porte. Peut-être cela signifiait-il que l'expérience fonctionnait ; il se rappelait à quoi la chambre ressemblait avant, ce qui était un début, et plantait le décor, pour ainsi dire.

Il se tapa le front, comme s'il frappait à une porte pour demander qu'on le laisse entrer.

Sa mémoire s'ouvrit. En quelque sorte.

Il se souvint soudain… de s'être caché.

Hein ?

Il faisait à peu près tout sauf se cacher à cet instant précis, se tenant en plein jour au milieu de la chambre attribuée à cette folle. Mais, dans ce fameux souvenir, il avait la nette sensation de se cacher de sa sœur, Jenny.

Se cacher où ?

Derrière l'érable dans leur jardin ?

Un, deux, trois, descends du pommier de papa…

Non. Ils se servaient de cet arbre pour courir au base-ball, quand vous deviez vous magner le cul d'une base à l'autre – de l'érable jusqu'à la barrière blanche – tout en essayant de ne pas vous faire toucher.

Dans la cave ? Hors de question. Petit, Ben évitait même de regarder là-dessous, car qui savait ce qui s'y terrait ? Des rats, peut-être.

Où que ce fût, c'était le noir total. Pas noir comme dans l'absence de souvenir, mais comme dans l'absence de lumière. Et ça puait.

OK…

Des feuilles mortes ?

De la tourbe ? (Cet engrais puant le fumier dont son père aspergeait le jardin avant l'hiver.)

De la merde d'oiseau ?

De la naphtaline.

L'odeur distincte des boules antimite se retrouvait soudain en premier plan, comme si quelqu'un les avait fait rouler là sur le sol. Juste sous son nez.

Une odeur similaire à celle d'un putois crevé, dont ils se prenaient de généreuses bouffées sur le chemin du lac chaque été, remontant leurs vitres de voiture et se bouchant les narines jusqu'à s'être assez éloignés.

Le placard de la cave.

Attendez une minute. Il se mélangeait les pinceaux. Son rêve comportait un placard, n'est-ce pas ? Il était coincé à l'intérieur d'un placard dans son rêve.

Alors pourquoi se rappelait-il s'être réellement caché dans le placard de la cave ?

Parce qu'ils jouaient… à cache-cache. Ouais.

Jenny et lui.

Il éprouva soudain un pincement aigu sous les côtes.

Pourquoi ?

Il avait moins l'impression d'avoir été caché que, disons… enfermé.

Un jour, il avait porté une vraie camisole de force pour Halloween ; il avait plus tard supplié Zack de lui retirer cette saloperie, parce qu'il avait eu du mal à respirer. Comme si la camisole ne lui sanglait pas les bras à la poitrine, mais la lui écrasait littéralement. Comme si on l'enterrait vivant.

Le souvenir de s'être caché ressemblait à ça.

Son esprit sous herbe était comme un flipper, se disait-il, un souvenir dégommant plus ou moins l'autre, sa trajectoire orientée par ce souvenir particulier vers le suivant. Il devait se fier au processus.

« Laissez-moi sortir ! »

Il s'entendit subitement, à huit ans, comme s'il était tombé par inadvertance sur une vieille vidéo qui tournait en boucle.

Salut, petit Ben.

C'est ce qu'il criait ce matin-là.

Dans le placard.

L'entendant aussi clairement que s'il se tenait tout à coup de l'autre côté de la porte.

Soudain, il se rappela ce qui s'était passé.

Chapitre 47

Jenny se tient à côté de mon lit.

Elle dit qu'elle n'arrive pas à dormir.

— Debout, la marmotte.

— Dégage, tête de crotte.

Elle reste là. Elle refuse de partir. Elle veut jouer.

— Jouer à quoi ?

— Cache-cache.

Je suis déjà réveillé parce que ça me gratte sous mon stupide plâtre, et maman ne préparera pas le petit déjeuner avant des heures, car il fait encore noir. Je lui dis OK.

Nous descendons à la cave.

Sur la pointe des pieds. Jenny dit que nous ne devrions pas réveiller papa et maman.

Elle ajoute :

— C'est toi qui te caches.

D'habitude, nous tirons à pile ou face, mais j'imagine qu'elle veut être celle qui cherche, et se cacher est plus drôle de toute façon.

— Très bien.

Jenny se tourne, ferme les yeux et commence à compter.

Je me glisse dans le placard. Au fond, où je suis dissimulé par tous ces vieux vêtements.

Je l'entends compter.

— Dix-huit… dix-neuf… vingt… prêt ou pas, j'arrive !

C'est glauque dans le placard parce qu'il fait complètement noir et ça sent les boules antimite, et je me dis que j'aurais dû me planquer ailleurs. Derrière la chaudière, par exemple.

Au début, Jenny ne sait pas où je suis ; on dirait même qu'elle cherche partout sauf dans le placard, et j'appréhende de rester coincé là-dedans pour toujours.

Quand je l'entends devant la porte – enfin –, j'essaie de retenir mon souffle.

— Ben, chuchote-t-elle, est-ce que tu es là, Ben ?

Elle reste devant et me demande si je suis à l'intérieur, et elle finit par découvrir que oui, je suis caché là. Je ne peux plus retenir mon souffle. Je dois le relâcher.

— Je t'ai trouvé, jubile-t-elle.

— À ton tour.

Je commence à sortir du fond quand j'entends ce bruit, ce genre de clic métallique.

La porte ne s'ouvre pas.

J'essaie encore. En vain.

— Arrête de rigoler, Jenny.

Il y a un vieux verrou sur le placard parce que les gens qui habitaient dans la maison avant nous y gardaient un trésor, c'est ce que papa a dit.

On ne devait jamais y toucher.

— Très drôle, Jenny. Je suis mort de rire.

Elle l'a fermé.

— Ouvre la porte, tête de crotte.

— Non.

— J'ai dit : ouvre la porte.

— Je t'ai eu.

— Tu veux que je réveille papa et maman ? Tu vas te faire punir pour une année entière.

— Vas-y.

— Au secouuuuuuuuuuuuuuuuurs !

Quand maman nous hurle de remonter de la cave et que nous ne l'entendons pas, elle rouspète toujours : « Vous êtes sourds ou quoi ? »

Non. On ne peut rien entendre d'ici.

Jenny s'est mise à parler à son ami imaginaire.

C'est ainsi que maman l'appelle.

— Chuuut…

Maman a dit qu'elle avait commencé à le faire quand ses vrais amis ont arrêté de jouer avec elle. Elle s'en est juste inventé un.

— Il est là-dedans, chuchote-t-elle, puis elle pouffe de rire.

— Ouvre la porte, Jenny ! Je ne plaisante pas…

— Enfermé…

— JENNY !

— Hm-hm. J'arrive, dit-elle à voix basse.

Elle chantonne quelque chose.

— « Rassemblons-nous autour du feu de camp, et chantons notre chanson de feu de camp, et si vous pensez qu'on ne peut pas chanter plus vite, alors vous vous trompez… »

La chanson du feu de camp.

Celle que nous chantons au lac chaque fois que nous allumons un feu. Vous devez la chanter de plus en plus vite jusqu'à ce qu'on ne comprenne plus les paroles. C'est l'idée. Continuer de chanter jusqu'à ce que le feu soit bien lancé, et que tout le monde glousse, et que vous ne compreniez plus un traître mot de ce que les autres chantent.

— « Rassemblonsnousautourdufeudecamp… »

— Arrête de chanter, grosse débile…

— « Etsivouspensezquonnepeutpaschanterplusvite vousvous trompez… »

Je transpire. Je cogne à la porte.

— « Autourdufeudecamp… »

— Qu'est-ce que c'est que ça ? Qu'est-ce que tu fabriques ?

Je perçois un autre bruit.

— « Rassemblonsnousautourdufeudecamp… »

— Qu'est-ce que tu fous, trouduc ?

Je l'entends encore.

Je sais ce que c'est.

Ce bruit.

La dernière fois que je l'ai entendu, c'était quand papa a empilé toutes les branches dans cet énorme tas et y a fourré des boulettes de papier journal, et ensuite il l'a sortie de sa poche.

La boîte d'allumettes.

Et il en a extrait une pour la gratter sur le côté de la boîte.

— « Lefeudecamplefeudecamplefeudecamp… »

— Tu es tarée, Jenny ?!

— « Lefeudecamp… »

— Repose les allumettes ! Tu m'entends, espèce de malade !

La boîte d'allumettes de la cuisine. Celles que maman utilise pour allumer la cuisinière. Elle a dû les piquer.

— « Autourdufeudecamp… »

— S'il te plaît, ouvre la porte, Jenny… S'il te plaît… Je te le demande gentiment…

Quelque chose se glisse sous la porte du placard.

Une allumette enflammée. Elle me brûle le bout du gros orteil avant de s'éteindre.

— « Chantonsnotrechansondefeudecamp… »

— Tu es malade ?!

Une autre allumette passe sous la porte.

— Jenny, arrête ! Laisse-moi sortir ! Je t'en supplie !!!

— « Sivouspensezqu'onnepeutpaschanterplusvitevous voustrompez. »

L'allumette a mis le feu à un des vêtements entassés dans le placard. Ça fume.

— Je vais te tuer quand je sortirai de là. Je vais te trucider, je te jure !!!

Une autre allumette.

— Tu as foutu le feu ! Allez, ouvre la porte maintenant !

Je l'entends s'éloigner.

S'éloigner en me laissant prisonnier.

— Où est-ce que tu vas ? Reviens ici !!!

Elle monte l'escalier. Lentement. Une marche à la fois. Comme quand maman l'appelle pour qu'elle rentre du jardin et qu'elle traîne les pieds. Elle le fait pour de vrai, elle bouge un pied, et puis l'autre, au ralenti, comme un automate.

J'entends la porte en haut de l'escalier se fermer.

— Pitié, Jenny ! Je t'en supplie, ouvre-moi ! Je ne dirai rien à maman. Reviens !!!

Je tousse. À cause de la fumée.

Je colle ma tête devant la fente sous la porte. J'ai besoin d'air.

Je l'aspire aussi vite que je peux. Je respire une grosse bouffée et je me remets à cogner contre la porte.

Et puis je reprends une bouffée d'air.

Je fais ça sans arrêt. Je me relève, je redescends. Je cogne et je respire.

Je tape la porte avec le bon bras. Celui qui n'est pas cassé. Celui sans plâtre.

Un plâtre lourd.

Tellement lourd qu'il pourrait défoncer la porte.

Quand je frappe la porte avec le bras gauche, la douleur me monte direct à la tête. Genre cent fois pire que le moment où je me le suis cassé.

Je ne peux pas faire ça. Je n'y arrive pas.

Mon bras, il me tue.

Non. C'est autre chose qui me tue. Pour de vrai. Le feu. Quand j'essaie d'aspirer plus d'air sous la porte, il n'y en a pas. Je ne peux plus respirer.

Tu dois le faire…

Il le faut.

Je commence à pleurer avant même d'avoir cogné la porte avec mon plâtre.

Je m'entends hurler de douleur. Comme si c'était quelqu'un d'autre. J'ai l'impression de m'être recassé le bras.

Tu dois le faire…

Je frappe la porte une fois de plus.

Et encore. Et encore. Et encore. Et encore. Et encore.

En criant à chaque fois. Pas juste de douleur. Je vois le visage de Jenny, là. Devant moi. Comme si je l'écrasais. Je lui crie :

— Je vais te tuer. Je vais te tuer pour de bon.

Soudain, il y a ce bruit d'éclatement.

J'ai percé un minuscule trou dans la porte. Juste assez pour y coller la bouche et aspirer de l'air.

Je me remets à cogner. Sans m'arrêter. Je défonce la tête de Jenny à coups de plâtre. Encore et encore et encore…

J'ai le bras qui s'engourdit au bout d'un certain temps.

Je continue.

Je suis passé à travers. J'ai fracassé la porte. Un trou assez gros pour sortir en marchant maintenant.

Mais je vois toujours le visage de Jenny qui me nargue devant moi et j'ai envie de continuer à le réduire en bouillie, et…

Fais gaffe à toi.

Je songe que si je racontais à papa et maman que Jenny m'a enfermé dans le placard et a essayé d'y mettre le feu, ils diraient : « Arrête d'inventer n'importe quoi, Ben. »

Fais gaffe à toi.

« Sois gentil avec ta sœur, Ben. »

Il ne lui arrivera jamais rien. Rien.

Elle continuera juste d'essayer.

Comme dans l'escalier.

Et dans le jardin, quand elle m'a poussé sur un tuteur de plant de tomate et que j'ai dû avoir, genre, trente points de suture.

Et je sais que ce n'est pas une vague qui m'a fait boire la tasse, quand j'ai failli me noyer, à la plage. Je le sais.

J'ai eu l'impression que quelqu'un me retenait au fond de l'eau, m'empêchait de me relever malgré tous mes efforts. Parce que c'est précisément ce qui s'est passé.

Cette présence derrière moi dans l'escalier.

Et sur la falaise.

Fais gaffe à toi.

Quand je grimpe l'escalier de la cave, je ne sens pas mes pieds. Comme si je flottais. Comme quand je joue à *Zombie Apocalypse* et qu'il ne reste plus qu'une balle dans mon flingue. Quand c'est eux ou moi.

Je suis devant la porte de la chambre de Jenny.

Je l'ouvre violemment.

Chapitre 48

Ben

Il avait entendu parler de certains types d'herbe qui pouvaient provoquer des visions.

Associés à du LSD, des champis mexicains, ou d'autres merdes hallucinogènes.

Du coup, vous voyiez des trucs qui n'étaient pas réels. Qui paraissaient assez réels, mais étaient plus ou moins le produit de votre imagination, et de l'herbe. Juste des délires qui macéraient dans votre esprit.

S'il te plaît…

Il se vit monter l'escalier. Dans son pyjama *Star Wars*.

Les yeux brûlants. Les poumons douloureux.

Il se vit debout devant la chambre de sa sœur. Juste là. La porte soigneusement fermée. Un dessin de Goldy scotché dessus.

Il le réduit en miettes.

Il ouvre la porte d'un coup.

Jenny hurle.

— Non, Ben ! Non ! Sors d'ici !

Mais non. Il ne sort pas.

Que Dieu vienne en aide à Ben, il ne sort pas.

— S'il te plaît. Non, Ben. S'il te plaît…

Chapitre 49

Ils m'amenèrent d'abord à la clairière.

Au beau milieu de bois enchevêtrés, les arbres à présent sans feuilles, la vigne vierge morte depuis longtemps, pendant comme des cordes autour d'un petit carré d'herbe jaunie. Impossible de la repérer si vous ne la cherchiez pas. Si vous ignoriez son existence.

Il n'y avait aucune pierre tombale. Ils n'avaient pas osé.

Au cas où Ben déciderait de traîner par ici en se rendant à Eagle Cliff. Ou que quelqu'un d'autre s'aventurerait là où il ne devrait pas. La clairière se situait sur leur propriété, mais sait-on jamais. Un randonneur pourrait se perdre, bifurquer au mauvais endroit.

Il y avait une vieille pierre grise au milieu de la clairière, mais elle aurait pu se trouver là depuis toujours. Elle faisait partie intégrante du paysage. Elle n'avait rien de particulièrement frappant.

Juste une pierre.

Sauf si vous saviez ce qui gisait en dessous.

— Nous venons ici de temps en temps, déclara Laurie. Pour réciter une prière.

La maison de correction avait un verrouillage automatique sur les deux portes du couloir. Dès que ces portes étaient fermées, vous étiez emprisonné. Les surveillants avaient des clés spéciales qu'ils conservaient dans un casier gris, lui-même fermé par une clé qu'ils gardaient sur eux, dans le trousseau qui contenait aussi celles de leur maison et de leur voiture, avec des porte-clés New York Giants et Walmart. Sauf Otis, qui aimait s'assoupir dans son fauteuil juste à droite de la porte d'entrée sud, et qui tenait le trousseau de clés dans sa main. Je pense que le fait de le triturer l'aidait à s'endormir.

Ce fut la clé de mon départ de cet établissement.

La clé d'Otis.

Je traversai le couloir sur la pointe de mes pieds nus, baskets à la main, les ronflements à deux cents décibels d'Otis couvrant efficacement les bruits accidentels, comme celui de ma collision avec le chariot roulant que quelqu'un avait bêtement oublié de ranger, puis celui que je fis en soulevant doucement la clé de la paume ouverte d'Otis.

C'était presque comme s'il me l'offrait : « Tiens, Jobeth, vas-y, prends-la. »

Je pensais à cela, assise dans la maison du lac. Aux portes fermées. Après notre visite à la clairière. J'ignorais si Jake avait ou non verrouillé la porte d'entrée. J'entendis un clic.

— Nous avions le choix, dit Laurie.

Nous étions tous les trois installés dans le salon : Jake et Laurie sur le canapé, moi en face d'eux sur une chaise en bois dure. Le ton avait changé depuis que Jake m'avait insultée à la maison. Comme si nous étions de nouveau les Kristal joyeusement réunis, et peut-être sur le point de sortir le *Jeu de la vie*. Ou de feuilleter l'album de famille. Ou de parler de meurtre.

— Nous pouvions perdre nos deux enfants, poursuivit-elle. Ou juste un. Nous avions le choix. Je ne m'attends pas à ce que tu comprennes. Ce que nous avons fait. Dans quelle logique.

Elle avait raison sur ce point.

— Je les ai trouvés ce matin-là, dit Jake. Il l'avait étouffée, avec ce plâtre sur son bras. Je pense que c'est ce qui s'est passé. Il avait perdu la tête. En état de choc, littéralement catatonique. Elle ne respirait plus. J'ai tenté un massage cardiaque, mais elle était morte.

Ce mot flotta dans l'air – « morte » – comme s'il requérait sa propre minute de silence.

— Ben ne s'en est jamais souvenu, dit doucement Laurie. De ce qu'il lui a fait. Le traumatisme a effacé cette scène de sa mémoire. Probablement une bénédiction… J'aime penser que c'est le cas. Nous avons échafaudé une histoire pour lui. Pour tout le monde. J'ai prétendu que j'avais envoyé Jenny jouer au bout de la rue ce matin-là. Elle n'est jamais arrivée à destination.

— Elle a failli tuer Ben. Dans le placard, je veux dire. Elle était… malade.

— Elle n'a pas toujours été méchante. Ça a commencé vers ses quatre ans, expliqua Laurie. Un jour, c'était une petite fille parfaitement normale – vraiment merveilleuse, notre bébé –, et le lendemain elle ne souriait plus. Aussi soudain que ça.

Normale. Une adorable et gentille petite fille de six ans.

— Elle s'est métamorphosée, reprit Laurie.

— Pourquoi est-ce que vous… ne l'avez pas collée, elle, à St Luke ? Ou quelque part ailleurs, quand elle a commencé à s'en prendre aux autres enfants ?

Jake soupira, fit craquer ses doigts.

— Je pense qu'on était dans le déni. Tu sais ce que ça veut dire ? Tu ne crois pas ce que tu ne veux pas croire. Peut-être que ses amies inventaient ces histoires de toutes pièces. Peut-être que Ben en rajoutait. Ils étaient enfants.

Ce n'était qu'une gamine. Tu ne veux pas admettre que ta fille est… mentalement instable… dangereuse, même…

— Que ce serait-il passé si vous aviez dit la vérité ?

Le fait que je demande à quelqu'un d'autre de dire la vérité était plutôt risible. Même à mes yeux.

— Je veux dire, après. C'était quasiment de la légitime défense, ce que Ben a fait, non ?

— Nous n'avons vu le placard que plus tard. Vu les dégâts causés par le feu. Et deviné. Jenny avait emporté la boîte d'allumettes dans sa chambre. Il a dû enfoncer la porte avec ce plâtre, c'était juste du contreplaqué. Ça n'avait pas d'importance. Deux options merdiques. Avouer à la face du monde que l'un de nos gamins était un psychopathe et que l'autre était un meurtrier. Qu'il soit envoyé dans un hôpital psychiatrique jusqu'à ses dix-huit ans. Et qu'il n'oublie jamais ce qu'il avait fait. Qu'il avait tué sa propre sœur. Le laisser poursuivre sa vie ainsi. Ou inventer une histoire. Pour lui. Pour tout le monde. Le sauver. Nous sauver aussi, je suppose. Des gens qui nous montreraient du doigt chaque fois que nous sortirions prendre un café : « C'est eux, les parents des deux monstres ». Nous avons tranché en faveur de l'option la moins merdique. Nous avons vécu avec.

— Mais vous avez viré Ben du décor. Pendant un an…

— Il ne tournait plus rond, soupira Laurie. Il devenait violent. Son école s'apprêtait à l'expulser. Nous avons été idiots de penser que tout rentrerait dans l'ordre, qu'il perdrait la mémoire de ce qui s'est passé ce matin-là, mais que ça en resterait là. Qu'il se porterait parfaitement bien. Qu'il jouerait en ligue junior, irait à l'école, serait un enfant comme les autres. Nous devions réagir. Nous ne pouvions pas juste le laisser traîner à la maison. Nous devions le remettre d'équerre.

— Vous avez choisi un asile catholique, dis-je. Avec des prêtres pour docteurs. C'était au cas où… n'est-ce pas ?

Jake plissa les yeux vers moi, peut-être était-il surpris que je devine ça.

Qu'avait dit Tabs au téléphone ?

C-O-N-F-E-S-S-I-O.

Ils avaient dû déduire que si Ben révélait quoi que ce soit – si la mémoire lui revenait durant l'une de ces séances d'EMDR –, personne ne préviendrait la police. Le secret serait protégé. Ce qui se passe dans le confessionnal reste dans le confessionnal, pas vrai ? Les prêtres ne peuvent rien raconter. Par ailleurs, l'Église était plutôt douée pour garder ses petits secrets. Allez donc voir leurs dernières excuses piteuses sur votre site d'infos préféré.

— Écoute, tu parles d'un gamin de huit ans, dit Jake. Défoncé à la Thorazine. Ben a raconté des trucs sous hypnose. Ses docteurs se sont concertés sur le sujet, est-ce que c'était vrai ou non ? Leur diagnostic ? Fantasme délirant. Les enfants espèrent la mort de quelqu'un : leurs parents, leur sœur, parce que le père ne leur a pas acheté ce nouveau jeu Xbox ou que leur sœur a eu une plus grosse portion de glace. Puis un événement se produit : le père meurt dans un accident de voiture, la sœur se noie dans une piscine. Et ils pensent en être responsables. Ils le croient sincèrement. Jenny avait essayé de faire du mal à Ben. Pire. Il a voulu lui faire mal en retour. Puis, un jour, elle est allée au bout de la rue à pied et elle a disparu. Il a fabriqué cette histoire dans sa tête. Ils l'ont convaincu de croire la nôtre à la place. Elle leur paraissait plus rationnelle. Quand il est sorti, il ne tabassait plus ses camarades d'école, ne lacérait plus le lit de Jenny. Il est devenu le petit merdeux de base enfumé à l'herbe. Le scénario collait.

— Jusqu'à Pennebaker.

Silence.

— Comment l'as-tu découvert pour lui ? Je veux dire, qu'il était…

Laurie n'eut pas l'occasion de finir sa phrase.

Jake s'en chargea.

— Ouais, OK. Pennebaker, répéta-t-il, en prononçant son nom de la manière dont vous crachez un bout de nourriture coriace et qui se coince entre vos dents. Comme tu disais, il n'a pas brillé par son efficacité. Au début, il y a deux ans, il nous a dit que le dossier stagnait autant qu'un marécage. Ce sont ses mots. Puis il a pris sa retraite en Géorgie, et ça s'est mis à bouger. Avec précipitation. Il refusait de lâcher l'affaire. Il a réinterrogé les gens, ré-épluché tous les documents. Je suppose qu'il n'avait pas grand-chose d'autre sur le feu, après son départ en retraite. Le golf, ça ne doit pas être son truc. Peut-être même qu'il a trouvé quelqu'un qui a accepté de lui parler à St Luke, ou qu'il a déterré les mêmes dossiers que toi. Je n'en sais rien. Il s'acharnait et n'arrêtait pas d'appeler à la maison. Parfois, trois coups de fil par jour. Il voulait des renseignements sur Ben. Juste Ben, il était focalisé sur lui. On s'est sentis traqués, acculés. Notre histoire était menacée.

— Et ensuite, moi.

— Et ensuite, toi, confirma-t-il.

Moi. Qu'ils avaient amenée au lac. Où ils avaient dû apporter le corps de Jenny ce matin-là. Avant de foncer à la maison pour commencer à poser les fondations du mensonge.

— Tu as été une sorte de bénédiction. À l'évidence. Il fallait que Pennebaker nous lâche la grappe. Tu as débarqué. Jenny est rentrée à la maison. Elle est revenue. Un miracle. Ça l'était, pour nous. Pour Ben, aussi.

Pennebaker a cessé d'appeler. La menace était écartée. Parfois, la chance vous sourit. Vous avez entendu ?

On aurait dit le vent dans les arbres. Jake se rendit à la fenêtre, y regarda un moment, puis haussa les épaules et revint s'asseoir à côté de Laurie.

— Ces trucs sur l'ordi de la chambre, dit-il. De St Luke. Comment est-ce que tu les as eus ?

— Je les ai piratés.

Après avoir téléchargé le dossier, j'avais effacé le mail de Tabs.

— Donc tu es la seule à les avoir vus ?

— Ouais.

Jake regarda vers Laurie, puis de nouveau vers moi.

— OK.

J'avais déjà posé un paquet de questions. Il m'en restait une. La seule qui comptait.

— Et maintenant ? Pourquoi m'avez-vous conduite ici ?

— Ben est à la maison, dit Laurie. Nous avions besoin d'un endroit où parler de tout ça à tête reposée. Sans Ben dans la pièce à côté.

— Il est dans notre intérêt que ça reste entre nous, déclara Jake. Personne ne doit savoir ce que Ben a fait à sa sœur. Pas maintenant. Personne n'a besoin de savoir que tu as commis une escroquerie de plus. Tu n'es plus une gamine. Tu irais en prison. Donc…

— Donc…

— Donc tu préfères aller voir ailleurs. Tu es restée loin de nous tant d'années, et tu as subi tellement de choses atroces. Tu ne peux pas simplement reprendre là où tu en étais, tu n'arrives pas à retrouver ta place au sein de la famille. Tu as essayé. Nous avons tous essayé. C'était juste trop dur. Tu n'es plus la Jenny de six ans. Nous sommes douze ans plus tard. Tu as grandi. Tu as décidé de partir. Sur la Côte ouest, peut-être. Tu n'es pas sûre. Tu essaieras de rester en contact. C'est triste, mais au moins, maintenant, nous savons que tu es en vie. Peut-être qu'un jour on sera de nouveau une famille. Peut-être pas.

OK, la porte était verrouillée. Mais pas pour toujours. Il y avait une échappatoire.

— Ces agents du FBI. Ils m'ont plus ou moins traitée de menteuse.

Jake haussa les épaules.

— Ça n'aura aucune importance quand tu seras partie, si ? Je ne pense pas qu'ils placarderont ton visage sur un avis de recherche. Pour quel motif? Avoir été un peu évasive sur les détails ? Avoir éveillé les soupçons ?

— Je pense que Ben le sait.

Jake renâcla.

— Ne t'inquiète pas pour Ben.

— OK, dis-je. Pas de problème. Je vais partir.

— Et tu garderas les lèvres scellées. Désolé pour l'image, mais j'espère m'être bien fait comprendre sur ce point. Donnant donnant, pas vrai ?

Je sentis chacune des cicatrices laissées par l'aiguille de Mère me brûler.

— Ouais.

Vous voyez ? Bouche cousue.

Chapitre 50

Je tuais le temps à l'étage.

— J'ai deux ou trois trucs à faire, dit Jake. Ensuite, on fera tes valises et on te déposera à l'aéroport.

Dacodac.

Il y avait un ordinateur en haut, dans la mezzanine.

Je jouai à *Candy Crush*, parvenant au niveau trois avant de perdre mes cinq vies. Même si j'en avais déjà perdu cinq. Karen Greer, Alexa Kornbluth, Terri Charnow, Sarah Ludlow.

Jenny Kristal.

Je fus tentée de faire ce que je faisais d'habitude sur les ordinateurs quand on était sur le point de me flanquer à la porte. C'était plus fort que moi, comme une addiction. Ma mère avait dû éprouver la même sensation chaque fois qu'elle essayait de redevenir clean.

Tu n'es plus une enfant. Tu irais en prison.

Ouais, je n'étais plus une enfant. J'avais déjà tiré des peines assez longues en maison de correction, merci bien.

Désolée, maman. C'est l'heure de rompre la tradition familiale. Fini pour moi les enfances des autres. Fini l'usurpation d'identité d'autres filles. Préviens les médias.

Ou pas.

Je pensai à Ben. À ce qu'il avait fait. À ce qu'ils avaient fait pour lui. Était-il un monstre ? Et eux ? Ben avait été un enfant en véritable danger, qui s'était senti entièrement seul. Je pouvais saisir. Ils avaient été des parents affolés face à un choix ignoble.

Perdre un enfant. Ou les deux.

OK. D'accord.

En parlant de menaces. D'aller en prison.

Je me dis que je devrais probablement conserver le dossier de Ben. Comme garantie, juste au cas où.

Je ferais ce trou dans le mur, comme Tabs me l'avait conseillé.

Je l'enterrerais à cet endroit précis. Dans l'ordinateur de la maison du lac. À proximité d'un autre secret enterré. Si jamais j'en avais besoin, je saurais où le trouver. Dans un nouveau dossier, enfoui dans un répertoire de programme au hasard. Avec son propre mot de passe pour le protéger. Quelque chose de simple que je n'oublierais pas.

Voyons voir… pourquoi pas J-E-N-N-Y-P-E-N-N-Y ?

Carrément.

L'ordinateur refusait.

Ça vous est déjà arrivé de jouer à cache-cache et de tomber sur un autre gamin dans la cachette où vous vouliez vous planquer, et qu'il vous dise de dégager de là ? Désolé, la place est prise.

Il y avait déjà un trou dans le mur sur l'ordinateur.

Le mot de passe était déjà utilisé.

J-E-N-N-Y-P-E-N-N-Y.

OK. J'allai où il me mena. Par ici. Lorsque je cliquai sur ce dossier, sa photo apparut. Celle de Jenny. Celle de l'affiche qu'ils avaient clouée au poteau devant cette pizzeria. Sa photo de classe de CP.

Pourquoi Jake enfouirait-il la photo de sa fille ? Je supposais que c'était lui ; Jenny Penny, il était le seul à utiliser ce surnom.

Parce qu'il ne supportait pas de la regarder. Voilà pourquoi.

Parce que, même après tout ce temps, ça faisait trop mal.

L'album que Laurie avait sorti ce fameux soir était couvert de poussière. Peut-être Jake grimpait-il parfois l'escalier de la mezzanine, afin de contempler sa photo tout seul. De s'autoriser à pleurer sa défunte fille. Tout seul. Sans que Laurie le voie.

J'espérais qu'il en était ainsi. Ça me le rendait plus sympathique. Ça me donnait l'impression que les fois où il m'appelait Jenny Penny relevaient moins de la comédie et davantage du vœu pieux.

Je cliquai sur la photo pour l'agrandir.

Soudain, d'autres photos surgirent.

Des centaines.

Même si je tentais d'empêcher le vomi de déferler de ma gorge, même à cet instant-là, je me souvins de Tabs expliquant qu'on pouvait aussi cacher des trucs dans les images.

La porte s'ouvrit.

— J'en ai encore pour un petit moment, dit Jake. Ensuite, on se mettra en route.

J'acquiesçai, il me fallut déployer des efforts surhumains pour remuer la tête. J'essayais désespérément de retenir un hurlement.

— Tu es sur l'ordi ? demanda Jake.

J'acquiesçai de nouveau.

Le bureau était face à la porte, il ne pouvait donc pas apercevoir l'écran. Jake hésita. Comme s'il voulait faire le tour du bureau pour voir ce que je regardais.

— Je jette juste un coup d'œil sur Twitter.

Il resta là dans l'embrasure.

— OK. Encore une heure peut-être, pas plus.

J'attendis jusqu'à ce que je l'entende descendre l'escalier et se rendre à l'arrière de la maison.

Je vomis. Sur l'ordi. Sur le tapis.

Je reculai du fauteuil en chancelant.

Je franchis la porte par laquelle il venait de partir.

Descendis l'escalier.

En ayant vu les photos.

Ces photos prises par Jake.

Je passai la porte d'entrée et courus dans les bois.

L'ordinateur couvert de gerbe. Je n'avais pas pris la peine de l'éteindre.

Chapitre 51

Ben

Il conduisait en mode pilote automatique.

Il apercevait des portions de route, les murs antibruit blanchis longeant l'autoroute de l'État de New York, une ou deux cabines de péage.

Il voyait autre chose.

À plusieurs reprises, il faillit actionner les essuie-glaces pour balayer la pluie. Mais il ne pleuvait pas.

Il avait reçu un texto de sa mère :

Nous faisons un peu de ménage au lac. À ce soir.

Quand il avait sauté dans la voiture, il ignorait que c'était là-bas qu'il allait. Il s'enfuyait de chez eux. C'est tout. Il lui fallut un moment pour se rendre compte qu'il se dirigeait vers une autre maison.

Il avait vu ce film sur Netflix, où tout le monde devait se bander les yeux pour ne pas voir le monstre et finir par se suicider, car sa seule vue suffisait à vous y pousser.

Voilà ce que faisait Ben. Il essayait de ne pas voir le monstre. Il essayait de ne pas se suicider.

Deux ou trois fois, il songea à se payer une violente collision avec le mur antibruit.

Deux secondes, et tout ça serait terminé.

Il se cantonna à la route, s'efforça de se concentrer sur les panneaux qui défilaient.

ALBANY – 112 MILES

OVERLOOK MOTEL – 6 MILES

ROCKING HORSE RANCH – PROCHAINE SORTIE

Goldy mangeait une carotte bleue sur le dessin scotché à la porte de Jenny. Elle avait écrit Goldy avec un G à l'envers.

Il dépassa une voiture de police tapie sur la bande d'arrêt d'urgence, comme une araignée attendant que des mouches viennent s'aventurer sur sa toile. Prête à bondir.

Dites donc, messieurs les agents, est-ce que je pourrais vous dire un mot ?

Jenny parlait de nouveau avec son ami imaginaire.

À travers la porte de la chambre.

Est-ce que je suis jolie ? Vraiment ?

Il vit les lignes discontinues de l'autoroute comme une barrière ; son boulot était de rester derrière. Il était d'un côté. De l'autre se trouvait le mur antibruit. Qui absorberait peut-être le son du choc frontal de Ben. Les policiers observeraient le feu d'artifice muet par leur pare-brise.

La fumée était toujours là dans ses poumons. Dans ses yeux. Le feu l'embrasait de l'intérieur, à présent.

Compter les miles. S'occuper l'esprit. L'aiguille du compteur montant dans de minuscules et laborieuses poussées.

Cinquante-deux miles et un dixième… et deux dixièmes… et trois…

Des miles à parcourir avant de dormir.

Le vers d'un poème qu'ils avaient lu en cours d'anglais. Il avait des miles et des miles à parcourir avant de pouvoir fermer les yeux. Ne plus voir. Par pitié.

Il ouvrit violemment la porte de la chambre de Jenny.

Non, Ben !

Il ouvrit violemment la porte, et Jenny était là.

S'il te plaît, Ben. Non !

Il ouvrit violemment la porte, et Jenny et papa étaient là.

Dégage !

Jenny et papa.

Sur le lit. Sans vêtements.

Papa lui faisait du mal. Du mal à Jenny. Il l'empêchait à présent de hurler. Avec le bras autour de sa bouche. Autour de son cou. En serrant.

Non, papa… S'il te plaît !

Ben leva le bras, celui avec le plâtre. Pour occulter cette scène. Pour que papa arrête de faire du mal à Jenny.

Le monde devint noir.

Noir comme le sommeil. Comme le néant. Comme la mort.

Fin de transmission.

Chapitre 52

J'ignorais où j'allais.

Ça n'avait aucune importance.

À travers les bois. Aussi vite que je le pouvais.

Des branches me fouettaient le visage. Des épines lacéraient mon pantalon. Je trébuchai sur une racine d'arbre et tombai.

J'étais multitâche. Je courais en réfléchissant, réfléchissais en courant.

Lorsqu'il m'avait regardée sur le canapé ce soir-là. Cette puissante nausée qui s'abattit sur moi comme la foudre surgie de nulle part.

C'était le regard de Père.

Ces fois où ils sortaient la caméra et me faisaient poser.

Écarte un petit peu plus les cuisses… brave petite… c'est ça…

Jake avait essayé de regarder les Knicks ce soir-là. Lorsque j'écartai les jambes, il avait regardé. Ce même regard moite et malsain, la raison pour laquelle j'avais manqué de vomir.

Ces mêmes photos malsaines. Et j'avais vomi.

Je me retrouvai dans la clairière d'herbe jaunie, passant la pierre grise en chancelant.

Je murmurai une prière.

— Désolée, Jenny… Désolée… Dieu te bénisse…

Je portais le deuil.

D'elle. De moi. Il n'y avait plus aucune différence à présent.

Je courais à en perdre haleine.

Vacillant dans les arbres touffus. Le cœur martelant.

Elle n'a pas toujours été méchante. Ça a commencé vers ses quatre ans. Un jour, c'était une petite fille parfaitement normale – vraiment merveilleuse, notre bébé –, et le lendemain elle ne souriait plus. Aussi soudain que ça.

Quatre ans. Le changement avait dû survenir lorsque Jake avait cessé de lire des histoires à Jenny avant de dormir, et commencé à se raconter les siennes. Quand il se mit à lui rendre des visites à l'aube, alors que Laurie et Ben dormaient profondément.

Il était venu la voir ce dernier matin, après qu'elle eut consciencieusement enfermé son frère dans le placard de la cave au cours d'une partie de cache-cache.

Il est enfermé, avait-elle chuchoté à son ami imaginaire ce matin-là. *J'arrive…*

Puis elle avait essayé de mettre le feu à Ben.

« Elle avait l'air de vouloir me tuer », dit Ben, le matin où il s'était réveillé avec un oreiller sur la figure.

Je comprends, Jenny. Vraiment. Je comprends.

Ben n'était pas celui dont on abusait sexuellement.

Il était miraculeusement épargné.

Ses amies aussi étaient épargnées. Toni et Jaycee. Elles pouvaient aller se coucher le soir sans craindre de recevoir la visite de la petite souris.

Jenny ne pouvait se déchaîner contre son bourreau. Contre Jake. Ce n'est pas possible, son cœur bousillé ne l'aurait pas permis. Il faudrait se venger sur le reste du monde. Quiconque à portée de main.

Qu'avait dit Toni ?

Violente. Un putain de danger public. Tu t'en étais prise à moi, et à Jaycee aussi.

Les arbres étaient plus denses ici, serrés dans des angles déchiquetés. Je me sentis piquée d'un vif point de côté. On pique, puis on faufile…

Les serpents.

La partie du rêve de Ben que le père Krakow n'avait pas pris la peine d'analyser. Peut-être la symbolique échappait-elle à un prêtre, du moins un prêtre qui n'enculait pas les enfants de chœur.

Serpent égale bite. Premier chapitre de l'interprétation des rêves pour les nuls.

Je n'étais pas consciente avant cet instant précis que je pleurais. Me magnant comme une dératée dans les bois pendant tout ce temps. Sanglotant. Dans une sale mixture de morve, de larmes et d'égratignures.

Puis je l'entendis.

Je faisais craquer les racines et brindilles emmêlées que je piétinais.

Comme le faisait une autre personne.

D'abord mon raffut, puis quelques secondes plus tard, un autre. Comme un écho.

Nous n'étions pas dans la grotte de Tom Sawyer.

Il me pourchassait.

Je tombai une fois de plus, me tordis la cheville. Lorsque je me relevai d'un bond, la douleur me vrilla la jambe comme une décharge électrique.

Il fallait que je bouge plus vite. Encore plus vite. Je perdais de la vitesse.

Je vis une trouée de lumière entre les arbres.

Je me dirigeai vers elle.

Lorsque je ressortis en trébuchant de l'autre côté, à bout de souffle, je regardai droit dans le ciel. Comme si j'avais couru vers le paradis.

C'était le cas.

Je me trouvais sur une falaise. Eagle Cliff.

Jake avait surgi des broussailles et se dressait là, me barrant le passage.

— Enfoiré de pervers !

Cette fois, je compris que je l'avais affirmé directement à voix haute. Je l'avais crié.

— Tu as baisé ta gamine.

Cela se déversa de moi, un torrent incohérent de rage. Je savais que je ne hurlais pas juste contre lui. Jake. Père et Mère étaient là. Vous les voyez ? Je les informais de ce qu'ils avaient fait. À cette fillette qu'ils avaient achetée contre un sachet de méth. La fillette dans le placard. La fillette avec la bouche cousue de poupée de chiffon. La fillette qu'ils avaient attachée à un lit. La fillette qui avait grandi avec l'envie d'être n'importe qui au monde sauf Jobeth.

— Tu n'avais pas le droit… Tu l'as détruite… Tu l'as tuée… C'est toi…

— Je n'en avais pas l'intention. C'était un accident, déclara calmement Jake.

Hein ? Quoi ?

Jake l'avait tuée ? Jake… Pas Ben ?

J'enrageais contre lui d'avoir tué intérieurement cette enfant. Son âme innocente et minuscule.

Mais il avait tué la fillette.

C'était Jake le meurtier.

— Tu as dit à Laurie que c'était Ben. Toutes ces années, tu lui as fait porter le chapeau.

Jake ne s'embarrassa pas à répondre. Il scrutait les environs : les arbres serrés… la zone plane de la falaise… la pente abrupte.

À présent, ce qui aurait dû paraître évident à la seconde où j'avais fait volte-face et vu que ma seule issue était bloquée devint soudain limpide. Ma colère se changea en un autre sentiment. De la peur. Un feu cuisant se muant soudain en givre mordant.

— Dommage…, dit Jake.

À quelle distance étais-je du bord de la falaise ? Cinq pas, peut-être moins.

— … que tu sois allée fouiner sur cet ordi. Que tu aies vu. Je l'aimais, tu sais. Elle m'aimait aussi. Nous avions une relation spéciale.

Je ne pus réprimer un haut-le-cœur.

— Tu appelles ça comme ça ?

— Tu ne peux pas comprendre.

— Je comprends parfaitement, au contraire. Moi aussi, j'ai eu une relation spéciale. Mes parents étaient de vrais enculés. Et c'est moi qui me faisais baiser.

— Jenny m'aimait.

— Elle n'avait pas le choix, à six ans. Toi, tu l'avais.

Jake secoua la tête.

— Merde. J'aurais vraiment préféré que tu n'ailles pas sur cet ordi. Putain… Putain… Putain…

Comme s'il luttait avec sa conscience. C'était une chose de tuer par accident. Et une autre de provoquer la mort de quelqu'un d'autre.

Eagle Cliff fait genre cent millions de mètres de haut…

— Je fermerai ma gueule. Promis.

Jake renâcla.

— Mais bien sûr…

— C'est dans notre intérêt à tous les deux. Tu as raison. Je ne veux pas aller en prison.

Quelle situation étrange de supplier qu'on vous laisse la vie sauve. J'avais supplié pour un paquet d'autres trucs : nourriture, argent, un endroit où dormir, être dispensée d'aller dans un placard, de me faire ligoter à un lit ou de laisser un inconnu entrer dans ma chambre. Cette fois, c'était pour l'éternité.

— Désolé. Moi non plus.

Son visage était embrasé. Pas seulement de m'avoir pourchassée dans d'épaisses broussailles. Mais de ce qu'il s'apprêtait à faire.

— S'il te plaît…

— Chuuut…

Il marchait vers moi. Écarlate, les yeux plissés, les bras ouverts, comme s'il s'avançait pour m'étreindre.

Au début, dans ma nouvelle maison, je les esquivais, passant en vitesse à côté de leurs bras tendus pour descendre dans la cave, où je me cachais, tremblante et terrifiée. Je le fis à quelques reprises. La plupart du temps, ils parvenaient à m'alpaguer – par le cou, par le col de ma chemise de nuit –, ensuite on me recollait au lit. On m'attachait. On me violait.

Une sensation de mort. Chaque fois. C'était la mort à présent. Pour de vrai.

Je faillis échapper à Jake.

Il s'en fallut de peu.

Mais il m'agrippa par ma ceinture, celle que Laurie m'avait achetée au Roosevelt Field Mall. Il y enfonça ses doigts pour me ramener brusquement en arrière. Mon crâne heurta violemment la pierre dure. Je sentis la douleur me parcourir tout le long du dos. Puis il commença à me tirer vers le bord de la falaise.

Je me débattis.

De toutes mes forces.

Exactement comme je l'avais fait au-dessus du lavabo, ce fameux matin où ils m'avaient maintenu le menton en l'air afin de me coudre la bouche. Exactement comme toutes ces fois dans la cave, où ils m'avaient tirée de derrière ces piles de cartons moisis remplis de vieux comics – je n'étais pas Superinvisible Girl –, et que j'avais imaginé

Superman surgissant de ces BD pour me sauver comme la fillette dans la maison en feu.

Il ne le fit jamais.

Pas une seule fois.

Dix-huit ans, ne croyant plus depuis longtemps aux héros de bandes dessinées, et ma dernière pensée sur terre était celle-ci : Superman qui débarquait pour me serrer dans ses bras super musclés tandis que je m'envolais dans l'espace.

Parce que j'aurais juré, vraiment juré, qu'il était là, planant vers moi tandis que je dégringolais vers ma mort.

Après

Thelma et Louise.

Je ne cessai d'évoquer ce film sur le trajet interminable vers le Minnesota.

— Je suis laquelle des deux, moi ? demanda Tabs. Et n'ont-elles pas fini en passant par-dessus une falaise ?

— Bingo.

Nous étions à peu près au milieu de l'Ohio. Je nourrissais des doutes quant au fait que la vieille Mustang bleue de Tabs tienne jusqu'à Duluth. Une chance sur deux. La voiture avait une toux persistante et tremblotait sérieusement. On était dans le même état, elle et moi.

Bilan définitif : quatre côtes cassées. Une fracture de la clavicule. Quelques os en pagaille ici et là. J'avais quatre broches dans le corps, je devrais désormais en informer la sécurité des aéroports, ou risquer la fouille corporelle approfondie par quelque agent de la TSA ganté de latex. Mais je n'allais pas remonter dans un avion de sitôt.

— Hé, Thelma, dis-je, me voyant plus dans la peau de l'audacieuse Louise. Merci encore.

Je remerciais Tabs pour le road trip. Je l'avais déjà couverte de mercis de m'avoir accueillie, et aidée à me soigner pour redevenir une version acceptable d'être humain en état de marche. Ses parents aussi. Je pense que ma notoriété fit de moi une sorte de fantaisie, même pour deux blaireaux sans âme, quoique pour être honnête, je les trouvais plutôt sympathiques. J'imagine que si vous essayez de vous mettre en compétition avec vos voisins, ils seraient incapables de rivaliser avec ça. Son père fit même la une des infos du soir : « Jobeth va bien, mais préfère ne pas parler aux journalistes pour l'instant. »

Il aurait pu ajouter : « Ni jamais d'ailleurs. Il y aurait bien trop à expliquer. »

On m'avait déjà obligée à m'asseoir avec Hesse et Kline, cette fois pour tout déballer sur les véritables Père et Mère, mais je m'étais assurée d'y incorporer assez de semi-mensonges pour les aiguiller dans la mauvaise direction.

— De rien, Louise, répondit Tabs en regardant, les yeux plissés, par le pare-brise baigné d'un soleil aveuglant de fin d'après-midi.

— Laisse tomber, putain… Contente-toi de Jo, marmonnai-je.

À présent que j'étais sortie de ma phase « adopte-une-famille », j'appréciais d'entendre mon prénom prononcé à voix haute. J'avais passé ma vie à tout faire pour ne pas être Jobeth, mais j'avais enfin fait la paix avec elle. Pas une paix facile. Nous serions éternellement méfiantes l'une envers l'autre, mais disposées à tenter le coup pour empêcher un carnage de plus.

Il y avait eu assez de sang versé.

J'aurais allongé la liste des victimes sans une racine d'arbre mort. Peut-être l'arbre même dont Ben avait agrippé la branche treize ans plus tôt pour éviter de passer par-dessus Eagle Cliff. Appelons-le l'arbre généalogique des Kristal, dont même les faux membres peuvent revendiquer les ramifications.

Je m'étais accrochée pendant peut-être dix secondes, juste assez longtemps pour freiner ma chute libre et me déposer sur cette sorte de saillie. Lorsque je regardai les photos plus tard – des photos des infos reprises sur Internet –, ça ressemblait plus à un renfoncement. Peut-être était-ce la perspective ; la saillie au-dessus de laquelle était suspendue cette racine noueuse était située au moins six mètres plus bas. Ce qui explique pourquoi j'ai quatre broches dans le corps et que j'eus besoin que Tabs m'aide à aller aux toilettes pendant trois semaines.

Ce qui se produisit sur cette falaise fut reconstitué par ces articles de presse, Tabs et moi-même, une fois qu'ils m'eurent retiré ma perf de méthadone du bras, ce que je leur hurlai de faire dès que je m'en rendis compte. Ils pouvaient remplacer ça par n'importe quel médoc, tant que ça ne comprenait pas « méth », avais-je vociféré, merci bien. Vous comprenez aisément pourquoi.

Jake m'avait balancée d'Eagle Cliff.

Jobeth découvrit trois cent quatre-vingt-quatre photos de Jake Kristal violant sa fille. Jobeth (alias Jenny, mais c'est une autre histoire) s'enfuit de la maison. Jake la poursuivit, la coinça, la bazarda.

Puis Jake se suicida en sautant de la falaise.

Incapable de vivre avec le poids de ce qu'il avait fait. À sa fille, Jenny. À la fille qui se faisait passer pour Jenny. Bla-bla-bla…

Cette silhouette volante que j'avais vue se précipiter vers moi, vous vous souvenez ? Ce n'était pas Superman. C'était Jake. En route vers le fond du gouffre.

Et c'était terminé.

Sauf que…

Ce n'était pas tout à fait vrai.

La partie Jake-se-suicide.

Bon. Ça reste entre vous et moi, OK ? Vous, Ben et moi.

Une fois que je fus en mesure de bouger sans dire aïe !, Tabs me conduisit à la maison pour que je récupère mes affaires. Laurie l'avait informée que tous ces vêtements qu'elle m'avait achetés restaient les miens. Je pouvais les prendre. Jusque-là, Tabs avait partagé les siens avec moi, mais je m'étais lassée des tee-shirts Alice Cooper, des débardeurs Metallica, et des pattes d'éph ornés de marguerites en plastique jaune.

Je restai dans la voiture en attendant que Tabs reparaisse, profitant autant que possible de ma convalescence. Par ailleurs, je n'avais pas envie d'entrer. Quelqu'un d'autre apparut. Ben sortit sur le perron, en me dévisageant par la vitre de la voiture. Pour la première fois, il me semblait presque que son expression n'avait plus l'air de dire : « Va te faire foutre. »

Presque.

Parce que la seule autre fois où j'avais vu son visage ainsi, c'était sur Eagle Cliff, précisément.

Bien sûr, c'était à l'envers, alors peut-être que je me trompais. Mais au moment où je passais par-dessus la corniche, je jurerais avoir vu Ben qui se tenait juste là, derrière son père, rivant sur moi un regard qui semblait presque empathique.

C'était quelques secondes avant que Jake ne bascule dans le vide après moi.

Ben avait ce regard-là à présent.

Genre « Pigé ». Genre « Je comprends ».

Alors je lui renvoyai le même.

J'ai pigé, Ben. Je sais. Je comprends.

Vraiment.

D'après Google Maps, il y a 1 197,6 miles entre Long Island et le Minnesota. Dix-huit heures trente, si vous ne faites pas de pauses.

Je ne le souhaitais pas. Parce que je craignais de faire demi-tour à la première occasion. L'épuisement finit par l'emporter sur la peur, on s'arrêta dans un motel où on regarda *Thelma et Louise* sur Netflix en grignotant du pop-corn.

Au moment où elles partaient en vol plané par-dessus la falaise à la fin, je me mis à pleurer.

Quand la dureté de la pierre rencontre la douceur du miel.

Au cours du trajet, Tabs m'avait demandé ce que je voudrais faire quand je serais adulte.

Nous savions toutes les deux que je l'étais déjà devenue. En accéléré. Bref, j'y avais réfléchi ; incroyable toutes les choses auxquelles vous pouvez réfléchir quand vous ne consacrez pas chaque seconde à vous préoccuper de votre survie. Vous pouvez commencer à vous projeter à l'année prochaine. Et la suivante. Et vous pouvez peut-être même vous imaginer que vous allez vivre ce qui vous reste à vivre.

— Je ne sais pas… peut-être un job en rapport avec le dessin… De la thérapie par l'art ou un truc du genre. Pour les gamins traumatisés.

— Ce serait assez cool, Jo, approuva Tabs. Vraiment.

Ouais. Carrément.

Mais d'abord, ceci.

Lorsque nous fûmes à environ un kilomètre de sa maison, je dis :

— Je veux faire demi-tour, Tabs.

— Mais nous y sommes presque.

— Ouais. Justement. Nous y sommes presque, et je ne pense pas être capable de le faire.

— Bien sûr que si.

J'avais appelé J. Pennebaker.

Je lui avais téléphoné après le dénouement – mon sauvetage de la saillie après que Laurie se fut aventurée dans les parages à la recherche de Jake, l'arrivée de la police et de l'ambulance, les quinze minutes de reportage scabreux qui suivirent –, pour lui dire qu'il avait eu raison. À moitié, en tout cas. Jenny n'avait pas été kidnappée en allant chez Toni Kelly ce matin-là. Elle avait été tuée. Mais Ben n'était pas le meurtrier.

Il s'était trompé sur ce point.

Et je lui dis autre chose.

— C'était vous, mon ami Facebook. Lorem, pas vrai ?

— Je plaide coupable.

— Pourquoi ?

— Vous voulez la version courte ou la version longue ?

— Je suis emplâtrée de la tête aux pieds. J'ai du temps à vous accorder.

— OK. Disons juste que j'étais sur le point de découvrir le pot aux roses… jusqu'à ce que vous apparaissiez, bien entendu. Alors j'ai rappelé les chiens. J'ai téléphoné, il me semble que c'est vous qui avez décroché, et j'ai dit que j'étais désolé, que je n'appellerais plus. Mais ensuite, je me suis mis à cogiter. Déformation professionnelle, sans doute. C'était trop beau pour être vrai. Pour eux, je veux dire. Le timing, tout ça. Alors j'ai commencé à me pencher sur vous. Ça n'a pas été très compliqué de découvrir que vous n'étiez probablement pas celle pour qui vous vous faisiez passer.

— Alors pourquoi n'avoir rien dit ?

— Je n'étais pas sûr à cent pour cent. Par ailleurs, vous faisiez la couverture de *People*. Moi, je suis un inspecteur retraité qui s'apprête à toucher les allocs. Quand j'ai rappelé les chiens, il n'y en avait qu'un, plutôt édenté ces temps-ci. Je me suis dit qu'il valait mieux veiller à votre sécurité. J'ai essayé de vous avertir. De vous faire comprendre que vous n'étiez pas la seule à tricher dans cette maison. Il y avait quelqu'un d'autre qui mentait, même si je ne savais pas exactement qui. J'imagine que j'ai fait un boulot assez merdique pour ce qui est de veiller à votre sécurité.

— J'étais une putain d'imposture.

— Tout est relatif dans la vie, mon petit. S'il y a une leçon qu'un policier apprend, c'est celle-là. Vous étiez une usurpatrice, certes, mais je pense que nous vous trouverons sûrement quelques excuses pour ça, non ? Ils étaient pires. Lui l'était, en tout cas. Il s'est avéré qu'il était effroyablement pire.

Imaginez ça. Un ami Facebook qui était réellement un ami.

— Bref, merci d'avoir appelé pour me tenir au courant, conclut Pennebaker. J'ai passé beaucoup de temps à vous chercher. Enfin… pas vous. Votre homonyme, dirons-nous. Vous vous en remettez… bien ?

Mais avant de lui dire au revoir, je lui demandai un service.

En vérité, c'était la véritable raison de mon appel.

— Vous êtes sans doute capable de retrouver n'importe qui, n'est-ce pas ? L'enquête, ça vous connaît.

Il s'esclaffa.

— Peut-être bien. Vous parlez de qui ?

Je lui donnai un nom.

Il ne lui fallut pas très longtemps. Moins d'une semaine.

Puis deux semaines s'écoulèrent, alors que je me demandais si j'allais vraiment la contacter.

Oui. Non. Oui.

Lorsque je reçus une réponse, il me fallut un jour et demi avant d'oser ouvrir le message. Je me contentai de river les yeux dessus, comme s'il s'agissait du résultat positif à un examen médical. Comme si l'ouvrir risquait de m'achever.

Je cliquai dessus.

Est-ce bien toi ? Je t'ai cherchée. Pendant des ANNÉES.

Je fondis en larmes, là, devant l'ordi. Secouée de sanglots et braillant comme un bébé.

Je lui répondis. Avec hésitation.

Elle me répondit dans la seconde.

Nous poursuivîmes.

Une conversation, qui se mua en dialogue, qui se mua en plan de bataille.

Elle était clean depuis presque six ans. Plus que clean, sans rechute, parole de scout. Elle avait un job de conseillère pour d'autres toxicos. Un chouette endroit où habiter. Même un chouette compagnon avec qui vivre, qui semblait être quelqu'un que j'aurais envie de connaître.

La seule chose qui lui manquait, c'était la paix.

À cause de cet acte impardonnable qu'elle avait commis des années plus tôt, sur le parking d'un motel bas de gamme.

Mais peut-être est-ce exactement ce que j'avais besoin de faire à présent, pardonner.

Lorsque Hesse et Kline repassèrent, je savais que si je leur avais dit toute la vérité sur Père et Mère, ils auraient fini par remonter jusqu'à elle.

Je ne voulais pas qu'elle soit inquiétée pour ses erreurs passées.

Parce que c'était là-bas que j'allais.

— On y est, annonça Tabs. Quatre-vingt-quinze Weatherly, c'est bien l'adresse ?

Elle stationna la voiture sur le trottoir en face d'une maison à bardeaux gris avec des rosiers tout le long de l'allée qui menait à la porte d'entrée. D'ici, vous ne pouviez y distinguer la moindre épine, juste une éclosion massive de rose vif.

J'attendis.

— Alors, tu vas le faire ?

J'acquiesçai.

— Tu veux que je vienne ?

Elle détachait sa ceinture de sécurité.

— Non. Je pense ne plus avoir besoin d'aide pour marcher.

Je sortis de la voiture, traversai la rue, passai devant les roses en boitillant jusqu'à la porte, puis déglutis avec difficulté.

Ding dong.

Une femme que je reconnus à peine ouvrit. Elle avait les yeux humides, pleins de chaleur. Et les bras déjà tendus pour m'étreindre. Sa fille.

En sécurité à la maison.

En sécurité, enfin.

Remerciements

Je tiens à remercier ma brillante éditrice, Lindsey Rose, et mon infatigable agent, Richard Pine, sans lesquels ce livre n'aurait pu voir le jour.

Achevé d'imprimer en février 2022
Par CPI Brodard & Taupin à La Flèche
N° d'impression : 3046093
Dépôt légal : mars 2022
Imprimé en France
38122541-1